魅丽文化　花火工作室

· shy Blushing ·

似脸颊红红

云时
YunShi works
著

江苏凤凰文艺出版社
JIANGSU PHOENIX LITERATURE AND ART PUBLISHING

图书在版编目（CIP）数据

似脸颊红红 / 云时著 . -- 南京 : 江苏凤凰文艺出版社，2020.11
ISBN 978-7-5594-5258-0

Ⅰ . ①似… Ⅱ . ①云… Ⅲ . ①长篇小说 – 中国 – 当代
Ⅳ . ① I247.5

中国版本图书馆 CIP 数据核字 (2020) 第 190599 号

似脸颊红红

云时 著

责任编辑 张 倩
特约编辑 丏小亥 八 柚
装帧设计 苏 荼
出版发行 江苏凤凰文艺出版社
南京市中央路 165 号，邮编：210009
网 址 http://www.jswenyi.com
印 刷 湖南凌宇纸品有限公司
开 本 880mm×1230mm 1/32
印 张 9.5
字 数 271 千字
版 次 2020 年 11 月第 1 版
印 次 2020 年 11 月第 1 次印刷
书 号 ISBN 978-7-5594-5258-0
定 价 39.80 元

目录

CONTENTS

目录 CONTENTS

楔子

“开尔文曾说过，物理学大厦基本上已建设完成，只有两朵乌云飘在上面。而那两朵乌云，一是量子力学，二是相对论……”

F大礼堂毗邻操场，正值黄昏，日光西斜，气温下降，大片大片的晚霞铺满半边天空。大学校园里，学生三三两两地绕着操场散步，吵吵嚷嚷地说着话。礼堂里的背景音模糊，只听得到音响里的嗡嗡声响。

通往礼堂的路上，几个女生步履匆匆。

“会不会来晚了？陈刃的讲座快结束了吧？”

“大一学生不会放陈刃走的。”

“都怪我，忙着搞毕业论文，竟然忘了我们的漂亮哥哥。”

“拉倒吧你！什么哥哥，你比陈刃大多少，你自己心里没点儿数吗？”

“要你管！”

女生们拉拉扯扯地直奔礼堂。

越靠近礼堂，听到的声音越清晰，清冽的音色被音响扩大，撞向墙壁，在寂寂的空气中四散开来。

平缓，沉静，从容不迫。

是陈刃的声音。

他站在演讲台的边缘处，黄昏的光影穿过天窗，在他的白衬衫上涂抹上几道斜斜的暖光，衬得他的身板越发笔直瘦削，阴影处是黑色的运动裤及洗得发白的运动鞋。

他的长指骨节分明，轻巧地攥着手麦，唇贴近话筒，吐字清晰，气场迫人。

“感谢你们选择物理系，物理的世界神秘多彩，愿你们玩得开心。”陈刃微微鞠躬，旋即站直身子，“今天的讲座到此结束，有问题可以咨询物理系教学办。”

他回身，拿起粉笔，在可移动黑板上写下物理系教学办的号码。

有女生在台下喊：“学长，我们可以咨询你吗？教学办的老师好凶！”

理科女生少，受多了关注，便想招惹一下陈刃。

反正也不要钱，女生想。她抓紧手中的笔，指尖微微泛着白。

陈刃从容地回答：“可以，每周六下午我会在图书馆C区。”

“我可能明天就有问题，学长能给我电话号码吗？”

陈刃收拾着东西，语气波澜不惊：“不能。”

女生不甘心地追问：“为什么？”

“因为……”东西收拾完毕，陈刃单手抱着厚厚一沓资料，目光在礼堂里扫了一圈，最后落在倒数第三排二十一号的位子上。那里坐了个人，穿着粉色的连帽衫，帽子罩在头上，将小脸挡了个严实，此刻睡得正酣。

他收回目光，这才将话补充完整：“因为我女朋友会不高兴。”

此话一出口，礼堂里的人集体发蒙。

F大理学院面向大一新生开设自然科学实验班，学习基础知识，大二再根据成绩分流到各系，如物理系、化学系等。因为课程压力大，所以在分班考试前，班主任带他们进行了一次封闭式集训。

出来的时候八卦太多，这些学生随意挑了几个闲聊着。他们怎么也没想到才半个月没跟外界接触，他们物理系的“高岭之花”就被人撬走了？

是谁？！

顺着陈刃刚刚的目光看过去，倒数第三排二十一号的位子很快被锁定。而座位上的人毫无所觉，咕哝了两句梦话换了个姿势继续睡。

所有人的头顶飘过一串省略号。

陈刃已经走下了讲台。讲座负责人还在台上整理东西，话筒没关，偶尔发出几声尖厉的鸣叫，更显得礼堂寂静无比，甚至能清晰地听到运动鞋和地板摩擦的声音。

像是突然察觉到不对劲，坐在倒数第三排二十一号位子上的人动了动，缓缓睁开了眼睛。

陈刃刚好在她面前停下。

她愣怔地看着他。

陈刃真的很好看，黑色短发十分柔软，额前的头发被随意地拨到一边，更显得眉眼干净秀气，褪去了少年时代的青涩，轮廓日渐分明，是耐得住的好看。

陈刃薄薄的唇微微一张，说："迟意。"

他说了太多的话，嗓音微哑。

迟意睡得迷糊，往外看了看，天已经完全黑了。她揉了揉眼睛，睡眼惺忪，声音小而腻人："结束了？"

"嗯。"陈刃坐到她旁边。

他的神色太平静，迟意反而有点儿不好意思起来。来之前，她信誓旦旦地说来陪陈刃，好见识他的口才，结果他开口没几句话她就睡着了。

嗯，睡到了现在。

迟意弄不清陈刃有没有生气，转动着迟钝的脑子正想着措辞，冷不丁地感受到了来自学弟、学妹们的注视，想说的话在喉咙里打了个转："他们好像还有事说，都在看你。"

礼堂很大，可以容纳四千两百名学生，前十排离她这里相距甚远，以她近视的程度只能看到一群人仰着头看着这边，很是好学的样子。

陈刃说："他们看的是你。"

"啊？为什么？"

"因为我说你是我女朋友。"

那就难怪了。迟意心中顿时生出了危机感，她扯了扯陈刃的袖子，说："那我们赶紧跑吧，我怕他们杀了我。"

陈刃看过来，没动。

迟意问："怎么了？"

陈刃伸手道："我的外套在你那里，外面有点儿冷。"

迟意脸红了，她把怀里的外套往他手里一塞，说：“给你。”

黑色外套被她抱在怀里的时间有点儿久，此刻的温度接近体温，还有淡淡的清香。她还在辩解：“我第一次当人女朋友，你包涵一下啦。”

“走不走？”

“走。”

陈刃拉住了她的手。他之前穿得太单薄，掌心微凉，迟意忍不住抖了一下，感觉背后的目光又多了几分杀气。

习惯就好。迟意在心里安慰自己，谁让那天她求签显示“万事大吉”，而老天开眼，陈刃又头脑发昏，答应了做她的男朋友呢？

是的，至今迟意都认为，陈刃之所以答应做她的男朋友，完全是被下降头了。

因为陈刃跟她真的不熟，甚至有点儿仇怨。

第一章

怦 然 心 动

01

半个月前。

“有一句讲一句，”迟意敲着键盘，脊背挺得笔直，装作在认真听课的样子，“陈刃长得真的很好看。”她点击发送键。

那边回得飞快：“你说过八百零二遍了。”

迟意小小地翻了个白眼，她认为，“陈刃好看”这句话就是说个八千零二遍也不为过。但课堂太静，她不敢多打字，只能在心里小声反驳。

此时，马哲老师正懒散地靠在讲台上，口若悬河地聊着年轻时的辉煌事迹，在昏昏欲睡的午后听着，让人不由得泛起困意。迟意忍不住打了个哈欠，她的马哲课程早在上个学年就结过了，这次来上这节枯燥的课，完全是为了陈刃。

据说陈刃年年报马哲，年年挂科重修，原因不明。

阶梯教室很大，共有百十个座位，夏日阳光炽烈，蓝色的窗帘被紧紧拉上，却由于太过单薄，挡不住多少光线，模糊的光线恰好打在和迟意隔着两排座位的陈刃身上。

像虚无缥缈的月色，随时都会消失在光天化日中。

“好了。”马哲老师清了清嗓子，“请同学打开 PPT 第六十一页记一下，唯物辩证法的三大基本定律……”

迟意借机打开文档，飞快地敲击键盘。等敲完了，她才截图发给刚刚聊天的人：“一周了，只要是马哲课，无论是不是跟自己的专业课撞车，陈刃都会准时来上课，并且始终坐在第三区第五排。有次我比他早到，先坐在了那个位子上，他居然转身走了。”

“他有强迫症。”迟意下结论。

那边的消息几乎是同时跳出来：“你现在越来越像个变态了。在当心理医生之前，要不要给自己做个 MMPI-2（明尼苏达多项人格调查表第二版）？”

迟意说：“北北同学，你什么意思？”

此刻跟她聊天的人是她的室友阮北，年方十五岁，跟迟意相识于某次家族晚宴，一见如故后就特别爱黏着迟意。迟意高考那年，阮北连跳四级，跟迟意成了同学。因为深受院士宠爱，所以当阮北指名道姓要迟意当她的室友时，院士便在研究生公寓划了套双人宿舍给她们。

阮北的头像跳动，新的消息发过来，回复迟意刚刚那个结论："你才观察一周，不足以下定论，要严谨。"

迟意脸一黑："再严谨我真成变态了。"

话虽这么说，但迟意觉得她真的离变态只有一步之遥了。她悻悻地敲着键盘："还不是怪林老师，布置的课题简直让人无从下手。"

阮北说："课题的内容是？"

迟意说："找个人观察，分析他的行为，了解他的背景，摸清他的心理，确认他人格形成的过程。"

阮北问："课题的观察对象必须是陈刃？"

迟意说："随便谁都可以，最好是熟人，这样了解起来会快一点儿。"

阮北语气不明："哦，是你自己想挑战高难度，所以才挑了根本不认识的陈刃？不愧是心理学系的高才生。"

迟意被她这一堵，顿时噎得说不出话来。

阮北这话，真的把迟意的立意拔高到了青藏高原的高度。事实上，没人比阮北更了解迟意了，她自然知道迟意选择陈刃的原因——观察等同于陪伴，找个长得好看的，做项目也更有动力。

呃，迟意想，以后有人问起，她就说是为了挑战。

正胡思乱想着，下课铃声响起，马哲老师意犹未尽地喝了一口水，说："这节课就到这里了，下课。"

终于结束了这么乏味的一节课，学生们松了一口气，齐声喊了句"老师再见"，就收拾着东西准备撤退了。这间教室下节课没课，迟意没那么着急走，她把这一周的观察内容做了个汇总，以图表的形式展现出来，更直观。

三点一线，陈刃的生活有点儿乏味。

想到这里，迟意往陈刃的位子瞥了一眼。他正在慢吞吞地收拾着桌上的草稿纸，白皙的长指指节分明，从容不迫的气质与旁边匆忙的学生们形成强烈的反差。

似乎察觉到什么，陈刃的动作顿了顿，侧过脸。

迟意连忙低下头，装作在认真记笔记的样子。陈刃目光平淡，却如有实质般扫过她。

心如擂鼓般在胸口狂跳，迟意觉得自己的脸肯定红了。

要不跟他打个招呼好了？

迟意觉得此计可行，深吸一口气，抬起头看向陈刃，嘴角弯起，化成一抹大大的笑容，然后——扑了个空。

陈刃走了。

就这十几秒，他走得也太快了吧？腿长了不起吗？

迟意合上笔记本电脑，把它塞到包里，也不急着去追陈刃。通过她对陈刃的观察，她用脚指头也能猜到，课表没课时，陈刃百分之百会去图书馆。

学海真的无涯，像陈刃这样的天才都上不了岸。

迟意又忍不住打了个哈欠。昨天晚上，陈刃去参加一个学习分享会，她也去了。不得不说，对她来说，物理理论的分享会简直赶得上他们心理学专业顶级的催眠师，听了没五分钟她就犯困了，但是碍于周围的环境又不能睡，害得她今天一天都精神不振。

不管了，回去睡觉。

迟意站起来，边往外走边给阮北打了个电话："喂？北北，我现在要回宿舍了。我一会儿路过食堂，你想吃什么？我给你带。"她走到门口，贴心地带上了门，"陈刃？他肯定去图书馆了呗，不然还能去哪儿？我觉得吧，他特别缺……"

话未说完，斜刺里突然伸出一只手，在她没有防备的情况下轻巧地拿走了她的手机。

迟意的掌心冷不丁地空了出来，她愣了愣，霍然抬头，等看清了是谁拿走了她的手机后，她的眼睛微微瞪大："陈……"

陈刃面无表情地做了个“噤声”的动作。

迟意立刻闭嘴。

似乎没想到她这么听话，陈刃意外地看了她一眼，随即将手机贴近耳朵，那头的阮北尚且不知道这边换了个人，还在叽叽喳喳：“……缺爱吗？拜托，你自己看看多少人前赴后继地跟他搭讪？”

迟意的心里七上八下，咚咚作响，就差给自己奏哀乐了，完全顾不上阮北说了什么。陈刃牵了牵嘴角，挂断了电话。

迟意马上说：“我可以解释。”

陈刃往后靠在了墙上，下巴微微抬了抬，示意她开始表演。

迟意哑然，她不知道陈刃是什么时候、怎么发现她的，又发现到了什么程度，所以她根本不知道要从哪个层面开始解释。

想了一会儿，她默默地抬手。

陈刃的唇动了动：“说。”

迟意问：“你是怎么发现的？”

陈刃眉头微皱。

“发现你跟踪我吗？”不等迟意承认，他又继续说，“太不专业了，所以第一次就发现了。”

迟意反驳道：“不可能！”

陈刃说：“第一次是在图书馆，你坐在B3阅读区第三排。”

“第二次是马哲课，你坐在倒数第二排，位置靠窗。”陈刃的声音毫无波澜，“怀疑一旦产生，就要论证确认。所以我请擅长计算机的朋友去学校系统转了一圈。”

“发现我马哲已经过了？”

“嗯。”

“你是魔鬼吧？”迟意脱口而出。

“所以——”陈刃将她的手机在指间转了个圈，递给她，“这位同学，你能告诉我，我到底缺什么吗？”

迟意歪了歪头，发出一个音："啊？"她又问，"你不问我为什么跟踪你吗？"

陈刃说："喜欢我、想害我，都是合理的选项。但我听说你们系搞了个课题——观察记录。"他微微眯起眼睛，说，"我是你观察的对象？"

全猜对了。

迟意垂头丧气地点点头，问："那你怎么现在才戳穿我？"

陈刃直起身，说："因为我不想让你观察了。"他往前走去，声音飘过来，"而且，因为我第一次就发现你了，所以你之前做的记录都是无用功。"

忽地，他又顿住脚步，侧过脸，说："对了……"

迟意抬起头，眼眶红红的，张了张嘴："啊？"她有点儿委屈了。

做了那么久的功课全部白费，还被人当场戳穿，不委屈才怪。明明看上去就要哭出来了，她却还强装着冷静地听他说话。

陈刃的眉头皱了皱。

本来他也没想说多重的话，看女孩这样更是说不出来了，他在心里叹了一口气，说："你还没告诉我，我缺什么。"

迟意眨眨眼睛，略有些迟疑地问："缺我？"

02

林老师布置的课题虽然没那么急，但要定期向他汇报最新的进展，眼看第一次汇报迫在眉睫，迟意的观察对象却……飞了。

迟意生气，迟意伤心，迟意没人哄。

她倒在宿舍的床上，盯着雪白的天花板发呆，愣了一会儿，才说："一切都结束了。"

在噼里啪啦的敲键盘背景音里，她的声音很低，几乎听不清楚，更何况那个唯一能听她说话的人正沉迷于游戏不可自拔。

迟意坐起来喊她："阮北！"

阮北头也不回："啊？"

“听我说话！”

阮北不情愿地放下键盘，扯掉耳机，旋转着椅子往后撤了撤，晃晃悠悠地停在了迟意的床前：“说吧。”

迟意看着她那副天真不谙世事的样子，忍了忍，说：“午饭在那里，你先吃。”

阮北又转着椅子去拿饭，看样子是一步都不想走。她动作麻利，一只手捧着饭盒一只手拿着筷子，先吃了一口菜，含混道：“到底怎么了？”

迟意说：“我被发现了。”

阮北愣了一下，问道：“陈刃？”

迟意点头，把刚刚在阶梯教室外发生的事情跟她说了一遍。阮北的神色从刚开始的惊讶，渐渐地变得复杂起来。等迟意说完后，她干脆放下了筷子一脸不忍地看着迟意。

迟意问：“怎么了？”

阮北说：“你最后跟陈刃说的那句话是什么意思？”

迟意说：“就……就是条件反射。我总不能说他缺朋友吧？万一他给我拉来一个足球队的朋友，我不就下不来台了吗？”她一副理不直气也壮的样子。

阮北又低下头吃饭，说：“可是陈刃更觉得你是神经病了。”她吃得腮帮子鼓鼓的，像只小仓鼠，条理清晰地跟她分析，“你看啊，你跟他素不相识，你跟踪他是为了观察他，可是他也没问你为什么观察他。”

“呃……为了挑战？”

“可为什么偏偏是他？哪个陌生人不是挑战？别说只因在人群中多看了他一眼。”阮北哼了一声，“陈刃肯定觉得你是贪图他的美色！”

迟意默然，不是觉得，她就是贪图他的美色。

小天才阮北逻辑在线，分析起来头头是道，又因为记忆力好，对陈刃的情况也是如数家珍：“陈刃，数学世家的天才少年，父亲陈平生和母亲林荀在他七岁那年攻破数学界一大难关，拿到了世界级大奖。就这么一个对数学耳濡目染的人，上大学时却选择了物理系，并且——”

小天才缓了一口气，说：“并且拒绝了A大上鸣学院物理班的邀请，坚持报了F大。他固执、聪明、沉静，长得帅，却心太软。”

迟意问：“什么意思？”

“换作是我，”阮北吃完最后一口饭，把一次性饭盒扔进垃圾桶，说，“第一次发现的时候就会把你揪出来，再把你骂一顿。谁喜欢天天被人盯着分析？”

迟意觉得阮北说得很对。

可是……可是她的观察对象还是没了！她要交白卷给林老师了，她会被林老师打压雪藏，最后以五十九分的成绩遗憾地挂科补考。

阮北见她紧锁着眉头，眼珠一转，问：“你是在惆怅第一次汇报？”

迟意反问：“不然呢？”

阮北“哦”了一声，说：“我以为你是难过你在陈刃面前的形象崩塌了，生怕他以为你是个变态。”

“怎么可能？”迟意反驳，“我又不喜欢他，我又没有爱而不得，他只是个长得好看的观察对象！”

阮北说：“哦——”

阮北这个“哦”拉长了尾音，意味深长。

迟意心虚不已。

自然，作为物理系远近闻名的“高岭之花”，陈刃自进校便引起了极大的关注，先是代表新生致辞，后被物理系大佬指名要到本专业，又长了一张过分好看的脸，不知惹得多少女生前来告白。

也许是物理学太美妙神秘，陈刃沉溺其中无法自拔，又或许是心里藏了个人，总之，他从来没答应过任何人的告白。

“我们家的漂亮哥哥那么热爱学习，怎么可能心里藏人？”

“就是！是量子力学不好玩，还是黑洞不好看，为什么要谈恋爱？”

“反正也轮不到我，还是让他跟物理过吧。”

这是他的迷妹们在论坛上的反驳。

迟意说自己不喜欢陈刃，说出去没人会相信的，反而觉得她欲盖弥彰——明明喜欢得要死，还要装不喜欢，通俗点儿讲，就是死要面子。

迟意的面子是要定了，受点儿罪也是应该的。阮北见她嘴那么硬，摆出一副爱莫能助的样子，又去打游戏了。

这小女孩到底年龄小，懂得再多，再聪明，还是天真烂漫的年纪，没心没肺惯了。

阮北指望不上了，指望林老师手下留情也是天方夜谭。迟意要么再找个人重新观察，要么还是从陈刃那里下手。

前者容易，搞张调查表随便找个熟人，据实填了就行。

可是她不甘心！

迟意抱着抱枕盘腿坐在床上，她不甘心，跟踪都跟踪了，被陈刃误解也误解了，到头来还要换个人重新开始，哪有这样的事？

迟意做了个决定，深吸一口气，叫道："阿北。"

话刚落音，阮北丢过来一张字条，头也不回道："QQ 号、微信号、微博号都在上面，用哪种联系方式你自己看着办。"

知她者，小屁孩也。

字条上是陈刃的联系方式，阮北计算机学得好，弄个联系方式只是分分钟的事。

迟意最后选择了微信。她发过去一个好友申请，小心翼翼地备注："陈刃同学，你好，我是心理学系的迟意，我们有点儿误会，我想解释清楚。"

怎么解释？

管他呢，先加上微信再随机应变。

陈刃估计不怎么爱玩手机，所以一直没拒绝她的好友申请，也没同意。迟意利用这点儿时间写了张调查问卷，心里的小算盘拨得哗啦作响——如果陈刃同意了，就给他做；不同意，她就换人。

调查问卷写得很快，也是巧，落下最后一个标点时，她的手机突然振动起来。

陈刃：我通过了你的好友验证请求，现在我们可以开始聊天了。

迟意：“你好。”

陈刃那边是意料中的沉默。

迟意哪儿管那么多，手指飞快地敲字：“救命！”

陈刃回了个问号。

迟意：“先别删我。”

陈刃：“嗯。”

迟意松了一口气，额上已经出了一层薄薄的汗。她干脆躺了下来组织语言：“没有经过你的同意就调查你是我不对，我道歉。”

陈刃：“接受。”

迟意：“但是恳请江湖救急！明天就要做第一次汇报了，我们林老师有多残忍你知道吗？我会死无葬身之地的！”

按理说，只要陈刃回一句“关我什么事”，他就能把这事推掉。

但正如阮北所言，陈刃的心太软，哪怕是朵“高岭之花”，在阳光下待久了，待人总会多点儿温度，所以他问：“明天几点开始汇报？”

迟意：“第一节课！”

迟意：“你要是方便的话，我现在就去图书馆找你。”

陈刃：“我不在图书馆。”

“胡扯！”迟意的手比脑子快，手一抖，这两个字就发出去了，她连忙按了撤回。但是不用说，陈刃肯定已经看见了。

果然，陈刃发了一串省略号过来。

迟意笑得干巴巴的：“哈哈哈，刚刚是个意外！不过你放心啦，我到图书馆也不会打扰你的！你在三楼 B 区，我就在你楼下等你忙完！”

这段话发过去后，陈刃很久都没有回她。

等迟意收拾完东西，抱着刚刚打印好的调查问卷跑到图书馆，找到座位后，陈刃的消息才发过来，简简单单的两个字，极尽寡淡和平静：“随你。”

03

春天几乎是眨眼之间就过去了，外套换成了长袖，长袖转眼变成短袖，在初夏躁动的风中，稍微走两步就是一身汗。

陈刃却穿了一身笔挺的西装，很低调的灰色格子，有一种介于成熟与少年气之间的气质，理性却不显得死板，反而觉得干净。他没有骗迟意，他真的不在图书馆。

今天是他母亲林荀的生日，忙里偷闲的家庭聚餐，他身为长子，不得不回来。

陈平生和林荀得过世界级的奖项，又时常在外开讲座，出书，上网课，偶尔还会上些高规格的综艺节目，所以很多人认识他们。

于是家庭聚餐也只能在家里吃。

自从上了大学后，陈刃就很少回家，他融不进家里的气氛，没吃上二十分钟就借口上厕所出来透气。他推开门走进院子里，随便地松了松领带，手按在口袋里的烟盒上。

但他想了想，还是没拿出来。

他把口袋里的手机拿出来，解锁，页面还停留在他和迟意的聊天记录上。女孩最后的留言，一句“好”后面紧跟着三四个叹号，唯恐别人不知道她有多激动。

陈刃轻笑了一声，摇了摇头，把手机丢回口袋。

这时，别墅的侧门被人推开了，陈刃本能地想躲开，但看到来人后，他生生地克制住了，微微动了动唇：“爸。”

陈平生常年身居高位，身上原本的书卷气早就没剩多少了，他不怒自威地“嗯”了一声。

沉默。

陈刃耐得住性子，好一会儿，才说：“我先回去了。”

陈平生说：“嗯，跟你妈说点儿好话，说不定她会跟钱院长求求情，让你去上鸣学院的物理班。”

陈刃脚步一顿，他垂下眼睛，语气波澜不惊："我说的是回宿舍。"

陈平生扬眉："我在校外给你买了公寓你不住，非得住在宿舍，跟你那些笨蛋室友住会变得更笨。"

"他们不是笨蛋。"陈刃终于没了耐心，冷下脸，"我走了。"

他跟家里人关系不好，不欢而散是意料之内的事，他已经做足了心理准备，但还是受不了父亲如刀锋般凛冽的言语。

陈刃连衣服都没换，直接转身出了院子。

别墅区安静且空旷，家里的司机开了一辆黑色奥迪不疾不徐地跟在他身后，等着他投降。

陈刃扯了扯嘴角。

他跟家里人关系不好就源于懂得抗争，他会投降才怪。

陈刃烦闷地加快了脚步，坐公交车回了学校，快走到宿舍楼的时候，才想起一件事——

好像还有个人在图书馆等他。

迟意觉得自己很乖。

各种意义上的乖。

比如，她在等陈刃的时候，居然复习了半本《变态心理学》。再比如，她怕陈刃来的时候找不到她，竟然两个小时没挪窝，连厕所都没去上！

再这样下去，她觉得自己真的要变态了。

半个小时前，阮北发消息跟她说自己已经打完了游戏，问她在哪儿，难道是跟陈刃约会去了？是打算饿死她吗？

迟意："我不是，我没有，我……也没吃饭呢！"

阮北这下不吭声了。迟意在心里吐槽了一句这个没良心的丫头，又苦兮兮地打开跟陈刃的微信聊天框："大哥，您学习完了吗？"

打完字后又逐一删去。

再打："学无止境，偶尔也上上岸看看人吧！"

不妥，再删掉。

迟意用左手撑着下巴，右手懒洋洋地继续鬼扯，反正又不发出去，过过干瘾还是可以的。她一个字母一个字母地按：“陈刃，下楼看看妈妈吧！”

嗯，如果发出去，她必定会永久地躺在陈刃的黑名单里不见天日。

迟意刚把这句话删掉，突然听到周围骚动了起来。她打不起精神，漫不经心地抬起头，还没看清楚便被人挡去了视线。

来人穿着灰格子西装、白色衬衫，领带倒是松松垮垮的，很是放荡不羁。

迟意的目光再往上移，看到了线条干净的脸，略有些苍白的唇，永远平淡无波的眼睛，被柔软的黑发遮住，稍稍露出的白皙额头。那是张疏朗清秀的脸，带着拒人于千里之外的气质。

是陈刃。

迟意顿时清醒了，同时也感受到了来自四面八方的目光，她好不容易才坐直了身子：“你来了！”

陈刃没有说话，他看见迟意右手边有张纸，问：“我的？”

迟意点了点头。

陈刃扯走那张纸，拿出随身携带的钢笔，笔尖触到纸张，答案如流水般填满了每个空格。

不消十分钟，他就写到了最后一个问题：“请问你的理想型女友是什么样的？”

陈刃微怔。

这私货夹带得未免太明显了。

迟意本以为陈刃会像前面一样行云流水地回答最后一个问题，没想到他居然停了笔。她脸一红，强行解释：“附加题，不计入总分。”

第一个字的笔画终于还是落了下去，迟意的小眼神不停地瞄来瞄去，总算看到了他写了什么答案。

“没有。”

真的是简洁无情，一点儿分都不想要的学霸！

落下最后一笔，陈刃收了笔，把问卷推给她，说：“早点儿回去。”

迟意愣愣地看着他。

就这么简单？

现在她信了，陈刃说他不在图书馆应该是实话。也不知道他从哪儿来，但肯定是从校外来的。从校门口到宿舍不经过图书馆，所以他是特意来图书馆的？

就为了……填她的调查问卷？

就为了让她明天不交白卷。

迟意泪流满面地想：陈刃真的是个好人！

迟意在这儿胡思乱想，落在陈刃眼里却是呆呆愣愣的。他见她不动，眉头微微皱了皱。他下午心情不好，没空跟她扯，她想来图书馆等他就等好了。谁知道快到宿舍的时候，他又想起这件事，不该软的心又软了。

他折回来，她果然还在等，明明困得眼睛都睁不开了，还坚持在图书馆……玩手机。

陈刃在心里叹了一口气，问：“我送你回去？”

迟意眼前一亮，答应道：“好！”

陈刃已经站了起来。他本来就生得好看，穿了一身西装站在学生中间，长身玉立，背脊笔直，惹眼得要命。

迟意生怕陈刃反悔，飞快地收拾好东西，催他：“走吧走吧。”

陈刃默不作声地往外走，他腿长，又不想那么多人看他，走得自然也快。迟意小跑着跟在他身后，胸腔里像揣了只小兔子，“扑通扑通”地跳来跳去。

她还不忘给阮北发消息：“你绝对不会相信，陈刃居然要送我回宿舍！”

阮北发了个问号，随即又回：“你选择陈刃是对的，一定要好好观察一下，就算他心理没问题，也得看下眼科。”

迟意回得毫不留情：“滚！”

已经过了晚饭的点儿，风也凉了下来，情侣们三三两两地在散步，晚霞缓慢地消失在教学楼的后面。不经意间，风猛烈起来，乌云笼罩了月亮，似乎有雨不期而至。

F 大占地面积广，迟意所在的宿舍楼是后建的，不在心理学系。她本能地相信陈刃，跟在他身后走到一半才突然发应过来，好像……走错路了。

她气喘吁吁地叫停：“等一下！”

陈刃的脚步一顿，侧过脸。女孩应该是走得急了，小脸红红的，喘着气说不出话来。莫名地，他的神色缓和了些，说：“注意锻炼。”

“啊？”迟意蒙了蒙，又点点头，“你说得对。不，不对！”

陈刃说：“嗯？”

迟意说：“说出来你可能不太信，我们走错路了。”

她缓了过来，口齿也伶俐了，把走错路的事说了一下，又有点儿可怜巴巴地解释：“我没想那么多，我以为你知道的。”

迟意说完又后悔了。

什么叫以为他知道，陈刃为什么要知道她住哪栋宿舍楼？

陈刃说：“不好意思。”

嗯？迟意微微瞪大眼睛说：“我没有怪你的意思。”

迟意也不太好意思再让陈刃送自己回去了，说道：“谢谢你的配合，我自己回去就行了。”说完就准备逃跑。

刚迈出第一步，陈刃叫住了她：“迟意。”

“啊？”

陈刃往她面前走了走。他比她要高出很多，该有一米八三，一身正装更是挺拔笔直，往面前一站，明明没说话，却是压迫性十足。

迟意条件反射地打保证：“你放心，你填写的资料是保密的，我不会告诉任何人的！”

陈刃说：“不是这件事。”

迟意歪了歪头。

路灯如水般笼罩着校园，蛐蛐在路两旁小声地叫嚷，在初夏的夜晚有点儿底气不足。迟意觉得自己就像那只小蛐蛐，看似还能发声，实则脑袋中已经是一团糨糊。

就在这时，陈刃开口救了她一命。

他说："你可以继续观察我。"

迟意始料未及。

"啊？"

陈刃说："但是我不会坦白，我也不能保证你看到的就是真的。你是学心理的，应该知道，人类受外部影响，不会轻易展现真实的自我。"

迟意恢复了一点儿理智，眨眨眼睛道："这你就误会了。我们心理医生可以透过现象看本质。"她伸出手比了个"小树杈"，指了指自己的眼睛，"我们都有一双慧眼。"

陈刃看了她一会儿，说："好吧。"

是她产生错觉了吗？她怎么觉得陈刃说出的这两个字充满了不信任？迟意忍不住辩解："你别不信，我虽然才大三，成绩也就那样，是个半吊子的心理医生，但是我努力努力……"

"话好多。"陈刃冷不丁地开了口。

迟意立刻捂住嘴巴。

她的动作太快，出乎陈刃的意料，捂着嘴巴拼命眨巴眼睛的样子看起来格外的……可爱？陈刃摇了摇头，甩走了这个想法。

想法是甩走了，笑意却从他眼底浮了起来。

迟意看呆了。

她在心里第八万零二次大喊：陈刃真的很好看！

04

雨是半夜下起来的，伴随着轰隆隆的雷声，噼里啪啦地自厚重的云层中泼洒下来。

早上的时候，五颜六色的伞铺满了校园，像颜色鲜艳的花儿，明亮又活泼。

伞下的人，都在忙着八卦。

某校内非官方匿名论坛上，一篇热帖被轰轰烈烈地顶在了首页，标题党十足：“震惊！禁欲高冷的他私下竟然这样……”

主楼贴的照片是昨天在图书馆的陈刃和迟意。

底下的画风很不一致。

“天哪！没想到陈刃是这种人！这么晚在图书馆不好好学习，居然在谈恋爱！谴责！强烈谴责！”

“什么鬼？我还以为有什么八卦，怎么会是我男神陈刃？！”

“图书馆什么时候成私底下了？难道陈刃把图书馆买下来了？”

“楼上别胡扯。按言情小说的桥段，应该是图书馆是陈家出资建成的。”

“我拜托你们，查清楚咱们学校的历史好吗？崇明图书馆，建于1992年，那时候陈刃才多大？他家有几个钱？”

“科普的去学习区，别在这儿妨碍我们给陈刃立人设。”

“就是，你懂个屁！”

“等等，你们别吵了，重点跑偏了！陈刃对面的女生是谁啊？为什么他要跟她说话？还送她回宿舍？三分钟之内，我要她的全部资料。”

匿名论坛上沸沸扬扬，迟意那点儿不怎么拿得出手的资料也在小群里传阅，而她本人还毫不知情。原因无他，她昨晚太兴奋，睡得晚，结果起晚了。

迟意赶在最后一个汇报了情况，总算把林老师糊弄过去了。

迟意的成绩不算好，高三咬着牙死学才搭上了F大的末班车，上了这所顶尖的高级学府。学霸的世界真的很可怕，她作为普通人，比较信奉临时抱佛脚。

迟意从林老师的办公室出来的时候，雨还没停，反而有越下越大的趋势，豆大的雨珠打在伞面上，噼里啪啦作响。

迟意想了想，忍不住“骚扰”了一下陈刃：“你等下有节恒星物理基础课，在哪间教室？”

她没指望陈刃会秒回，反正左右逃不过物理学院，她便不疾不徐地撑着伞往物理学院走。一路上其他人行色匆匆，她却很悠闲。

没错，她心情很好，超级无敌好。

因为陈刃答应让她观察，那也就是说，她可以正大光明地蹭陈刃的课，正大光明地观察他了。这福利真是猝不及防从天而降，砸得她头晕目眩，令她昨晚都没睡好。

想到这里，迟意忍不住打了个哈欠。

陈刃的消息回得及时，她刚刚走进物理学院，手机便振动了一下，他的语气依旧冷淡："天文学 116 教室。"

陈刃也不问她问这个做什么，直接就回复了。

啧啧。迟意腹诽，人世险恶，陈学霸显然太天真了些。

天真的学霸陈刃打了个喷嚏。

迟意对物理学院不熟，逮了个人问天文学楼在哪儿。那人指了个方向，又像是想起什么一样多看了她两眼，试探地问："你是来找陈刃的？"

她是脸上贴了目的吗？

还没等她回答，上课预备铃就响了，那人急着上课，拉了迟意一把，说："我也去 116 教室，一起。"

进了大厅，收了伞，他打开论坛发表回复："我遇到那个女孩了！她来找陈刃了！天文学楼 116 教室，恒星物理基础课，错过抱憾终身。"

迟意怎么也没想到，这个戴着眼镜，看起来一副书呆子样子的人，居然这么八卦。

但是也多亏了他，她进教室才没那么突兀。老师还没来，她在讲台前环视了一圈，很容易就找到了陈刃。陈刃也在看她，丝毫不惊讶，甚至招呼了一句："过来坐。"

迟意的心理素质还算不错，顶着这么多目光直直地走向陈刃。

这节课是必修的专业课，两个班一起上，所以选的是大教室。陈刃坐在第六排，不远不近的距离，他身边靠窗的座位没人。

陈刃见她来了，想挪去里面，被迟意制止了："我坐里面！"

陈刃扬眉，但还是让出了座位。

他今天穿了一件黑色连帽外套，衬得眉眼都比往常多了几分温柔。风从开了条缝的窗户吹进来，吹来他身上清冽干净的气息。

迟意的脸有点儿红。

被风一吹，脸变凉，然后热度又卷土重来，如此反复，让迟意的心跳也比往常少跳了几拍。

陈刃不怎么爱说话，对周围探究的眼神不置一词，气定神闲地翻着课本，预习着一会儿要学的功课。

迟意没话找话："你知道我为什么要坐里面吗？"

陈刃头也不抬地回道："怕老师提问你。"

呃，心理学的学位让给你好了！迟意腹诽。

上课铃声打响后，该学科的教授才不紧不慢地走进了教室。教授穿得很随意，虽不至于邋遢，但也绝对不体面。五六十岁的年纪，胡子没刮，头发也乱糟糟的，一副不知道戴了多久的眼镜瘸了腿，用胶布细心地缠了起来。

衣服倒是整洁，干干净净的，像个文化人。

这就是天文学的教授？

迟意不以为然。

教授清了清嗓子，先把保温杯放在了讲台上，也没喊上课，直接说："把书打开到第十一章，今天我们要学习相互作用双星系统的演化。"

迟意觉得如果有个对话框，她将打无数个省略号过去。

什么东西？为什么这位教授说的每个字她都认识，拼在一起她就不认识了？什么双星？什么相互作用？演化什么？

迟意偷看了陈刃一眼。

嗯，学得很认真，哪怕她明明看到这人已经把这节课的课后习题做完了，根本不需要老师教，但他还是学得很认真。

迟意开口："你……"

"嘘。"陈刃将手上拿的笔换了个方向，贴在她的唇上，低声说，"别说话。”

“哦。”

迟意麻木地看着陈刃收回了笔，麻木地看着他继续认真听课，麻木地听天文学教授的声音在耳膜外撞击，硬是一个字都听不进去。

她的耳尖红了个透彻。

“双星演化可以形成Ia型超新星、X射线双星、毫秒脉冲星……”讲台上的教授说话有气无力，底下的莘莘学子记笔记却记得飞起。

毕竟，如果不是有陈刃，像宋章明这样级别的教授，是不太可能出来授课的。

陈刃在物理学院修的是物理学、天文学双学位。在选专业的时候，他本来只想选物理学的，但天文学专业的教授反对，说天文学对这些恒星和行星运行规律的理解，才是物理学真正的开始。研究物理没意思，都是地球上的东西，不如仰望星空。

说得诗情画意，其实就是想抢人。

物理学专业的教授也不干了，要求天文学的教授尊重学生的个人意愿，不要干涉学生的决定，并要求教学办立刻办理陈刃的入学信息。

僵持不下后，宋教授出了个主意：“你那么聪明，修双学位也可以。”

陈刃问：“我聪明吗？”

宋教授愣了一下，眯起眼睛问：“你是在……反讽吗？”

就这样，并不觉得自己聪明的陈刃修了双学位，并在第一学期坐上了物理系年级第一的宝座，天才之名远近闻名，各大教授爱不释手。

陈刃边记笔记边想，宋教授真的很不爱上课，完全没有私下教他时的激情澎湃。虽然不热爱，但宋教授也没有藏私，讲的都是重点，自然也乏味了点儿。

想到旁边坐了个心理学系的人，他心里有点儿惊讶，这么枯燥的课，她居然听得下去？

他往旁边看了一眼。

迟意趴在桌子上，睡着了。

高估她了。

迟意做了个梦。

她梦见她和陈刃变成了双星，他们在那什么乱七八糟的双星系统里谈恋爱。没错，两颗星球在谈恋爱。

是她追的陈刃。

陈刃是颗冷冰冰的水蓝色星球，像冰块，浑身都是寒意。她则是颗热烈的火球，她猜她是他们星系的太阳。反正就这么转呀转，陈刃哪一面面对着她，她就阳光普照大地，把他融化。

然后……他又转过去了。

是的，陈刃自转很快，从日出到日落不需要多长时间。

她锲而不舍地绕着陈刃转，在弧形轨道上追赶他，朝他喊话："你能不能跑慢点儿？你这么能跑，怎么不去参加宇宙马拉松比赛？"

陈刃的声音十分冰冷："不能。"

回答的是她前一个问题。

宇宙真是太辽阔了，双星系统周围也太空旷了，陈刃眺望着远方的星星，建议她也看看。星河很美，浩瀚且盛大。

她说："可是你也是星星呀，我看你不就好了？"

也不知道是不是她的语气太真诚了，陈刃终于看向她了。他被融化了，冰雪覆盖下的他的原本面貌却让她大吃一惊。

他不好看，他满身疮痍，他揭开苦痛和灾难，坦诚地将自己展示给她看了。

迟意……惊醒了。

她猛地坐起来，后背都是汗。恍惚了一会儿，她又冷不丁地想起她正在跟陈刃一起上课，刚凉下去的后背又起了一层汗。

完了！

她要被教授骂死了！

等了一会儿，并没有听到预料中的骂声，反倒是旁边人翻书的声音十分清晰。迟意愣了愣，试探性地睁开一只眼睛。

教室没人。

嗯？下课了？她居然睡了这么久？

迟意转过头，松了一口气。陈刃没走，他坐在她的左手边，正低着头预习功课，仿佛她是睡觉还是醒来，都跟他没什么关系。

但是……迟意不好意思地问："你在等我啊？"

这是句废话。很明显，现在已经下课了，所有人都走了，就剩下陈刃，他不是在等她，难道是在等着锁门吗？

光天化日，孤男寡女，怪让人不好意思的。

果然，陈刃"嗯"了一声，合上书，说："下节课这间教室没课，你没醒就锁不了门，你是跟我一起来的，所以同学让我留下来等你。"

还真是等着锁门！

迟意更不好意思了，又问："你怎么不喊醒我啊？"

陈刃看了她一眼，说："喊了。"

不得不说，陈刃在旁边，迟意睡得真熟。按理说，下课那会儿教室里也很热闹，却愣是没把她吵醒。等大家都走了，他也喊了她，但她仍没醒。

他想了想，反正现在外面下着雨，哪里也去不了，不如就在这个教室自习，还挺清净。

迟意尴尬了，结结巴巴地给自己找台阶下："肯定是你喊得太温柔了，我根本没听见。我的睡眠其实可浅了，绝对不会睡得像死猪一样。"

"嗯。"可陈刃的表情不像是信了的样子。

迟意看着陈刃面无表情的脸，突然想起刚刚那个梦，鬼使神差地，她把这个梦讲给了陈刃听。当然，略过了谈恋爱什么的。

等她说完后，陈刃说："想象力不错。"

这是在夸她，夸她很会做梦？

顿了顿，他又说："无论是恒星、行星还是卫星，都有那个世界独特的样子。就像世人写了无数诗篇赞美的月亮，走近了便会发现上面并没有广寒宫，没有嫦娥仙子，也没有兔子，有的只是坑坑洼洼的表面。”

“人们总是对遥不可及的事物抱有幻想。”他下结论。

“我没有！”迟意无力地给自己洗白，“你……不是，那颗水蓝色的星星就在我眼前，我才不看远处的星星！”

陈刃边整理书本边说：“它对你而言也很遥远。你走近了，不还是害怕了吗？”他站起来朝外面走去，语气凉凉地飘来，“被吓醒了。”

迟意忙跟上去：“才不是！”

梦里陈刃的样子又浮现在眼前，她惊讶的不是那些伤疤，不是那样的灾难和藏在冰山下的污秽，她惊讶的是他竟然这么隐忍。

不像她，她受了点儿小伤都大惊小怪，吵吵嚷嚷得恨不得所有喜欢她的人都知道，都心疼，都关注她，他却能忍着不说。

他得多疼啊。

等迟意从教室里出来后，陈刃将门落上锁，抬步顺着长长的走廊往门口走去。现在是上午的最后一节课时间，楼里十分寂静，滴滴答答的雨声又被关在大厅的玻璃门外，球鞋与地板摩擦的声音特别清晰。迟意的声音也低了下来：“经济学家说，距离虽然产生美，但产生不了爱与同情。人不是孤独的星球，就算是星球，也需要建交。”

陈刃听她啰唆，觉得好笑，问她：“你还懂经济学？”

迟意语塞道：“我热爱学习。”

陈刃点了点头。

很快，他停住脚步，看着玻璃门外的雨势。他早上来的那会儿雨停了半小时，他就忘了带伞，没想到刚到教室雨就又下了起来，且越下越大，没有要停的意思。

陈刃抿了抿唇，说：“我还有事。”

刚刚被迟意一打岔，他忘了这事，现在看到雨就想起来了。

迟意脱口而出：“什么事？”

陈刃看了她一眼。迟意觉得自己心理学学得真不错，就这轻飘飘的一眼，她就看懂了陈刃要表达的意思——我有什么事，需要向你汇报吗？

呃，不需要。

迟意嘴角往下一撇，垂头丧气地小声说："那好吧，我先走了。外面下着雨，你出去的时候小心……嗯？你的伞呢？"

陈刃也有泰山崩于前而色不变的心理素质，他说："忘带了。"

迟意问："所以你才'想起'你还有事？"

迟意笑眯眯地看着他，计上心头："陈刃同学，你没有伞，但是我有。而雨不知道什么时候才会停，没伞，怎么去吃饭？所以，你要不要搭我的顺风伞？"

陈刃说："顺风伞？"

迟意正色道："是的，滴滴打伞，优惠券仅限今日，走过路过不要错过。"她踮起脚碰了碰他的肩膀，"陈星球，要不要跟我建交？"

陈刃看向她，微微眯起眼睛。

迟意眨眨眼。

糟糕，一时得意，居然忘形了。

她正懊悔，却见陈刃忽地弯了弯嘴角，说："那好吧。"

他学着她刚刚的语气说话，分明带着点儿揶揄在里面。迟意有理由怀疑，这一刻的陈刃绝对被人"魂穿"了。

05

陈刃到底有没有被人"魂穿"迟意不知道，因为她和陈刃共撑一把伞去食堂吃饭，她又送陈刃回了宿舍这件事很快就传遍了整个论坛。

连带着早上那篇帖子，一同被阮北同学呈到了迟意面前。

迟意不以为然。她刚洗了个澡，顺便把衣服也洗了。她边拧衣服上的水边哄阮北："你念给我听，我腾不出手。"

阮北喊道："我才没那么无聊！"

迟意反问："你不无聊吗？"

还真是触及灵魂的问题。阮北平时确实挺无聊的，但她也不会无聊到去念八卦的帖子！阮北把平板丢到迟意的床上，说："你自己看去吧。"

迟意没办法，这个小魔头天生克她，任性起来八头牛都拉不回来。如果是平时，迟意肯定要仗着比阮北大，好好教育小屁孩一番了，但她今天心情好，暂且放过小屁孩吧。

迟意忍不住哼起歌来："陈刃真好看呀。"

阮北哼了一声："那是。"

迟意一听有人接自己的茬，更来劲了："人也特别好。早知道他人那么好，我就不鬼鬼祟祟地跟踪他了。"

阮北翻了个白眼，说："他发现你跟踪他，故意扰乱你的视线，这事你忘了？"

迟意"嗯"了一声，问："居然有这种事吗？"

"……你赶紧过来看帖子吧！"

迟意在心里感慨了一下，小孩子就是心气浮躁，不像她这么稳重。她晒完衣服关上阳台的门，随手拿过平板。

阮北已经把帖子给她找好了，一会儿没看，回帖已经多达几十页。

迟意吐槽："我还不知道我们学校的闲人这么多。"她看了一眼帖子的标题："震惊！她是心理学系出了名的美女，竟倒贴……"

这是什么标题！

是的，迟意就是那个心理学系出了名的美女，她竟然倒贴物理系的男神陈刃。迟意疑惑的是，为什么要用"竟"？这难道不是很正常的事吗？

不是，她怎么就"倒贴"了？！

迟意往下滑看回复。

"我晕了，我这辈子都没见过有人离陈刃那么近过，教授除外，他室友除外。这是干什么？谈恋爱吗？"

"谈个屁的恋爱！我们的'高岭之花'不会谈恋爱的！"

“楼上过激了。我们来合理分析一下这件事。首先我们可以肯定，他俩之前没什么交集，毕竟喜欢迟意的人也有很多。而且，这也就是昨天和今天的事，陈刃不是这么随便的人。”

“合理分析个头，楼上去破案好了。”

“不只昨天和今天，我跟陈刃一起上马哲课的，迟意一直在。据我所知，她的马哲课已经过了。”

“这是去上马哲课吗？这是去谈恋爱的！”

“等等！我发现了盲点！他们两个一起去食堂吃了饭是事实，可不应该是男生送女生回宿舍吗？怎么是迟意送陈刃？”

废话！那是她的伞！让陈刃把她送到宿舍，然后淋雨回去吗？还是带走她的伞？嗯？这好像是个好主意，一来一回，就是见面的理由了。

迟意心中懊悔，失策！

“以楼上的智商，是怎么考上我们学校的？睁开眼看标题。”

“真的是倒贴吗？我为什么没这个机会？是我在佛前不够虔诚吗？”

迟意又去把昨天的帖子看了一遍，由于回帖太多，而且回帖的大多是学霸，讨论到后面严重跑题，她又退了出来。

阮北看了她一眼，安慰道：“别气。”

迟意不解道：“气什么？除了倒贴不属实，其他都是事实。”

阮北像是不认识她一样，盯着她看了一会儿，试探地质疑：“我怎么觉得，除了倒贴，其他都是胡编的？”

迟意说：“呸，我说的都是事实！”

阮北问：“要我把这些帖子都处理掉吗？我是管理员，拉黑删帖一条龙，不要钱。”

迟意想了想，说：“不用了。”她随手捞起旁边的毛巾擦了擦半干的头发，说，“无风不起浪，不是每个人都有机会跟陈刃传绯闻的。”

阮北气结：“你还说不喜欢他！”

到底是小孩子，又因为智商太高，跟同龄人玩不到一起去，跟迟意一起上了大学后，阮北除了上课，就是窝在宿舍打游戏。玩游戏倒是认识了几个朋友，但都不在遇冬市，所以自然对迟意依赖了些。一想到迟意要谈恋爱了，阮北危机感顿生。

迟意含含糊糊道："人都是会变的。"

阮北警惕地问道："你要跟陈刃谈恋爱吗？"

迟意沉吟。

她倒是想，但这是她单方面想谈就能谈的吗？

迟意靠着枕头，翻着匿名论坛的帖子，陈刃果然是F大炙手可热的男神，关于他的帖子简直屠了整个板块。

居然还有美图帖。

照片拍得不错，存了。

阮北见她不说话，突然叫她："迟意。"

迟意不走心地答："嗯？"

阮北的语气前所未有的认真："你还要跟陈刃一起上课，继续观察他对吧？下次我跟你一起去！"

对于阮北的决定，别说迟意拒绝不了，就算她能拒绝，阮北随便动动手指也能把陈刃的课程表弄到手。

于是下次迟意去蹭课的时候，阮北犹如千瓦的电灯泡杵在了两人之间。

吃瓜群主："你看他们三个，多像一家三口。"

阮北 & 喜欢陈刃的人："滚吧！"

迟意跟陈刃中间隔了阮北，她又不太好老往那边看，只好翻开空白的笔记本，在纸上一笔一画地写下这节课学的内容：相对场的量子化。

完全听不懂呢。

阮北也没怎么听，全神贯注地玩数独。

迟意百无聊赖，飞快地瞥了陈刃一眼。陈刃似乎根本不在乎旁边坐了谁，眼里只有那见了鬼的相对场的量子化知识。她想了想，给陈刃发微信："下了课一起去吃饭？”

手机在桌边亮了亮。

陈刃看了一眼，本来想当没看见，结果发现是迟意发来的。他眉头微皱，把手机拿了起来，回道：“为什么？”

——为什么要一起吃饭？

陈刃再不爱八卦，也架不住宿舍有几个八卦的室友，他们都以为他终于开了窍要谈恋爱，围着他逼问了好久。他否认之后，室友又把帖子弄出来给他看。

除了迟意倒贴，其他都还真是事实。

他是不是真的跟迟意太过亲密了？破天荒地，陈刃第一次在课堂上走了会儿神。他正想着，手机再次亮起，女孩的语气理直气壮：“我那次雨中撑伞的情谊，你不报答吗？”

好吧，强词夺理也是有理。

陈刃想了想，从口袋里掏出饭卡，放在桌上往迟意那边推了推，然后对阮北说：“麻烦递给迟意。”

天才儿童傻眼了，她瞪着陈刃，问：“定……定情信物？”

陈刃好脾气地解释：“只是饭卡。”

不等他俩交流完，迟意已经看到了饭卡。她看了陈刃一眼，让阮北赶紧还回去，又连忙给他发消息：“你是觉得我们的绯闻不够实锤吗？”

陈刃发了个问号过来。

他就是怕别人误会，才不跟迟意一起去吃饭，但报答还是要报答的，那只能把自己的饭卡给她了。

迟意飞快地打字：“我知道你是什么意思，但是你当着这么多人的面给我饭卡，是准备包养我吗？”

陈刃：“哦。”

然后，微信上就收到提示——微信红包：恭喜发财，大吉大利。

迟意觉得误会更大了。

陈刃报答完了，也不管迟意会不会领，把手机反扣在桌上，继续听课去了。刚刚那不到五分钟的走神对他来说没有影响，老师讲的知识他还跟得上。

迟意则听得云里雾里，因为不想在阮北面前丢人，才勉强没有睡过去。

好不容易挨到了下课，一想到陈刃不愿意跟她一起吃饭，迟意就对吃饭提不起兴趣。阮北玩数独正上瘾，说："你等我一会儿，我先玩完这一局。"

迟意见陈刃收拾东西准备走了，跟是跟不上去了，只好顺势趴在桌上，说："好。"

这日雨停了，雨后的阳光也不刺眼，晒在人身上暖洋洋的。她闭上眼睛，感受金灿灿的阳光荡涤着湿漉漉的空气。

眼前突然一暗，有人挡住了她的阳光。

迟意微怔，睫毛颤动，过了一会儿，她慢吞吞地睁开了眼睛。

陈刃居高临下地看着她。

迟意喃喃："陈刃。"

陈刃的唇微动："一起吃饭。"

"啊？"

陈刃抱着书，指节分明的手指缓缓地敲打着书，见她还有些蒙，他不耐烦地牵了牵嘴角，说："饭卡不要，红包不收，我怎么报答你？"

迟意脱口而出："以身相许？"

他就不该心软。陈刃想。

十五分钟后，迟意和阮北在宿舍吃起了外卖。

外卖是阮北点的。她把懒人桌支起来，跪在地上把外卖盒子打开。热腾腾的冒菜上淋了辣油，香气腾腾，直往迟意的鼻子里钻。

阮北深深地吸了一口气，说："迟意，是你最喜欢的冒菜。"

迟意躺在床上一脸的生无可恋。

阮北眼珠一转，小跑过去跟她撒娇："你生我气了对不对？我还不是为了你好？你看论坛上的人都是怎么说你的！你还跟陈刃去吃饭？还要不要名声啦？”

“你这熊孩子。”迟意伸出手指戳她，“年龄不大，思想倒是跟老年人一样。名声是什么？能吃吗？”

阮北反驳道：“陈刃是什么？能吃吗？”

迟意微怔，犹豫了一下，说：“能？”

阮北面无表情：“在你面前的是十五岁的女孩子，是祖国的花朵，你到底在对祖国的花朵做什么？”

迟意气不打一处来：“祖国的花朵到底在对我做什么？”

十五分钟前，当她脱口而出“以身相许”后，陈刃没有当场拂袖离去，可见教养真的不错。但紧接着，阮北举手，大眼睛眨巴眨巴着，脆生生地说：“陈刃哥哥，我已经订了外卖，迟意不能跟你一起去吃饭了。”

祖国的花朵对迟意做了什么？

她替迟意拒绝了陈刃！

迟意到底没抵挡得住冒菜的诱惑，掰开筷子蹲下来吃饭。阮北盘腿坐在地板上，笑眯眯地说：“祖国的花朵目光很长远。”

迟意挑眉道：“哦？”

阮北说：“这在兵法上叫欲擒故纵。你看看你，一直缠着陈刃，陈刃就会喜欢你吗？”

“等等！”迟意打断了她的话，说，“我就说哪里不太对！我跟着陈刃，蹭他的课，是为了观察他啊，怎么就是追他了？”

阮北复述她的话：“除了倒贴不属实，其他都是事实。”

好吧，迟意已经被带偏了。

迟意挑了个丸子放在碗里，丸子在雪白的米饭上滚动，铺上一层红色的辣油。她咬了一口，醇香的汤汁在唇齿间蔓延，味蕾受到了照拂，心情自然就好了点儿。她吃了口米饭，说：“算了，误会就误会吧，清者自清。”

阮北问：“你清吗？”

迟意……她还真的不清。

阮北提议：“你不如去找陈刃说清楚好了，说你喜欢他。就算被拒绝了，也总比这样不清不楚的好。”她腾出手在手机上点了几下，递给迟意，“这周六陈刃要去上鸣学院做演讲，讲得好的话还有奖领，那时他的心情肯定好，你顺便告白。”

合情合理，天才儿童追人都有一套。

但是，迟意眯起眼睛问：“你会那么好心？”

阮北也不掩盖自己的意图：“放心。”她吃了一口米饭，喜滋滋地说，“据调查显示，陈刃自入校以来，平均每天被告白一次。无论是校花，还是系花，无论是天资绝色，还是小家碧玉，无一例外都被拒绝了。”

“所以？”

“你肯定也会被拒绝啦。”

06

这周的气温越来越高，夏天终于在那场雨后势不可当地来到了遇冬市。蝉在上鸣学院礼堂外的树上吵嚷着，几个孩童坐在树下，其中有个身穿黑色小西装的小正太，正一本正经地做着科普：“……这就是万有引力。”

有人举手，是个小姑娘。

举手的小姑娘一脸天真地说：“可是动画片里的人都会飞呀！苹果也会的。”

小正太生气地说道：“那是动画片！”

小姑娘小声嘟囔：“动画片才是最好看的！你说的都是什么东西啊，我听都听不懂。我不要跟你玩了。”

旁边的小男孩乘虚而入：“那我们去看动画片吧。”

小孩子玩性大，一听看动画片立刻就跑了，只留下小正太呆呆地站在草地上。从旁边的礼堂里传来的模糊声音，在风中飘荡。也不知道过去了多久，身后有脚步声传来，小正太一愣，以为小伙伴回来了，惊喜地回过头，看到的却是一双长腿。

来人穿的是休闲裤，腿又长又直。

小正太抬起头，撞进了一双熟悉的眼睛，他嘴角一撇，叫道：“陈老师。”

陈刃淡淡地“嗯”了一声。他蹲下来，手上还拿着一会儿要演讲的稿子，抱人不方便，于是拍了拍小正太的头，说：“我都听见了。”

小正太也不觉得丢面子，哼了一声，说：“他们太幼稚了。”

陈刃说：“他们才六岁。”顿了顿，他补充，“你也是。”

小正太说不过他，生起了闷气。

陈刃见状，不由得失笑。这个小正太是上鸣学院院长的孙子，自小就因为智商太高跟小朋友们格格不入。院长曾带他去F大少年班上过课，而陈刃在少年班任课，他们便这样认识了。

陈刃说：“小孩子就该干小孩子干的事情。比如看动画片，而不是学万有引力。应该玩躲猫猫，而不是玩小孔成像。”

“才不是！”小正太凶他，“小孩子就该做喜欢的事。”

陈刃一怔。

小正太伸出手指，用白生生的食指点他的鼻子，说：“陈老师是老古董。”

陈刃忍了。

好在小正太没有得寸进尺，他看了一眼礼堂的出口，问：“陈老师今天不是来演讲的吗？礼堂里的讲座好像没有结束，你怎么出来啦？”

陈刃说：“不急。”

这次的讲座是遇冬市各大理科学院联办的，面向上鸣学院附属高中，探讨的主题虽然简单，就是老生常谈的志愿专业问题，其中延展的知识却不少。各学院各显神通，都想踩对方一头，以争取到更好的生源。

只是陈刃没想到他母亲会来。

这样的讲座规模太小了，以林荀的心性是不会来的，但她像是故意要给他添堵一样，偏偏来了。陈刃站起来，有点儿烦躁地翻了翻手上的稿子。

不确定的感觉在他的心里蔓延。

林荀坐在专家席，选手演讲完她会点评，没人知道她会说什么。

陈刃的演讲被安排在了最后一个，他一入场，整个礼堂就热闹了起来。高三的女孩子见惯了习题、试卷和蓬头垢面的男同学，猛地见到清爽隽秀的学长，一点儿也不矜持地尖叫出声，叫声差点儿掀翻了礼堂的屋顶。

陈刃走上台，朝台下鞠了一躬后，面不改色地走到了主持的位置上。

他轻车熟路地调整了一下话筒支架，唇微微靠近话筒，声音清晰地在不大的礼堂里回荡："同学们好，我是来自F大物理系的陈刃。"

年轻的学长与生俱来的亲和力，让物理学的世界都变得奇妙起来，原本昏昏欲睡的学生们听得比谁都认真，间或小声地讨论两句。

"我要报F大物理系，这就是我梦中的学长！"

"我产生错觉了吗？我觉得他是在念情诗，不对，比情诗还动人。"

"醒醒，还没到做梦的时候。"

"我跟你们说，我刚刚上F大的论坛查了一下。陈刃学长自从进校后就一心学习，到现在都没有谈女朋友，他这是在等我啊！"

伪装成学生藏在他们中间的迟意听到这里，终于忍不住翻了一个大大的白眼。

这位同学，但凡有点儿花生米，你也不至于醉成这样！

还有，陈刃是在跟你们讲正儿八经的理论知识，你们倒好，就围着这个人讨论，考虑过他的感受吗？

迟意愤愤地敲字："没想到你们学校的学生是这种人！"

那边回得飞快："麻烦扫射精准点儿，去听讲座的都是学霸，跟我这等学渣没关系，不要带上我，谢谢。"

聊天框对面是迟意的邻居弟弟顾时之，目前就读于上鸣学院附属高中二年级，学渣一个。

顾时之又噼里啪啦地打了一堆字："如果不是我动用关系，你以为你能拿到讲座的名额吗？赶紧想想怎么感谢我。"

迟意毫不留情地回道："退下吧。"

不等顾时之回消息，她就把手机收了起来。

是的，虽然正如阮北所言，她来找陈刃告白百分之百会失败，但她还是来了。毕竟她是这么跟阮北说的：“嗯，我不服。凭什么其他喜欢他的人能被拒绝，我连被拒绝的机会都没有！”

阮北抓住重点，说：“你还真喜欢他！”

迟意小声说：“一点点啦。”

是一点点，没到爱情的程度，也没到被拒绝了就再也不相信爱情的程度。迟意更希望她随口说出来后，陈刃以沉默拒绝。之后，他继续被她观察，而她借着观察的名义继续追他。

可能等到课程结束，她也不会追到他，然后他们顺理成章地成为朋友，那种平时不怎么联系，路上见面会打个招呼的普通朋友。

这么想着，迟意心酸了一把。

台上陈刃的演讲接近了尾声，最后一句“谢谢”说完后，礼堂里响起了震耳欲聋的掌声。迟意也跟着鼓掌。

虽然完全没听懂，但是，嗯，陈刃就是最厉害的。

按照接下来的剧情，陈刃被专家组夸奖一番后领奖下台，她则捧着一束花儿恭喜他，顺便告白，然后被拒绝。

迟意站起来，偷偷摸摸地往外溜，刚走到门口打开门，忽地听到一个尖厉的声音。

是话筒没放好发出来的，刺着耳膜，很聒噪。

然后是很温柔的女声。

“陈刃同学，稍等。”说话的女人应该很擅长在这样的场合讲话，不疾不徐，优雅得体，“你刚刚做的演讲——我姑且称为是演讲，实际上，你只是将一些专业理论用你自己的语言复述了一遍。”

迟意震惊地松了手，厚重的门弹回来，关上时发出巨响。

但没人关注到她，所有人都被刚刚的女声吓到了。灯光通明的礼堂里寂静无比，呼吸声都觉得吵闹。不知道是不是错觉，迟意看到陈刃好像往她这边看了一眼。

他依然站在原地，站得笔直。

林荀抬眼看他，他毫不胆怯地回望过去，没有反驳。

林荀又继续说："我相信你们院校的教授应该没看过你的演讲稿，不然不会让你上台的，不是吗？"

"你经历过高考，从自己的角度阐述现况是对的。但是你忽略了在场的上鸣学院高中生大多是跳级上的学，他们没有像你一样按部就班地上学。心性、经历不一样，你那些所谓的经验对他们就毫无意义。"

过了最初的震惊，迟意现在只想大骂几句。

这个女人好狠！是跟陈刃有仇吗？

之前也有不少人上去传授经验，她一句话都没说，怎么就集中火力向陈刃一人扫射？陈刃吃她家大米了？

死寂仍然在持续，所有人都在等陈刃的反应。

他会生气吗？会觉得屈辱吗？正常人都会吧？更何况是他这样的天之骄子。他会怎么应对？

迟意听见自己的心脏在剧烈地跳动，她舔了舔唇，思考着现在冲上台去把陈刃带走的可能性有多大。她概率学学得不怎么好，还没计算好，陈刃已经做出了反应。

他走到舞台中央，往前站了站，开口："谢谢林院士的指导。"

陈刃微微鞠了一躬，转身朝台下走去，不卑不亢，没生气，也没觉得屈辱，好似经历过无数次这样的情形一样，逆来顺受得让人有点儿生气。

迟意悄悄地攥紧了拳头，推开门走了出去。隔了扇门的礼堂里，那位林院士又开始发言，声音温柔，却让人生厌。

迟意没拿准备好的花，现在显然不适合告白，但她很担心陈刃，陈刃看上去淡定得太不正常了，所以她得找到陈刃。至于找到后说什么，到时候再说吧。

迟意是个行动派，但无奈她对上鸣学院实在不熟，在礼堂里转了半天也没找到后台的入口。眼看讲座要散场，陈刃要跟学校领导回去了，她急得转来转去，正想着要不给陈刃打个电话，手腕突然被人抓住，她被扯进了一个房间。

门在身后被关上，不轻不重，听不到声响。

迟意惊慌地喊："救——"

"是我。"平淡的声音从身后传来，像是有着镇静的效果，把迟意剩下的话堵了回去。她惊讶地回过头。

这个房间应该是杂物间，地上、桌上堆积着不少东西，看样子很久没人来打扫过。

而陈刃就站在这些杂物中。

他一言难尽地打量了她一会儿后，迟意才想起自己现在穿的是附属高中的校服。校服是顾时之赞助的，少年刚过了十八岁，个子就如抽条般迅速长高，衣服穿在迟意身上自然宽大，不合身。

迟意有点儿不好意思地拉了拉衣服，说："其实我可以解释。"

陈刃笑开了，语气中带着一丝讥讽："准备重新参加高考？"

迟意还没说什么，陈刃先反应过来，他闭了闭眼睛，说："不好意思。"

果然还是被影响了吧？

迟意懊恼，想了想，说："我觉得刚刚那位林院士说得不对。我虽然没仔细听你讲的内容，但是我听到旁边学生的讨论了。"

"讨论什么？"

——讨论你长得帅。

迟意果断扯谎："你代表的是F大物理系，把你挑出来做演讲本身就是对你的肯定，你能为学弟、学妹做好榜样。你这个人站在那里，就是一种鼓励。"

"鼓励什么？"

"考上F大，就能离陈刃学长近一点儿。"迟意老老实实地回答。她偷眼瞧了瞧陈刃，见他没有生气，于是再接再厉，"还有啊，附属高中的学生哪有林院士说的那么厉害！我看都是刻苦学习的小孩，没那么多跳级的。"

陈刃迟疑了一下，问：“真的？”

迟意说：“当然了，我就在台下，比你看得清楚。”

陈刃点了点头。虽然这样拙劣的安慰对他来说聊胜于无，但很久没人这么安慰过他了，他勉强算是被安慰到了，然后重新把话题拉回来：“所以你为什么会出现在这里？”

怎么又绕回来了？！

迟意卡壳了。

说她来观察他的？不差这一天。

来听讲座？她哪有那么无聊！

来告白？

这确实是她的真实目的来着，但是最重要的道具没在手上，而且目标人物的心情一点儿也不好，她现在告白不是等着被拒绝吗？

等一下，迟意觉得她发现了盲点。陈刃心情好会拒绝她，心情不好也会拒绝她，所以他心情好不好跟她告不告白有关系吗？没关系。

迟意的逻辑学学得不错。

陈刃见她神游天外，微微皱起眉，叫她：“迟意？”

“啊？”迟意回过神来。

她愣愣地看着陈刃。刚入夏的季节，陈刃穿着黑色衬衫有点儿热，便卷起了袖子，露出一小截白皙的手臂，安静地站在她对面。

不知道是不是太热了，他的眼角泛着红，漂亮得不像话。

迟意舔了舔唇，说：“陈刃，我喜欢你。”压住狂跳的心脏，她继续说，“你愿意做我的男朋友吗？”

话一出口，迟意就后悔了。

什么叫“你愿意做我的男朋友吗”？用脚指头想也知道，人家不愿意！告个白就完事了，她怎么还整上问句了？

迟意及时补救：“那个，我就是随便问问，你知道我的心意就……”

“好。”陈刃打断她的话。

迟意茫然地看向他："啊？"

陈刃说："做你的男朋友，可以。"

等等，风太大，她好像没听清楚。

陈刃说了……什么？

陈刃却不管她思绪混乱，继续说："你上次说得对，我确实缺点儿什么。我现在知道我缺什么了。"

迟意问："缺什么？"

陈刃说："缺个女朋友。"

迟意独自凌乱了一会儿，喃喃："不对，这剧情不太对。"

陈刃问："怎么了？"

什么怎么了？你不是"高岭之花"吗？！怎么随随便便来个人告白，你就答应了？就算再缺女朋友，也不用掉一个在你面前，你就要打包带回家啊！还答应得干脆利落，一点儿回旋的余地都没有！

迟意忍住了晃陈刃肩膀的冲动，勉强稳住了心态，说："不是，我还没有进行一系列的倒追以及死缠烂打，你怎么可以就这样答应我？"说到最后，还带了点儿委屈。

陈刃问："你要追我吗？"

迟意小心地伸出食指和大拇指，做了个"一点点"的手势，说："也许可以先这么迂回一下？"

陈刃垂着眼睛，看样子是在思考可行性。三秒后，他抬起头说："既然结果是唯一且不会变的，那还是别浪费那个时间了。"

"可是……"

"你不喜欢我？"

"……喜欢。"

"嗯。"

"可是我还没做好谈恋爱的准备！"

陈刃说："我也没准备好。"他声音微顿，凉凉的目光落在她的身上，眼睛微微眯着，“你觉得我不会答应，所以才来告白？”

也可以这么说。迟意腹诽。

但她不敢说出来，只好顾左右而言他地找借口：“我以为像你这样的天才，是没时间谈恋爱的呀。”

“你知道天才是什么吗？”

“就是你呗。”

“嗯。”陈刃向前走了一步，迫使迟意往后退了退，靠在了门上。她直视他的眼睛。他的眼神冷淡平静，泛红的眼角充满诱惑，语气却是一如既往的和缓，“天才就是，可以花费很少的时间，做到普通人可能要花很多很多年才能做到的事情，所以——”

“所以？”

“所以我有很多时间，可以跟你谈恋爱。”

第二章

鹿撞如你

01

准确来说，跟陈刃谈恋爱这件事，迟意是没有任何准备的。

这就好像你去打游戏，没准备多少道具，想混个经验就回主城重新来过，结果一举通关不说，奖励也丰富得能砸死人。

她的第一反应是陈刃想封她的口，不让她把今天丢人的事情说出去，于是，她发誓："你放心，就算你不委身于我，我也不会乱说的，我嘴很严。"

陈刃问："你觉得我是想封你的口？"

迟意猛点头。

陈刃说："那我应该灭口。"

迟意后背一凉，陈刃却又往前站了站。迟意脸一红，伸手挡在两人中间："等……等一下，再近我就承受不了了。"

她听到陈刃笑了笑，低沉的笑声就响在她耳边，呼出的热气如有实质般在她的脖颈上引起战栗。迟意觉得自己像个烟花，陈刃不需要点火，就这样笑一笑，她就能"嗖"的一声蹿上天，在天边炸得璀璨生辉。

陈刃把手放在门把上，往下一按推开，门外的光亮流泻进来。女孩泛红的耳尖清晰可见，是他刚刚的那点儿小捉弄的杰作。

陈刃在心里笑自己幼稚，绕过迟意，和她拉开了一点儿距离，说："回学校。"

迟意还有点儿晕乎乎的，点头答应："哦。"

陈刃问："你的校服……是哪儿来的？要还吗？"

迟意没回过神来，陈刃说的话她就听进去几个字，仰起头懵懂地看着他，半天才挤出一个单音节："啊？"

陈刃想了想，目光落在了迟意的手上。校服太大，她的手缩在袖口里只露出一点点白皙的指节。他想，既然是女朋友了，那牵手也是正常的。

他伸手探进她的袖口，准确地抓住了她的手。

迟意心下一惊。

陈刃却自顾自地推断她校服的来处："校服肯定不是偷的，那就是你有认识的人在附属高中，而且还是男生，你的弟弟？”

迟意点点头。

陈刃说：“那就不急了。”

他拉着迟意的手往外走去。

讲座刚结束不到五分钟，还有零零散散的学生在走廊里兴奋地讨论着陈刃。等陈刃走过时，学生们又猛然噤声。

迟意麻木地想，完了，F大论坛的匿名帖又有新的标题了——震惊！怪不得自入校来陈刃拒绝了那么多美女，原来他……

迟意弱弱地抗议：“等一下。”

陈刃头也不回，似乎在压抑着什么，说：“回学校再说。”

迟意咬牙拒绝道：“不行。”

趁他还没当真，她必须说清楚。

陈刃似乎没想到她这么强硬，稍稍思考了一会儿，说：“跟我来。”

上鸣学院虽然人才济济，但顶尖的人才毕竟是少数，所以整个学院地广人稀。前几年，院长带头的项目在此成立，用作专业的研究，使得这里越发寂静。远离了人群后尤其如此。

过了正午，蝉鸣越发聒噪，陈刃带着迟意从侧门出了礼堂，又顺着小路往前走，一直走到教学楼前，他才停下脚步。迟意遥遥地看到几栋年份久远的楼房，有刚洗好的床单被风吹动，发出阵阵响声。

云悄悄地在湛蓝的天空中散开又聚拢。

陈刃忽然问：“怎么出那么多汗？”

迟意的脸一红。

她穿得本来就多，又走了这么长的路，还被陈刃拉着手，不出汗才怪呢！

她小声解释：“天太热了。”

陈刃问：“为什么不肯回学校？”

迟意抿了抿唇，说：“我知道你是被气糊涂了。好吧，就算不是被气糊涂了，也是被气到了，所以才自暴自弃地答应跟我在一起对不对？”

陈刃没说话。

迟意当他默认了，心里虽然拔凉拔凉的，但还是选择继续说下去：“虽然我也挺想让你答应我的，但是你这样冲动之下答应，回头再后悔把我甩了，我怎么办？我倒也不是怕同学们嘲笑啦，就是会挺难受的。就像拿了一笔不属于我的钱，把它还给别人的时候，还是像丢了钱。”

陈刃说：“比喻用得不错。”

这是在夸她。

迟意觉得现在就要丢钱了。

陈刃松开了她的手，微风吹过，她被汗浸湿的手心变得微凉。她抬头看陈刃，阳光正盛，穿过茂密的枝叶稀稀落落地打在他笔直的背脊上，像镀了一层光。

啊，迟意惋惜了一下，她要把这么好看的人拒绝了。

陈刃终于开了口：“我是有点儿生气。”

他往后退了退，靠在墙边，红墙青瓦的教学楼历史悠久，双开的窗户紧闭着，迟意看到教室里的黑板上写着几道数学题。

公式看着简单，解题过程却十分复杂。

“但是习惯了。”陈刃的声音把迟意的思绪拉了回来，他的语气轻描淡写，“可能是有点儿冲动，但是两个人在一起，不就是因为冲动吗？”

迟意觉得……他说得很有道理。

陈刃见她一副恍然大悟的样子，不由得失笑：“迟意同学，你跟我告白，却要我说服你跟我在一起？”

“呃……”迟意信口胡扯，“爱情里面不分彼此。”不等陈刃说话，她赶紧转移话题，“你要说服我在礼堂不行吗？带我到这里来干什么呀？”

陈刃沉默了会儿，说：“我没想说服你。”

陈刃往前走了两步，那是另一个教室的窗户了，他抬手敲了敲玻璃。没一会儿，迟意听到教室里传来“噔噔噔”的脚步声，窗户被人从里面打开了。

一个小正太踮着脚露出了半张脸。

迟意脱口而出："好可爱！"

小正太看了她一眼，目光冷淡，很有小陈刃的范儿："谢谢夸奖。"他又看向陈刃，"陈老师，你怎么知道我在这里？"

陈刃答非所问："跟你介绍一下。"

小正太歪了歪头，问道："什么？"

陈刃再次拉起迟意的手，语气平淡地道："我女朋友，迟意。"

他没想说服她，因为不需要。

他带她来这里，只是为了找人炫耀一下，他有女朋友了。

02

迟意当天晚上睡得不好，据阮北反映，她一晚上至少弹跳了十次以上，每次都挠着乱糟糟的头发，直愣愣地看着还在跟游戏奋战的阮北。

"是吗？"迟意愣愣地看着阮北，喃喃，"我跟陈刃谈恋爱了。"

"又来了。"阮北忍无可忍，扔了键盘，抓了抓自己的头发，把镜子往迟意面前一放，"你昨天晚上已经把这句话说了一千三百八十遍了，看看自己的黑眼圈。"

迟意看了一眼镜中的自己。一晚上一惊一乍的，自然没睡好，眼袋掉到下巴了，既憔悴又有些兴奋得不正常。她用手将头发拢到耳后，无力地给自己找借口："太像做梦了嘛。"

阮北沉默了一会儿，说："就是做梦。"

迟意瞪大眼睛。

阮北无奈地道："骗你的。"她转着椅子往后退，又回到了自己电脑前，以单身狗的身份鄙视迟意，"瞧你出息的！"

迟意鼓了鼓腮帮瞪她，说："我现在接受不了二次刺激。"

阮北回过身打游戏，键盘按得噼里啪啦响，一刀砍死小怪，终于忍不住说："我认识一个医学院的教授。"

迟意不明所以地道："嗯？"

阮北说：“眼科的。”

迟意有种不祥的预感。

阮北说：“我可以介绍给陈刃，免预约挂号。”

迟意一头黑线。

她翻身下床去了洗手间，阮北锲而不舍地跟过来，着重介绍了眼科疾病给人带来的危害。迟意给牙刷挤上牙膏，电动牙刷细小的毛冲刷着牙齿，她面无表情地听阮北啰唆。阮北见她面色不悦，眨眨眼睛，道：“我也是为了你好。”

迟意“咕噜咕噜”地漱了漱口，说：“你乖乖的，就是为我好。”

阮北哼了一声。

“你放心吧。”迟意用热毛巾擦了擦脸，稍微缓解了一晚没睡好的疲惫，她露出张干净的脸来，安慰阮北，“就算妈妈给你找了后爸，也会好好对你的。”

阮北愣了一下，随即反应过来：“啊啊啊，迟意，我跟你拼了！”

迟意笑着躲开。

阮北跟她认识太久了，知道她怕痒，就往她腰间挠去。迟意笑倒在床上求饶：“好了好了，我撤回刚刚那句话行了吧？”

阮北放过她，往后退坐在自己的床上，问：“他为什么会答应你？”

宿舍的窗帘没有拉开，灯也没打开，只有电脑屏幕发着光，随着游戏里的刀光剑影闪烁着。迟意思考了一会儿，很是严肃地开了口：“我怀疑他是想对我图谋不轨。”

……鬼才信。

“图谋不轨个头！我看是迟意对陈刃图谋不轨！”

不出迟意所料，匿名论坛上的帖子果然如期而至，没她想的丧心病狂，但也是标题党十足——“校园男神一朝堕落，真相令人难以置信！”

后面没有省略号，迟意还有点儿不适应。

她打开帖子，准备好好接收全校同学的羡慕嫉妒恨，来满足一下自己的虚荣心。刚看了第一篇回帖，陈刃的声音就在头顶响起：“在看什么？”

迟意吓了一跳，连忙把平板往怀里一藏，心虚地抬起头，干巴巴地笑道：“你来了？”

陈刃坐在她对面，答道：“嗯。”

空气突然安静。

没错，这是两人第一次正式的约会，地点在图书馆。虽然地点诡异了点儿，但环境不错，周末的时候人也不多。

温度也适宜。

陈刃把书放下，见她手上只有平板，问：“没带书？”

迟意一脸无辜地说：“我以为我们是来约会的。”一副可怜兮兮的样子。

陈刃莫名地有了一点儿负罪感，他抬手看了一眼腕上的表，说：“我下周二要交一篇论文，今天要查证资料，我会尽量快一点儿。你在这里安安静静地玩平板，等我，可以吗？”顿了顿，他说，“乖。”

迟意的脸又红了。

她点了点头，就差比三指发誓了：“你放心，我很乖。”

陈刃微不可见地笑了笑。他把专业书摊开，又去研究方向的专区挑了几本书。书架高耸，每本书都按照学科严格地分类，他找起来也快，没一会儿就抱了一堆书在怀里。他走出书架区，遥遥地看见迟意。

F 大的图书馆很大，呈环形。溽夏金灿灿的阳光铺满天窗，将整个图书馆照得十分明亮。迟意坐在靠近透明玻璃旁的座位上，从她的角度能俯瞰整个图书馆。不时有人从她的身边经过，每次她都会抬起头。

陈刃想，她在等他。

而且，如她所承诺的，她很乖，不像他认识的样子。

诚然，他认识她的时间并不长，也不过短短半个月，不足以了解一个人。但迟意在他面前的性格总是欢脱的，不稳重的，偶尔也有点儿脱线。但她现在听他的话，乖乖地坐在图书馆里玩平板等他。

听到脚步声，迟意眼前一亮，她抬起头，陈刃在她对面坐下来。也不知道在想什么，他翻了会儿手上的书，忽然抬起头。

迟意的心漏跳了一拍。

陈刃若有所思："女朋友的话，都是这么乖的吗？"

这是什么问题？

迟意反应极快，否认道："当然不是，只有我才这么乖，你就不用知道别人家女朋友乖不乖了。"

陈刃点头："你也是。"

说完后，他就低下头继续看书了。迟意品味了一会儿，才慢慢地品出了他这句话是什么意思，他的意思是"你也不用知道别人家男朋友乖不乖了"。

完了，迟意的心脏好像漏跳了好多拍。

迟意决定看会儿帖子冷静一下。她把刚刚的那篇"男神堕落"的帖子打开，由于是周末，论坛在线人数又破新高，回帖无数。

"我不信！自打我们系的系花去告白失败后，我就坚信他的性取向不是女生了。@陈刃，我的三观被你重塑了。"

"我有个朋友临死之前想知道这件事的来龙去脉。"

"我就是楼上的朋友，楼主详细说说吧，不然我死不瞑目！想我一世英名，竟败在了这个……这个……他女朋友叫啥来着？"

"迟意，心理学系的，成绩一般，长相……我喜欢。"

"大家好，我是楼主。虽然我发了帖，但是我对过程不是很清楚。为此，我通过我庞大的关系网锁定了陈刃的室友。据说，是陈刃提出要在一起的。"

"我觊觎已久的白菜终于被猪拱了。"

"拜拜就拜拜，下一个更乖。"

翻完了所有的帖子，迟意确定，大家真的都很闲。她抬起头看了陈刃一眼，陈刃正好在喝水。他仰着头，唇抵着瓶口，慢条斯理地一口口地喝，喉结随着吞咽的动作微动。

迟意咽了口口水，好像理解了"秀色可餐"这个词的含义了。

许是她的目光太过炽热，陈刃拿着矿泉水瓶子的手微微一顿，他放下手，目光在她的手和唇上停留片刻。他把矿泉水推给她："渴了？"

他略有点儿歉意，说："忘了带你的。"

迟意本着"有便宜不占王八蛋"的真理，把矿泉水瓶拿了起来，浅浅地喝了一口，说："陈刃。"

陈刃拿起笔："嗯？"

迟意说："我刚刚在看论坛上的帖子。"

陈刃抬眼问："什么帖子？"

迟意欲言又止。

陈刃把笔放下，说："休息三分钟。"

迟意这才把帖子给陈刃看，着重让他看了下他室友说的那句话。看完后，迟意愤愤地说："像这种冒充你室友在外面爆料的人，你室友该把他揪出来，绝不姑息！"

她攥着小拳头，义愤填膺。

有点儿可爱。

陈刃别开眼神，眼尾却浮现一层浅淡的笑意，他的语气尽量平缓："哦，这个应该就是我室友，赵尤尤。"

"赵尤尤？"

"嗯。"

"那么肯定？"

"嗯。"

陈刃之所以那么肯定，是因为昨天晚上他回到宿舍的时候，只有赵尤尤在。赵尤尤不爱出门，能点外卖解决的事情绝对不出门。

听到开门声，他睡眼惺忪地从被窝里抬起头。见是陈刃，他打了个哈欠问："顺利吗？"

问的是讲座的事。

陈刃点头："还不错。"

陈刃在自己的椅子上坐下来，抬手打开台灯，背对着赵尤尤，漫不经心地说："对了，我有女朋友了。"

"啊？"

陈刃转过身，抬起头，仔细看赵尤尤的反应。赵尤尤长相可爱，一头卷毛，像个雪白的团子，此时正一脸迷茫地看着他。片刻后，赵尤尤瞪圆了眼睛，说了句脏话。

一个字，简单利落。

陈刃的笑压不住了，从眼尾泄出来，说："嗯。"

赵尤尤顿时精神了，他边念叨着"等下等下"，边飞快地打开手机登录论坛，喊道："你送她回宿舍了？"

"还是牵着手送的！"

"你还送了花？你居然会送花？你知道花店在哪儿吗？"

陈刃看了他一眼，带着杀气。赵尤尤立刻闭眼吹道："当然了，我们物理系的学霸陈刃文武双全，不只会买花，可能还会种花。"

吹完了，他趴在床的护栏上，哀叹："说好的一起单身一起走，你却让我自己做了狗？"他又问，"你追的？"

陈刃说："不重要。"

赵尤尤摇了摇头，说："从有人跟你告白开始，我们就在宿舍打赌，我赌你在毕业前肯定不会谈恋爱。"

陈刃不是很感兴趣地问："赌注是什么？"

赵尤尤说："给宿舍的人买一个学期的早饭！"

陈刃说："辛苦了。"

"我恨！"赵尤尤哭唧唧了一会儿，又说，"对了，我看论坛里都是胡扯的，我可以作为知情人士爆料吗？我熊熊的八卦之魂要控制不住了。"

陈刃说："随你。"想了想，他又补充，"说点儿好的。"

赵尤尤答应得利落，边回帖子边随口问："你喜欢她吗？"

陈刃沉默了片刻，想起他刚刚送迟意回宿舍的时候，女孩抱着校服，脸红扑扑的，笑得眼睛弯起来跟他说再见，说完后也不干净利落地回宿舍，慢吞吞地等着他喊她回来。

他如她所愿，叫住了她。

她又害羞了，小跑回来，小声地喊他的名字，明知故问地仰着头问他："怎么了怎么了？还有什么事没说吗？"

他静静地看着她，看得她不好意思起来，他才缓缓地弯下腰，抱住了她。

这是他第一次抱女孩子。

他无师自通地将手放在她的后脑勺上，她柔软的长发就在他指间，他轻轻拍了拍，说："早点儿休息，晚安。"

她的耳尖被染红，很诱人。

他想，他应该会喜欢她的，至少可以试试。

陈刃拉回思绪，对上女朋友充满求知欲的眼睛，他重新拿起笔，说："是我让他去爆料的。"

迟意问："为什么？"

陈刃说："既然已经受人关注，与其让人乱猜，不如告诉他们真相。过程不重要，重要的是，结果是不可改变的。"

"……什么结果？"

"我们在一起的结果。"陈刃写字的手停顿了一下，他有点儿无奈地抬起头，眉头微微皱起，"女朋友都那么笨吗？"

迟意想，她好像跟男朋友在一起的第二天就被嫌弃了呢！

03

如陈刃所说，不管外人怎么看，怎么猜，怎么讨论，过程根本没那么重要，谁追的谁，怎么追的，都不重要，反正结果是不可以改变的。

除非……他把她甩了。

赵尤尤左耳听老师讲课，右耳听迟意忧愁，他摆摆手，说：“安啦，他不会的。别看陈刃冷冰冰的，其实心可软了！”

没错，是赵尤尤本人。为了见识到是怎样的姑娘把陈刃骗到手，害他要承包一学期的早饭，赵尤尤选择踏出宿舍门，蹭了迟意的课，并迅速跟迟意成了好朋友。

迟意更忧郁了，说：“他不喜欢我就会和我分手的。”

赵尤尤问：“他现在喜欢你吗？”

呃，扎心了。

她看了赵尤尤一眼，纳闷：“你不是物理系的吗？记什么笔记？”

赵尤尤停下手中的笔，反应过来：“对哦。”他挠了挠小卷毛，听着老师在说重点，又奋笔疾书，“算了，习惯了，你们心理学还挺有意思的。”

正儿八经的心理学院学生迟意看了一眼自己空白的笔记本，默然片刻，说：“学霸不愧是学霸。”她提议，“要不你以后在这儿上课，我去替你上课？”

她这司马昭之心，是个人都看得出来。本以为赵尤尤会果断拒绝她，谁知道赵尤尤点了点头，说：“可以啊。”

他抬起头，用水汪汪的大眼睛看着迟意：“但是我不上课还能毕业，你可以吗？”

迟意：不可以。

学霸了不起啊？

迟意愤愤地拿出手机，把顾时之拖出来找平衡。顾时之跟她聊了两句，然后拉了个群，群名为“女朋友和闲杂人等”。

阿北北北北：“顾时之，你有病吗？一个群的女朋友？千人群吗？”

迟意：“……少年人不要太轻狂啊，脚踏无数只船是要遭报应的。”

顾时之：“滚滚滚。”

林遥：“顾时之，你又在干什么？”

这位林遥一出现，迟意就明了了——这就是顾时之的那位女朋友。

迟意虽然跟顾时之一起长大，但年龄差摆在那里，她也没多少精力跟顾时之相处。但是林遥就不一样了，她从小身体就不好，养病的别墅离顾时之家近，一来二去，便被这位纨绔小少爷看上了。

顾时之穷追猛打，直球不断，是个女生都承受不了。

林遥反应迟钝了点儿，竟然到现在还撑得住，等看清了群名称，大怒：“顾时之，你说谁是闲杂人等？！”

顾时之：“……”

顾时之好心跟她解释：“林遥，你说今天来接我放学，我就一直在等你的消息。但是这两个人老找我聊天，我怕错过你的消息，干脆拉了个群。”

林遥：“哦。”

片刻后，她发了一串的叹号：“谁是你女朋友？！”

“闲杂人等”迟意默默地放下了手机，突然觉得，老师讲的这节课比聊天友好多了。临近期末，老师讲的大多是考试重点，虽然重点太多，画与不画也没区别，但好歹可以筛选出考不到的。

赵尤尤倒是上一节爱一节，一节课下来，他感慨道：“心理学博大精深，下次还来。”

迟意下节课没课，收拾了东西准备去蹭赵尤尤的课。虽然听不懂，但是想想能跟陈刃坐在一起，传传字条也不错。

赵尤尤不忍心地打击她：“陈刃会跟你传字条的话，我跟你姓。”

迟意一脸严肃：“flag 不要乱立。”

她边说边往外面走去，心想着还好心理学院跟物理学院离得并不远，赶场子还是能赶上的。

迟意加快脚步，但还没走到门口，教室的门突然被人关上了。

班长抵着门，笑眯眯地看着她。

迟意后背一凉，这才发现班级里的人都没走，都坐在座位上，一脸八卦地看着她，连男生也不例外。

赵尤尤也吓了一跳，抓着迟意的袖子问：“这……这是什么情况？他们要群殴你？”

迟意说："比群殴还可怕。"

话刚落音，班长向前走了一步，叫她："迟意。"

迟意站直身子答应："有！"

学习委员从第一排抛出问题："你到底使了什么手段才追到陈刃的？你碰瓷他了？你威逼利诱他了？"

迟意说："我不是，我没有。"

班长斥道："撒谎！"

宣传委员站起来，宣读："据悉，陈刃和迟意确立关系前一周，两人在实验楼教室门口浅谈过一次，举止亲昵，陈刃还看了迟意的手机，在查岗？"

迟意看了宣传委员一眼。

当宣传委员屈才了，想象力那么丰富，应该去写科幻故事。

班长又往前站了站，迟意倒还撑得住，赵尤尤却很㞞地往迟意后面躲了躲。

纪律委员立刻道："看看看，这个赵尤尤是陈刃的室友，跟迟意特别熟！"

班长总结："综上所述，迟意的马哲课已经过了，而她为了帮助，或者称为是接近陈刃，又跑去上课，以过来人的身份帮助陈刃学习马哲。陈刃十分感动，于是迟意一鼓作气告了白，陈刃不好意思拒绝，只好答应了你。"

她兴冲冲地看着迟意："我说得对吗？"

迟意在心里翻了个大大的白眼，这都是什么乱七八糟的！他们班的班级文化还能不能再让人无语点儿？

也不知道从哪学期开始的，但凡班级里出点儿大事，这群学霸便八卦十足地用心理学的知识猜东猜西，每次还都会问到当事人身上。一来呢，也不是什么隐私，只要他们问，当事人肯定会说；二来是……他们真的太无聊了。

知道的人理解这是心理系，不知道的还以为他们在刑侦科呢！

迟意面无表情地道："全错。"

迟意把赵尤尤拉出来，给他使了个眼色，让他随便说。

她说："你来告诉他们真相。"

赵尤尤书呆子一个，品了半天都没品清楚迟意那眼神什么意思，但左右不过是让他胡扯，于是他信口胡诌："其实是陈刃追的迟意。"

赵尤尤没发现气氛不对，继续说："陈刃跟我说了，他这辈子都没见过迟意这样可爱的女孩子，所以想赶紧追到手。"

迟意干笑，过了啊，哥，过了。

赵尤尤面不改色，越说越带劲，就在他慷慨激昂地说着陈刃有多痴情的时候，班长身后的门被人从外面打开了。已是夏日炎炎了，炽烈的阳光一寸寸地炙烤着校园，一开门，细碎的金色光线便泻进来。

上课铃声仿佛已经过去了许久，喧闹嘈杂的室外早就安静了下来，翻书声阵阵。

日光太强烈，站在门口的那个人轮廓模糊，白衬衫，黑裤子，笔直从容地站在光线里，普通却又瞩目。他往里走了走，眉眼忽地就清晰了起来。他在全场目光的注视下，神色坦然地抬手敲了敲门，问："迟意在吗？"

是本该在上课的陈刃。

没人回答他的话。他看了眼石化的赵尤尤，问："我让你带我女朋友去跟我上课，你在干什么？"顿了顿，他又看向迟意，"是看我女朋友太可爱了，不想带过来？"

赵尤尤回过神来："我不是，我没有！"

且他来找迟意这事陈刃毫不知情，怎么就成陈刃让他带迟意过去上课了？

陈刃点了点头，环视一圈，礼貌地问："所以，我现在能带走我女朋友了吗？已经迟到三分钟了。"

班长条件反射地答道："可以！"

陈刃说："谢谢。"

他让出一条路，看向迟意的目光冰凉："还不快过来？"

虽然情况也不凶险，虽然那堂已经迟到的课迟意根本听不懂，虽然她也不知道陈刃怎么会出现在这里，但是那个瞬间，仿佛是骑士打败恶龙，她成了被拯救的公主，天霎时间就亮了。迟意小跑过去："来啦来啦！"

她跑到门口，没刹住车，陈刃扶住她。

迟意笑眼弯弯，把刚刚想说的话补充完整："我来啦！"

二十分钟后。

高等量子力学课堂上，迟意呼呼大睡。陈刃看向旁边勤奋地记笔记的赵尤尤。赵尤尤感受到他的目光，随口问："怎么了？"又像想起什么一样，"对了，都已经上课了，你怎么会突然过去？"

陈刃说："她说会来上课，但没来。"

本来他是打算不管她的，但课间时间一分一秒地过去，发过去的消息也没人回，他想了想，还是在铃声打响的时候跑去找她了。

女朋友不见了，比上课重要。

陈刃解释完毕，还是看着赵尤尤。赵尤尤后背一凉，用眼神问他："怎么了？"陈刃这才开了口："你不打算解释一下，为什么会出现在我女朋友的课堂上吗？"

赵尤尤松了一口气，他还以为多大事呢，他没当回事，笑着问："怎么还吃上醋了？不是还没动心吗？"

陈刃"嗯"了一声。他慢吞吞地将目光移开，符号公式在黑板上汇成规律，他的心脏也依旧规律地跳动着，似乎在印证赵尤尤所说的没动心。

一会儿，他轻声说："那也不可以。"

04

自从跟陈刃谈恋爱后，迟意被问得最多的问题就是："跟陈刃谈恋爱是什么感觉？甜吗？他会用理科的浪漫撩你吗？他带你看星星、看月亮了吗？"

星星月亮，陈刃没带她看，但迟意觉得，她每天都在看。

陈刃就是她眼前的星星月亮。

她举了一台望远镜，镜头拉得很近，好像就在眼前。但是没了道具，这颗星星离她还是几百光年，靠不近，也不走远。

甜吗？

还是挺甜的。

F 大的长明食堂是个主题餐馆，走北欧风，黑白灰蓝搭配，营造了天然的安静氛围。刚过了饭点，橱窗里的各家厨子正疲惫地吃着饭，偶尔站起来给姗姗来迟的学生盛一份饭菜。

“叮。”饭卡放置在刷卡器上，上面的数字迅速变小。

这里装修特别，饭菜自然也不便宜。

但是这已经是这周内，陈刃第三次带她来吃这家食堂了。迟意低着头扒着碗里的饭，甜糯的米饭在唇齿间散发出香气，她边吃边偷偷去看对面的人，陈刃正慢条斯理地吃着饭，举止优雅，有条不紊得像是在吃西餐，就连挑食也挑得不疾不徐。

“你不吃青椒吗？”迟意指了指被特意挑到盘子边缘的青椒，青椒很严谨地跟肉丝划开一段距离。

陈刃抬眼问：“青椒难道不是配料吗？”

迟意默然，嗯，在天才陈刃的眼中，青椒跟花椒、葱、姜、蒜一样，全被归纳到配料那一栏了。她试探地伸出筷子，说：“别浪费。”

“你喜欢吃？”

“也不是，就是觉得有点儿浪费……”迟意话说到一半卡住，陈刃已经把青椒夹到了她的盘子里。

他做事好像总是这样，缜密周详，圈在条条框框里，保持着让普通人舒服的距离。

可她是普通人吗？

迟意吃了口青椒，不辣，反倒渗出一丝甜意。

像这场莫名其妙开始的恋爱，让人摸不着头脑地迅速展开。她觉得跟陈刃坐在一起就很甜，陈刃这个人被她盖上戳很甜，陈刃总是依着她也很甜。

可她还是觉得好像在做梦。

迟意扒完最后一口饭。在一起后，她跟陈刃除了拉拉小手，连正儿八经的拥抱都没有过——确认关系当天那个不算。别说是对她图谋不轨了，迟意怀疑，陈刃对她根本不感兴趣。

只不过是他想谈恋爱了，而她正好撞到他面前，他就顺水推舟地答应了。

迟意郁闷地放下筷子。

她想，反正最后总要被甩，不如先说分手好了？

对面的陈刃见她吃完了，也跟着放下筷子，朝她递来纸巾。迟意胡思乱想着，冷不丁看到纸巾，愣了一下，竟忘了接。

陈刃的手在半空中微顿，他垂下眼睛看了看她的嘴角，长长的睫毛微颤，不等迟意反应过来，他的身子微微朝前倾。

柔软的纸巾落在她的嘴角。

是清凉的薄荷气味。与食堂里的饭香混合在一起，最后冲散了饭香，只余下薄荷的清冽，明明是寡淡的味道，却在她的胸腔里掀起波澜。

心脏越跳越快，让迟意轻易地推翻了两秒前的想法。

去你的先说分手。她就当现在是梦，梦要一点点地做，闹钟没响，她就不醒。

陈刃说："我送你回宿舍。"

"宝贝儿。"迟意脱口而出，"我是说……"

"嗯？"

陈刃应得从善如流，好像他真的是她的宝贝。

这么想着，小小的得意便上了眉梢，迟意得寸进尺，眨巴着眼睛说："我是说，现在才七点，我不想那么早回宿舍。"

——尤其是宿舍里还有个熊孩子。

女孩的眼睛很亮，像深夜的星星，煌煌地闪着光，笑起来的时候则会弯起来，又像月牙中藏着星光。讨好人的时候声音里像含了颗甜甜的水果糖，直把人的耳根子听软了。

陈刃莫名地想到赵尤尤对迟意的评价："挺可爱的小姑娘，但是你这样……你俩谈什么啊？"

他当时淡淡地回道："谈恋爱。"

可恋爱到底怎么谈，他们都是人生第一次，半生不熟地试探着，谁都没有向前一步。

她是不敢，他是不急。

只能谈学习。

对此，赵尤尤嘲笑他："迟意的成绩也就一般般，好不容易谈个恋爱你还跟她谈学习？你是人吗？小心她跟你分手！"

思及此，陈刃问："你们的课程进行到哪里了？"

迟意回忆了一下，这几天她忙着谈恋爱，课也没怎么好好上，只有林老师的课才认真听了，自然记得那里的进度。她说："在学催眠，下周要验收，可我连个实验对象都没找到。"她半开着玩笑，"不如你来给我当实验对象？"

迟意抱着希望试探地问，也是在试探陈刃的底线，看他可以为她退到哪里。陈刃静静地看着她。

迟意秒尿："不愿意也是可以的，你别这样看着我，我害怕！"

"我自己的女朋友。"陈刃没有收回目光，反而认真地看起她来，从眉毛到眼睛，从鼻尖小小的痣到红润的唇，他说，"不能看吗？"

迟意结巴道："能……"

陈刃站起来，说："实验对象，在哪里当？"

地点是实验楼接待学生们的心理咨询室。

这是心理学院专属的十个咨询室之一，但很少有学生会造访。一来很少人愿意正视自己的心理问题，二来楼下的心理咨询室有专业的老师，所以那个小房间就像个封闭的自修室，关上门后不会有人打扰。

迟意从口袋里摸出钥匙，说："正好这周轮到我值日，进来坐，别客气。"

咨询室不大，但由于设计得特别好，在视觉上让人感到空间很大。不少催眠的道具陈列都是专业的，但很少有人碰，所以难免会有些冷清。

迟意把窗户打开透气，招呼陈刃："你躺在那边的椅子上就好了。"

她从包里拿出眼镜戴上，走到他身边。陈刃出乎意料地乖，躺椅柔软，一切都是恰到好处的舒服，他问："然后呢？"

"嘘。"迟意将食指贴住唇，做了个"噤声"的动作，眼中闪过一抹狡黠，"下面只要听我的就可以了。"

陈刃沉默。

他不得不承认赵尤尤的话——他的女朋友很可爱。哪怕是戴着死板的圆边眼镜，镜片下露出那大大的眼睛，乌黑的眼珠中藏了个他，偏偏透露出几分不经意的俏皮来，是在试探着他内心的秘密。

陈刃突然觉得如果她问的话，他真的会把前面二十余年发生的事情都讲给她听。

一会儿，他移开目光，说："我一会儿好像还有事。"

"什么事能有女朋友的事重要？"迟意连忙摆出特权，轻易地把陈刃按了回去，随即拍了拍他的肩膀，说，"放心啦，我的技术那么差，你心中的小秘密不会被我发现的。"

陈刃说："那就好。"

迟意震惊："你还真有小秘密？！"

陈刃说："嗯，有的。"

书到用时方恨少，迟意头一次恨自己那天催眠实践课走神得厉害，没能学习到精髓，不然今天肯定能一举攻破陈刃的心理防线，窥探一番他的小秘密。

像是察觉到迟意的小心思，陈刃眯起眼睛问："在想什么？"

"知识点！"

她反应迅速，一看就是胡扯。

陈刃慢条斯理地说："知识点就是被催眠者哪怕在催眠状态，他潜意识里不愿回答和面对的问题，催眠师也是问不出来的，除非是顶级催眠师进行深度催眠。"

“我的专业你怎么比我还熟？”迟意悻悻然。

陈刃说：“说明我关心女朋友。”

陈刃说得顺口，坦坦荡荡，闹得迟意的脸又要红了，她连忙清了清嗓子，说：“快把眼睛闭上，别浪费时间啦。”

陈刃顺从地闭上眼睛。

视觉封闭，其余感官便变得敏锐起来了。夏日的晚风吹拂着窗纱飘进来，虫子在草丛间叫嚣，虫鸣刺着耳膜，连女孩刻意放轻的呼吸声都听得一清二楚。

甚至，他察觉到了她的目光小心翼翼落在他的脸上，近乎肆无忌惮地描绘着他的轮廓。

他放在扶手上的手指动了动，睫毛轻颤，想睁开眼睛，却被迟意张口阻止了。她的声音很轻，不足以掩盖掉风声和虫鸣，却轻易夺取了他的注意力。

迟意的实践水平真的不怎么样，准备不充分，照本宣科，全靠声线温柔硬撑着。三个问答来回后，她准备进行放松法时，陈刃竟然不经她允许睡着了。

她不配待在这间咨询室里。

发了一会儿呆，迟意拿出手机。微信通讯录寥寥数十人，不少聊天记录还停留在问她怎么拿下陈刃的半个月前。

倒是置顶的人一天内发了好几条消息。

阿北北北北：“你什么时候回来？”

阿北北北北：“喂！迟意！你有了男朋友后就变了！你不爱我了！”

阿北北北北：“你们赶紧分手！”

阿北北北北：“我快饿死在宿舍了，你看着办吧，我要你悔不当初。”

迟意：“吃了吗？”

阮北秒回：“已死，勿回。”

迟意：“我完了。”

阮北回了个问号。

迟意："我刚刚给陈刃催眠，催眠失败，他睡着了。"

阿北北北北："哈哈哈……"

阿北北北北："丢不丢人？不过也没关系啦，你成绩就那样，我不意外。"

迟意："不是这个问题。"

阿北北北北："那问题是什么？"

问题是什么？迟意将目光从手机屏幕上移开。

为了让咨询者全身心地放松，咨询室的房间布置得很干净温馨，木质的书架上摆满了书，书卷气十足。只留了盏壁灯，橘黄色的灯罩散发出光芒。

平稳温柔的呼吸声，线条干净的侧脸，毫不设防的唇……这样的一个陈刃就在咫尺。

迟意舔了舔唇，回复阮北："我想做点儿少儿不宜的事。"

像是怕被各种突如其来的意外打断，迟意下定了决心，说做就做。她果断起身，唇飞快地印在了陈刃的唇上。

有点儿凉，有点儿软。

蜻蜓点水般的一个吻，迟意坐了回去，心脏跳得厉害，"怦怦怦"地在胸腔里鼓噪不安。

她突然觉得口干舌燥，拿起桌上的水杯"咕嘟咕嘟"灌了几口，喝得太急被呛到了，水溅出来，她随意地擦了擦，准备看会儿书冷静一下。

陈刃却睁开了眼睛。

05

迟意本就心虚，对上陈刃的眼神更是一抖，手上的杯子眼看就要飞出去。陈刃及时伸手，抓住了她的手腕，杯子免遭横祸。

迟意却觉得自己要完。

"我可以解释……"迟意忍不住挣扎。自从认识陈刃后，她好像经常说这句话，她垂死挣扎，"听我说。"

"什么？"陈刃懒懒抬眼，嗓音低哑，落在她发颤的心尖上，引起一阵战栗。

她想问："我刚刚亲你，你知道了吗？"

可万一他没察觉，她岂不是不打自招？

迟意感觉自己的智商在缓缓下线，在陈刃的注视下，她的智商又挣扎着上了线，说："你什么时候醒的？"

陈刃的唇动了动："没睡着。"

迟意点了点头，旋即眼睛微微睁大。

"那你……"

陈刃问："吻人是什么感觉？"

迟意本来就心虚，陈刃这么一问，她恨不得找个地洞钻进去。但也不知怎么了，可能是丢人的事做多了，脸皮厚了起来，她嗫喏了半天，壮着胆子反驳他："你又没睡着，我吻你你没有感觉吗？"

陈刃倒没有生气，他盯着她的唇，说："吻人跟被吻的感觉应该不一样。"

"呃。"迟意心想也是，学理科的就是严谨。她想了一会儿，见他这么好学，还是开了口，"就是又凉又软，感觉……感觉还不错啦。"

就像盛夏傍晚吃了根冰棍，燥热的空气里，唇齿间却是又凉又甜的。

陈刃似乎对她的解释并不满意，他摇了摇头，对她招了招手，说："你过来点儿。"

迟意以为他要说什么，傻乎乎地站起来，身子前倾，准备把耳朵凑到他的嘴边，却见陈刃掌心转了个方向，放在她的后脑勺上，微微用力，迫使她压向了他。

迟意讷讷地说："陈刃……"

唇被猝不及防地咬住，转而变为舔舐，生涩的吻，因为姿势变得绵长暧昧，她狼狈地靠着陈刃的胸膛，任由他将这个吻走向尾声。

呼吸声从冷淡到炽热，终于，陈刃松开了她。

迟意这才反应过来，像弹簧一样腾地跳起来，退到安全距离后，耳尖才开始后知后觉地发烫，说不出一句完整的话："你你你……"

始作俑者却不动如山，他探究般地舔了舔唇，水光潋滟，又抬起头来，像是品尝了什么美食，给了个评价：“像棉花糖。”

像软软的棉花糖，但比之还软还甜。

——是亲吻女朋友的感觉。

迟意觉得陈刃好像解锁了什么不得了的副本！

“副本这个东西要有耐心，慢慢打，一天不行，那就两天，反正可以保存进度。”阮北边说边吃着迟意给她带的凉皮，右手还不忘敲敲键盘，让游戏里的人执行下一项任务。她抱着饭盒转了个圈，“你跟陈刃进行到哪里了？”

迟意说：“我感觉我已经通关了。”

阮北问：“什么意思？”

迟意却不想跟她说太多，说：“给我吃两口。”她赤脚下了床，掰开一次性筷子就往饭盒里伸。

阮北却小气地把饭盒往回一抱，让她夹了个空。

迟意咬牙叫道：“北北同学。”

“你去跟陈刃分手。”

“这又是为什么？”迟意头很疼。

“自从你跟他在一起后，整个人都变啦，你最爱的都不是我了！”

“幼不幼稚？本来也不是你。”

“你说我幼稚？”阮北理直气壮，“对，我就是幼稚，毕竟我才十五岁。”

迟意被她气得吐血，干脆把筷子往桌上一摔，想凶她，又不知道说什么。阮北缩到角落边吃边偷眼看她，嘴里塞满了东西，说话时口齿不清：“没话说了吧？”

迟意说：“不是你让我去告白的吗？”

“我还不是看你暗恋太苦了！”阮北嘀咕，“我哪知道你会成功？”

迟意反驳：“才不是。”

阮北问："不是什么？"

迟意说："不是那么辛苦。"

阮北说："那还是暗恋。"

这小东西，年纪不大，套话的水平倒是登峰造极。

阮北见迟意不说话，立刻摆出一副了然的表情，她把饭盒放下，说："你高中的时候，喜欢的那个人真的是陈刃？你观察他不是心血来潮？不对，你高三下半学期累死累活地学习，拼了命地考F大，也是为了陈刃？"

迟意小声说："也没有那么夸张啦。"

但是有一点是清晰明了的——她确实暗恋陈刃很久了。这大概要追溯到某个冬季，陈刃转到她所在的晨阳高中，同时成为学校里所有女生的暗恋对象。迟意是想当个脱俗的人来着，但那是在她见到陈刃之前，见到他之后，她就变成了俗人。

俗人嘛，最容易被美色迷惑，后来被才华所折服。这两样陈刃都有，她也终于没能免俗地暗恋起陈刃来。

迟意总结："当时就没人不喜欢陈刃！"

阮北不服气："我就没有！"

迟意问："请问阮北小同学上高中了吗？"

阮北说："没有。"

"那不就行了？"迟意翻白眼，"你才多大？好好学习才是正经事，暗恋什么暗恋？"她推了推阮北，"别吃了，给我留一口。"

阮北听到她的话，非但没给她留，反而迅速把最后两口吞咽进肚子里，打了个嗝，得意地道："你不是有男朋友吗？让他给你买。"

迟意说："我怀疑你在助攻，但我没有证据。"

"哼！"阮北同学干脆利落地把一次性饭盒扔进垃圾桶，手下生风，鼠标"唰唰唰"地砍掉一个怪，她十分冷酷地抬着下巴，"我怀疑你没有胆子，并且证据十足。"

虽然说得理直气壮，但她还是忍不住拿余光观察着迟意，不走心地按着键盘，生怕迟意真的发消息给陈刃。

迟意不知道阮北心里的小九九，气势汹汹地拿起手机打开微信，点开陈刃的对话框，“吧嗒吧嗒”地打字。

“睡了吗？”

不到十点就睡是不是太早了？删掉。

“现在有空吗？我想吃凉皮。”

她看她是想上天，删掉。

“好饿啊。”

饿个头，馋还差不多，删掉。

迟意正纠结，对话框里突然跳出来一行字。

陈刃：“还没睡？”

“我去！”像是烫手山芋，迟意看到消息后，第一反应是把手机丢到桌上。不知是谁同时在发消息，手机倒扣在桌上振动着。

阮北问：“怎么了？”

“没，打你的游戏！”

迟意把手机拿起来，回到床上躺下，开始给陈刃回消息：“你刚刚不会一直盯着我的对话框吧？”

这个直球打过去，她倒要看看陈刃怎么接。

陈刃：“嗯。”

迟意：“那为什么不找我聊天？”

陈刃：“我想你应该睡了。”

迟意觉得自从跟陈刃谈了恋爱后，心跳就不属于自己了，全凭他指挥，随着他的动态忽快忽慢。比如现在，眼看就要跳出来了。

迟意：“为什么要盯着我的对话框看？”

陈刃直接回了张截图，截的是两人上一段对话。

——为什么不找我聊天？

——我想你应该睡了。

把意思转换一下，就是：想跟你聊天，但你可能已经睡了。

迟意摸了摸脸，有点儿发烫。她忍了忍，还是没忍住在床上打了个滚，又把小脸埋进柔软的被子里偷笑了一会儿，然后才整理好情绪，单手打字。

迟意：“我一般十一点才睡啦。”

陈刃：“嗯。”

迟意无视他的冷漠，回他：“我们学校门口有家凉皮特别好吃，你知道吗？”

陈刃：“想吃？”

不愧是学霸，就是会抓重点。

迟意：“现在太晚了，我们明天上午一起去吃好吗？吃完还能逛街，工作日没那么多人。”

陈刃：“你明天满课，我也是。”

迟意：“是……吗？”

男朋友记性太好感觉也不是一件好事！她循循善诱：“你可能没听过一句话，没有逃过课的大学是不完整的。”

打字完毕，点击发送。

迟意心想，虽然陈刃总是一副高冷的样子，却是真正的乖学生，有自己的原则和底线，像逃课这样的事更是没做过，兴许不会同意，反而还会教育她。

嗯，被陈刃教育好像也是一种新的体验？

陈刃许久没回复，似乎是在想着措辞。手机屏幕的光灭了，模模糊糊地映出迟意的脸，宿舍阳台的门没关紧，夏日风雨欲来，拍打着玻璃门发出尖厉的呼啸声。

阮北已经没在打游戏了，敲着文档在写代码，机械键盘声有规律地响着。

这时，迟意的手机屏幕亮起。

陈刃发过来两条消息，是一张图片和一句话。

图片是两人的课表。

陈刃问：“逃哪节？”

06

以迟意的想法，既然决定逃课了，肯定是按一天来逃，但这么做对陈刃有点儿过分，她便委婉地选择了下午。

墨色的云积攒了一夜，始终没闷出半声雷来，温度变得湿热，走两步都要出一身汗。幸好没了太阳，学生们手里拿着雨伞，预防说来就来的夏日雷阵雨。

暴风雨来临之前，校园宁静得连蝉都不叫了。

雨是在迟意下了心理咨询学课后下起来的。下节课不在同栋教学楼，同学们三三两两地走在一起，去另一栋教学楼赶场子。

豆大的雨珠打在伞上，溅到鞋子上，鞋子很快染了污渍。

迟意特意穿了双凉鞋，颇有些肆无忌惮地在地上踩来踩去。

结伴的班长没她那么好的兴致，惆怅地对着雨叹气："辅导员想搞的那个课题选到我了。"

迟意的第一反应是，好惨。

不知道是不是全世界的领导都有一个通病，总是想一出是一出。前段时间，辅导员开了个课题，以少年期心理健康为主，帮助他们调整心理问题。要做课题，就必须有数据，有了数据才有基础，但是辅导员另辟蹊径，要求问卷由大学生填写。

他语重心长地在课上说："每个人或多或少地有些心理问题，而这个心理问题的祸根大多发生在少年时期。那是道不会愈合的伤疤，溃烂在心里，轻则自轻自贱，重则危害社会。我将成立课题组，随机抽取各大学院之间的学生进行走访调查，有意向的同学可以找我报名。"

这样的课题，一开就是三年，调查没结束他们就毕业了，但还是得三天两头地往学校跑，所以几乎没人报名。

迟意表示同情。

班长忽然收了伞，挤到她的伞下，挎上她的胳膊，说："迟意。"

迟意有种不祥的预感，连忙拒绝三连："我成绩不好，这样的课题需要太多理论知识，我根本不行，别找我！”

班长说：“想什么呢？我是想让你帮我个忙。”

迟意松了口气：“什么忙？”

班长说：“我这里有一份新鲜出炉的少年期心理健康自评量表，你拿过去给你男朋友填一下呗。”

哦，在这儿等她呢。

迟意笑着应下来：“好。”

雨下得越发大了，闪电在云层间划过光线，紧接着，雷声在天际边缓缓地炸开，像破了层口子，磅礴浩荡，横贯长空。

不知道陈刃有没有带伞。迟意想。

她跟班长走进教学楼的大厅，收起伞，水顺着伞尖滴落在地面上。这节课是公共课，在阶梯教室上，各科各系的学生都有。班长钻了空子，趁着老师还没来，连忙拿着自评表发下去，求爷爷告奶奶地要人帮忙。

迟意把伞放在门口，把手机拿出来给陈刃发消息：“你带伞了吗？”

陈刃回得倒挺快：“带了。”

迟意这才把悬在嗓子眼的心脏平稳地放了回去，发了个可爱的表情包：“还好你带了，不然可没有好心的我送你回宿舍。”

陈刃看着对话框里的表情包，是个白色的小猫儿，打上脸红的特效，很萌很可爱，很像迟意本人，软软糯糯的，没什么杀伤力。

他能想象出她打出这句话时的样子。

应该是有些小小的得意，从眉梢汇聚到指尖，打出的字都多了几分俏皮的意味。没等他回复，她又回道：“我会好好地认真地听课，现在老师还没来，这才找你的。”

陈刃：“嗯。”

迟意：“太冷淡了吧？”

陈刃：“是你自己不让我夸你，免得你骄傲的。”

好好学习、认真听课也是迟意自己提出来的。马上要期末考试了，她可不想到时候吊车尾，给物理学院的学霸男朋友丢人，还让陈刃别夸她，不然她会骄傲地翘尾巴。

尾巴没看到，骄傲倒是看到了。

陈刃摇了摇头，把手机收了起来。天文学的老师正在带他们复习恒星内部结构的知识，他当然知道这里的内部结构指的是真正的内部，却平白地想起迟意跟他讲的那个梦。

冰雪覆盖下的星球被热烈的火融化后，露出触目惊心的伤疤。

他望向窗外。

窗外大雨瓢泼，天边的云层间却泄出了一丝阳光。

桌上的手机在振动，是“刻苦”学习的迟意回了他的消息：“你好看你说了算，我上课啦！”

陈刃说：“好。”

而事实上，迟意并没有如自己说的那样好好上课。

应该说，是有人在影响她上课。首先，上这门课的老师爱说话，翻两页书画个重点，转眼就去跟同学们讨论八卦去了。

迟意打了第一个哈欠。

其次，昨晚她一想到今天下午可以跟陈刃一起逃课，就兴奋得没怎么睡着。早上起来化了个妆，又被阮北缠着盘问了半天，落了一句“你去谈恋爱吧！别管我了”就被赶出了宿舍。

迟意无辜，真的很无辜。

哪怕无辜，她还是得偷偷拿出手机给阮北发消息哄这位大小姐。消息发到第十条，还没等到阮北的回复，斜刺里伸出一只手，把她的手机抽走了。

这就是最后的意外了。

“我……”迟意猛地抬头，想起这是在课堂上后，好不容易才把骂人的话咽进去。她舌头打结，缓了一会儿，“言诉。”

言诉笑得阳光灿烂。

迟意觉得自己手好痒，想打人。

讲台上的老师不知道说了什么，引得一教室的人哄堂大笑。这节是公共课程，任何院系都可选修，学生之间都不怎么熟，所以能在这里见到数学系的高才生言诉也不是一件意外的事。

迟意压低声音说："把我的手机还给我。"

言诉把手往怀里缩了缩，说："叫声'学长'我就还你。"

"学长。"迟意毫无底线和原则，喊得很顺口，毕竟按入学年龄来看，言诉长了她两级，确实可以当她的学长。

言诉"啊"了一声，把手机丢给她，说："要是陈刃也能像你这么听话就好了。"

迟意白了他一眼，决定认真听课。

见迟意不理他，言诉伸手戳了戳她，问："喂喂喂，你怎么不理我？对我冷暴力是吗？你们小两口除了会这个还会什么？呸，什么小两口，我上次提的建议你考虑了没？"

迟意说："你的建议是指跟陈刃分手，跟你谈恋爱这件事吗？"

言诉理所当然地点头道："对啊。"

迟意说："没考虑。"

言诉问："为什么？"

迟意说："因为不需要考虑。"

言诉抱着希望说："你毫不犹豫地选择了……"

迟意像个没有感情的杀手，打断他的话说："陈刃。"

"唉。"言诉撬墙脚失败，趴在桌子上，眼神湿漉漉地望过来，"怎么会这样？我到底哪里不如陈刃？"

迟意翻了一页书，笑眯眯地给他发好人卡，说："你很好，但我们不合适。"

言诉低低地哼了一声，继续盯她。

言诉爱穿衬衫，今天穿了一件粉色短袖衬衫，衬得一张脸白白净净。他的眼角有颗小小的泪痣，望着人的时候眼睛水汪汪的，一副可怜巴巴的样儿，很容易让人产生负罪感。

迟意被他盯得受不了了，无奈地开了口：“言诉学长，咱俩熟吗？”

言诉说：“这真是个好问题。”

迟意挑眉。

言诉说：“这是我们俩认识的第四百八十五个小时。”

——数学好了不起啊！

言诉是在迟意成为陈刃的女朋友后的第二个小时认识她的，彼时，他在F大论坛连发六帖——“什么？陈刃有女朋友了？凭什么？”

帖子后面挂上“Hot”字样在首页飘红。

明明是水帖，却因为是大佬，没人敢封他的号，只能陪着他一起疯。

没一会儿，言诉来加她微信好友了。

好友请求——

我不严肃：“你好，朋友，我是来为你指点迷津的。”

“神经病。”迟意点了拒绝。

哪想拒绝后，好友请求非但不停，反而越发越多，如雪花片般朝她袭来，全是来自“我不严肃”。

我不严肃：“加我啊喂！”

我不严肃：“我知道很唐突，但是你男朋友不是好人！”

我不严肃：“快听听我说的吧！”

最后还是陈刃看她一直在看手机，问了句“怎么了”，她不太好意思地把手机给他看，说：“有人在说你的坏话。”

陈刃眉头微微皱起，接过她的手机，拉黑、举报一条龙。末了，他问她：“你不介意吧？”

做都做了，问她介不介意？

迟意当然不介意！

她问：“这是谁啊？”

陈刃说：“一个好朋友。”

迟意满脸问号，陈刃怕不是对“好朋友”这个词有什么误解？不过，到底是一个学校的，言诉要找到她本人轻而易举，而她也从那么多八卦中提取到了一些信息。

别说，言诉跟陈刃还真是好朋友，至少两人是一起长大的。

但因为同是天才，经常被拿来对比，言诉就跟陈刃较上了劲。不同于陈刃踏踏实实地从小学到初中再到高中，最后考入大学，言诉从小学就开始跳级，所以等陈刃考上大学时，言诉已经大三了。

言诉常去陈刃面前嘚瑟：“叫声‘学长’来听听。”

当然，陈刃从来没叫过就是了。

了解到这些信息，迟意沉默了很久，最后默默地想，为什么这么多天才都掉到她面前来了？她不应该在这里，她应该在车底。

言诉之所以找她，是为了撬陈刃的墙脚，简称：追她。

迟意在这里回忆，言诉还在喋喋不休：“跟陈刃谈恋爱有什么意思？他一点儿情趣都没有，半天憋不出一句话来，所以，你考虑考虑我吧。”

迟意说：“你可能不太了解我。”

言诉问：“什么？”

迟意说：“我喜欢话少的。”

言诉连忙捂住嘴巴。迟意看着他，又看了一眼时间，这节课还长，她眼前有个认识陈刃这么久的人，不问点儿什么都浪费了。她清了清嗓子，又补充：“聊陈刃除外。”

言诉说：“好狠的心。”

迟意弯起眼睛。虽然言诉有时候贱贱的，但是心眼不坏，反倒因为一直醉心于学习，待人非常单纯直白。

他哪里是喜欢她？他纯粹是想跟陈刃较劲。

言诉见迟意这样看着他，小声嘟囔了一句“没意思”，就把自己眼里的含情脉脉去了七八分。他说：“我从小就看陈刃不顺眼，你要是想知道他从小到大的成绩，我倒是可以给你背下来。”

迟意是真的有想问的。

那天在上鸣学院，陈刃演讲完毕被挑了一通错处的事还历历在目。虽然当时的疑惑被陈刃答应她告白的喜悦冲去了，但等过了冷静期，她就让阮北帮她查了下当天出席的专家名单。宣传期的名单上没有姓林的院士，总结报告上，则着重点明了她。

是林荀。陈刃那位拿过世界级大奖，时任科学院院士，荣誉一大堆，在数学界极有声望的数学家妈妈。

当时阮北还感慨："妈妈对儿子那么好，这么小的讲座也去，是为了儿子吧？"

迟意点头，心里却不是滋味。

这位妈妈为了儿子去那么小的讲座，是为了打击儿子？

迟意试探地问："我听人说陈刃的爸爸妈妈都是学数学的，陈刃的理科也很好，他为什么学了物理？"

言诉不假思索地回道："叛逆呗！"

迟意歪了歪头。

叛逆，这是个不会出现在陈刃的人生字典里的词。

言诉一看她这样子就知道她在想什么，哼了一声，说："想不到吧？陈刃这样看起来很乖的人也会叛逆。"说起陈刃的坏话他就来劲了，"高中的时候，陈刃经常逃课，动辄两三天不去上课，还为此跟爸妈吵了一架。"

"后来呢？"

"呃，后来他就转校了，高考的时候报了物理系。我还纳闷呢，我问他怎么不子承父业，他当时冷冷地看了我一眼，说'你去继承好了'。"

言诉说："你看，他急了，他心虚。"

本来想在言诉这里找到答案，谁知道谜团越滚越大，迟意的脑袋像一团糨糊。她摇了摇头，说："我下次自己问问他好了。"

话刚落音，下课铃声打响。

言诉热烈地邀请她："我这个月的饭卡充值充得太多了，你要不要替我分担一下？”

迟意拒绝道：“我现在要去约会了。”

言诉的眼睛微微睁大。

迟意对他微微一笑，说：“学长，下次见，我先走了。”

等她走了，言诉迅速拿出手机，给陈刃发消息。

我不严肃：“你女朋友太欺负人了！”

我不严肃：“怎么跟你一样？比你还会欺负人！”

我不严肃：“说话！”

陈刃：“忙。”

我不严肃：“忙什么？”

在言诉的印象里，陈刃回消息总是慢吞吞的，认认真真地敲字，好像是要进行一番高谈阔论，但发来的消息往往都是轻描淡写。

“对方正在输入”持续十秒后，新消息跳上屏幕。

陈刃：“约会。”

新鲜的狗粮冷冷地往言诉的嘴巴里塞，他打了个嗝。

好撑，真香。

雨变小了。

陈刃在教学楼下撑着伞等迟意。

长柄伞是黑色的，修长白净的手握着伞柄，黑与白对比鲜明，在蒙蒙细雨中有种病态的美感。他左手插兜，仰着头顺着台阶往上看，雨下在他的眼中，许多人匆匆从身边走过，或冲进教学楼，或走出来。

正是下课的时间，漫天的雨幕中，每个撑伞的人都变成了一个符号，泯然于人海。

陈刃偏偏醒目。

他的气质是从容的，举止是优雅的，目光是淡然的，出色得与周围的一切格格不入，疏离于全世界，又从不真正远离，在众人的侧目中岿然不动。

忽然，他的神情松动了些，却仍旧如同化不开的碎冰般冷漠。

就这几步路，迟意没撑伞，她拿书包挡住头顶朝下跑去。台阶上的水溅起来，她裙摆飞扬，气喘吁吁地停在陈刃面前，说：“等很久了吧？”

陈刃动了动唇，把伞移到她的头顶，说：“十分钟。”

“嗯……”迟意往他那边靠了靠，好使两人都不会被雨淋到。她小声地教陈刃，“这时候你应该说，我也是刚到。”

陈刃看向她。

迟意的脸微微一红，解释说：“这样女孩子才不会因为你等了很久而有负罪感。”

她也太容易脸红了。陈刃想。

他说：“十分钟不算久。”

迟意小心地拽着他的袖子，跟他并肩走在校园里。雨淅淅沥沥地打在伞面上，轻巧地滑下，落到地面。她随口问：“那等多久算久？”

陈刃沉默了会儿，说：“等女朋友的话，多久都不算久。”

迟意的心跳顿时漏了一拍。

怦怦，怦怦怦。

她掌心一热，是陈刃拉住了她的手。

F 大对面的商业区经过十几年的发展，俨然成为这片校区的中心，鳞次栉比的商店里花里胡哨地摆满了应季的鞋子、衣服。这里有着中世纪的装修风格，晴好时还会碰到来拍婚纱照的新人。

这天是雨天，又逢工作日，人少得可怜，就连店员都懒洋洋地在店里闲聊着，一两只流浪狗被雨淋湿了，在水洼里嬉戏追逐。

穿过主街，拐一个弯，街道的岁月感顿时扑面而来，青石板的路，偶尔踩下去还会溅一身水，街尾那家店飘着香气，老板正站在门口贴着烧饼。

雨打在户外大伞的伞面上啪啪作响，反倒更显得寂静。

迟意要了两份凉皮，又要了两碗小馄饨。馄饨是现包的，端上来的时候，小小的十几只浮在瓷白的碗里，上面漂着碧绿的葱花，香气扑鼻。

陈刃看了看馄饨，又看了看凉皮，问："还有人来？"

"没有啊。"迟意笑嘻嘻地把筷子递给他，"一份肯定不够你吃，其实我是够的，但是我两个都想吃。"

迟意表示，她绝对不是辩解，她真的吃不完，她是小鸟胃。

陈刃说："嗯。"好像不是很信的样子。

迟意低哼一声，想了想，掏出手机拍了两张照发给阮北，又打字问："北北，想吃吗？想吃姐姐给你买呀。"

阿北北北北："游戏中……"

迟意："我马上甩了陈刃。"

阿北北北北："小份馄饨不要葱。"

——虽然智商很高，但还是很好骗。

迟意收起手机，抬起头撞上了陈刃的目光，一想到她刚刚说的马上甩了他，她有点儿心虚地避开，转移话题道："言诉又来找我了。"

陈刃问："他打扰到你了吗？"

"嗯？"迟意说，"也还好啦，他挺可爱的。"

陈刃点点头，没再说话，慢条斯理地吃着她给他点的馄饨和凉皮。迟意话很多，恨不得倒豆子般把自己前二十年的趣事都说给他听。陈刃是个很好的听众，直到吃完了，他才擦了擦嘴，说："话太多了。"

"才没有！"迟意小声反驳，"是你话太少了。"

反驳完，她又去看陈刃的反应。陈刃只是沉默地看着她，看得迟意没了底气，连忙告饶："行行行，我吃饭，不说话了！"

陈刃把空碗推到一边，又拿纸擦了擦桌子，问："带纸和笔了吗？"

"带了，在包里。"迟意抬起头，"怎么了？"

陈刃说："有道题现在要解决。"

他伸手，从她的包里把东西拿出来，雪白的草稿纸在木色的桌面上摊开，黑色中性笔落在纸上发出"沙沙沙"的声音，是一道数学题，层层解下来，公式整洁，步骤漂亮。

迟意边小口地喝汤边偷偷看他。

陈刃低着头，柔软的头发遮住一半眉眼，纤长的睫毛低垂着，唇微微抿着，从容不迫地在纸上写字，模样专注而迷人。

草稿纸用了一页又一页，时间在嘀嗒嘀嗒地向前推进，他专心答题，她专心看他。

陈刃翻过一页纸，手肘压住纸张，右手答题，左手却把手机拿了起来，滑开锁屏，点开了微信，长指在屏幕上敲字。

陈刃："希尔伯特第五问解出来了吗？"

我不严肃："没有。"

陈刃："好。"

我不严肃："等等，'好'是什么意思？陈刃，你是在瞧不起我吗？"

陈刃："……"

他落下最后一笔。解题过程尽量简洁，却也写了足足三页六面。他打开照相机，将它们一一拍下，六张照片一起发送给言诉，最后又给了解题思路一个特写。

我不严肃："这是啥？"

我不严肃："陈刃，我跟你拼了！"

陈刃："不用谢。"

我不严肃："我做错了什么，你为什么要这么对我？"

陈刃："我女朋友夸你可爱。"

我不严肃："这不是事实吗？再说了！你又不喜欢她，吃哪门子的醋？"

陈刃："是还没喜欢上。"

我不严肃："我管你是什么喜欢？我可爱有错吗？"

我不严肃："嘿嘿，不过迟意说我可爱哎。"

我不严肃："看来我追到她指日可待。"

陈刃却不再理他，把手机收起来，抬起眼睛，对面的女朋友正眨巴着大眼睛看着他。他问：“吃完了？”

是个很正常的问句。

迟意的脸却一下子红了，她结巴了两下：“呃，吃……吃完了，你相信我，这是个意外，我以前没这么能吃的。”

“我知道。”

“你知道？”

“你发过朋友圈。”

迟意愣了一下，大脑短路，硬是没想起来自己发过什么。

陈刃说：“今天吃了一大碗米线，外加汉堡烤串冰激凌，不是我太能吃了，是因为陈刃就坐在我对面的桌上，他那张脸太下饭了。”

他说着，视线扫视了一圈桌面，落在他刚刚吃完的碗上，若有所思地说道：“你也很下饭。”

——陈刃是在夸她长得好看吗？

是真心的吗？

她要脸红一下下吗？

不，她只想找条缝钻进去。

第三章

一 点 点 脸 红

01

等回了宿舍，迟意才想起来她把班长交代的事情忘了个干干净净。

何谓美色误人，这就是教训。

阮北不知道在忙什么，还没回来。迟意把阳台的门打开，微凉的风吹散了室内的闷热。她洗了个澡，随便擦了擦头发，没吹，等着自然风干。

长发披在肩头，被风吹起，空气里有淡淡的洗发水的香味。

迟意无端地想起她和陈刃在上鸣学院的那天，陈刃带她走的那条路能看到上鸣学院的家属院。被阳光晒过的床单在风中飘动，发出清冽干净的气味。她查过林荀和陈平生的资料，才知道他们曾经就住在那里。

陈刃小时候是在上鸣学院度过的，怪不得他那么熟。

迟意趴在床上，把班长发的《少年期心理自评量表》打开，琢磨着是直接发给陈刃，还是打印好发给他。

她对陈刃太好奇了，越走近，越看不清，也就越好奇。

迟意打开微信，一下午没看，消息轮番跳出来。有顾时之那个群的，有同学的，也有班级群的，“女朋友和闲杂人等”群消息九十九加。

迟意“啧”了一声，打开对话框，里面的三个人聊得火热。再仔细一看，阮北正在给林遥补课，高中数学，看起来很复杂的样子。

阮北把解题步骤写在纸上发上来：“很简单的，公式套一下。”

迟意发了个“句号”过去，表达自己无语的心情。

她又发：“阿北，给你带了小馄饨，你怎么不在宿舍？”

阮北有气无力地回她：“编程比赛，集训。”

阮北是世家出来的大小姐，虽然平时接地气地住学生宿舍、吃外卖、打游戏，但那是她乐意。她不乐意的时候就娇气了。迟意拨了视频电话过去，她在那头生无可恋地说道：“集训是突然通知的，说是赛事紧迫，要抓紧时间。”末了，她生气道，“紧迫个屁！”

迟意疼她疼惯了，也没心思纠正她小孩子不要说脏话，把人上上下下打量一遍，问：“那里吃住怎么样？宿舍的人都认识吗？要集训多久啊？”

阮北犟劲上来了，梗着脖子说：“今晚就结束。”这是要溜。

迟意说：“胡闹！”她瞪着阮北，“你要是不想去，老师来找你的时候就该拒绝。现在到了地方又要跑，你当比赛是什么？你怎么跟老师交代？”

阮北不说话。

迟意说：“我问你的问题，你一个都没回答。”

阮北这才不情不愿地开了口：“吃住凑合，不认识，集训一周。”

小孩聪明，连问题的顺序都没记错，挨个回答了后，还带着婴儿肥的小脸依旧气鼓鼓的。

迟意看着心疼，又不想让阮北察觉了后觉得委屈。她学着陈刃的样子，淡淡地“嗯”了一声，说：“好好待着，跑出来的话我就把你送回家。”

“知道了。”

迟意挂了电话，雨好似又下了起来，不急不缓的，被风吹散的雨珠像是从树叶上掉下来的，从空中飘荡、飞落。

虽然嘴上说得严肃，不准阮北临阵脱逃，但迟意的心里还是担心。

阮北考上F大的时候，阮家家长并不同意。他们早就把阮北的一生规划好了，只容许她在规划里任性，一旦逾越，要立刻扳回。还是阮北的爸爸松了口，说阮北还小，去大学校园转转也行，况且迟意稳重，有她看着，阮北不会出大事。

确实没出什么大事，也就是让阮北放飞了自我，整天打游戏，一不留神打出了个全服第一，差点儿被职业战队挖走。

好在阮北对电竞不感兴趣，拒绝了。

她向来任性，也是仗着有人宠她，在家有父母，在学校有迟意。迟意打开学校的网站，在计算机学院找了半天也没找出通知。已经很晚了，现在去找阮北的老师不太合适。迟意想了想，去班级群里问了句。

有同学说：“我男朋友的朋友认识计算机系的，我让他问问。”

迟意说：“麻烦啦！”

她坐不住，边等消息边在宿舍里盘算，阮北走得急，肯定有很多东西没带。

她用习惯了的枕头、键盘、怎么戒都戒不掉的糖果、刚洗干净的床单和被套，迟意必须得去一趟，给她带过去。正想着，手机突然响了起来。

迟意走着神找了会儿手机，才想起一直抓在手里，看到来电又愣住了。

是陈刃。

她愣了两秒，指腹用力，滑向接通。她把手机放在耳边，平复了一下心情，让声音染上笑意，说："陈刃，这么晚给我打电话，想我啦？"

陈刃开门见山地道："我认识计算机专业的人，他在集训中心当老师。"

迟意哑然。

陈刃是怎么知道的？

陈刃像是知道她在想什么一样，解释道："听室友说的。"

他的声音很淡，像窗外正在下的那场雨，不似冬日里的寒意那样彻骨，反倒清凉得让人觉得舒服。

迟意讷讷地说："谢谢。"

陈刃没回应她的道谢，他问："你有认识的人在集训中心？"

迟意说："就是上次跟我们一起上课的熊孩子。"她跟陈刃把来龙去脉讲了一下，说，"她这孩子娇气，我不太放心，想去看看。"

陈刃说："好，我帮你问问。"

迟意听后大喜："谢谢！"

陈刃本来想挂电话，一听这话改变了主意。他推开阳台的门走出去，黑沉的夜幕下，雨扑面而来。他回身关上玻璃门，严肃地说："等一下。"

迟意问："怎么啦？"

陈刃说："把'谢谢'收回去。"

迟意一愣，问："为什么？这是中华传统美德！"

陈刃沉默了一会儿，说："那你要说声'对不起'。"

迟意问："这又是为什么？！"

陈刃听到手机那头传来与他这边同样的风雨声，他往远处眺望，还没到熄灯的时间，一盏盏白炽灯亮在窗口里，明亮又温暖。他缓慢地指出迟意的错误："你遇到了难题，为什么不找我？"

迟意没想到他在乎这件事，辩解道："这不是专业不对口吗？"

她哪里知道陈刃人脉这么广，居然还认识计算机专业的老师，还正好负责集训中心的相关事宜，这比她告白成功的概率还小！

陈刃没听她的解释，说："还有，跟男朋友不用道谢。"

陈刃教育起人来，口才了得，迟意一时词穷。不过她心里的事被摆平了，脑子也就活泛起来，嘴巴里又跑起了火车，问他："陈大学霸听说过一句谚语吗？"

陈刃问："什么？"

迟意说："多说'谢谢''对不起'，陈刃与你在一起。"

然后，陈刃挂了电话。

迟意被挂了电话也不难受，吹了声口哨把阳台的玻璃门关上了。没过一会儿，陈刃发消息过来，说集训在晨阳小学老校区，但探视要在六点之后。

迟意："好。"

迟意："你怎么那么厉害呀，还认识计算机专业的老师。"

陈刃慢吞吞地打字："偶然。"

迟意："说来听听，我不缺这点儿流量。"

陈刃本来不想说，碍于女朋友好奇心太盛，他还是回了个电话过去。认识确实是偶然，计算机系的老师大多是毕业生留校，年龄跟学生相仿，系内的氛围就活跃些，老师开课题也有很多学生踊跃报名。

"秦老师开的课题涉及微积分，他来请教言诉，恰好我在场。"陈刃快速地解释完毕，说，"没事我挂了。"

迟意忙道："等下。"

陈刃问："还有事吗？"

迟意仰躺在床上看着天花板，白炽灯散发的光芒铺满整个房间，外面风雨飘摇，屋内却还是有些闷热。她开了风扇，呼呼地吹散薄汗。

她沉默地听着陈刃的呼吸声，平稳而寡淡。

她不说话，陈刃也不急，侧耳听着雨声。室友打开门丢过来一个橘子，笑道："我们陈刃谈了恋爱也会煲电话粥了。"

玻璃门转眼被关上，陈刃单手剥开橘子，橘子特有的清香飘浮在空气中，混在雨中。他想，他知道迟意为什么不爱挂电话了，原来情侣之间还会煲电话粥。

就像现在。

陈刃咬着橘子瓣，汁水在唇齿间蔓延，他想他得找点儿话题来填补空白，但一时又觉得这样的气氛也正好。他还没想到合适的话题，就听到迟意小声地喊了他的名字。

陈刃："嗯？"

带了点儿橘子味的应答，好似多了份清甜。

迟意的声音小小的，险些要被雨声掩盖，但好在他的手机贴得近，还是听到了她接下来的话："你明天陪我去集训中心。"

她说："好不好？"

陈刃没有拒绝的理由。

02

迟意和陈刃拖着行李箱到集训中心的时候，正赶上落日西斜，黄昏临近。被乌云遮了好久的太阳好不容易露了面，又不情不愿地落入了地平线下方，给星辰宇宙让位。

晨阳小学的老校区位置有些偏，附近的房子年前刚拆迁完，所以空旷得厉害。他们在门口等秦老师，迟意百无聊赖，跟陈刃说："听说你们学天文学的仰望星空，看的不是星星，是星系、坐标，还是什么乱七八糟的，是真的吗？"

陈刃抬头看了看天，答非所问："我有点儿近视。"

迟意说："嗯？"

陈刃收回目光，看向她，说："所以没有天文望远镜的话，我什么都看不见。"

气氛都被破坏没了！

夕阳最终还是消失在了天边厚重的云中，天彻底暗了下来，下课铃声也在这时打响了。集训的人并不多，只用了一间大教室。那间教室里人影幢幢，学生们随着铃声纷纷出了教室。迟意趴在铁栅栏外找阮北。

一个，两个，三个。

没有阮北。

迟意纳闷，难道是阮北太刻苦，下了课也要继续努力？

她正想着，陈刃突然扯了扯她的胳膊，说："秦老师来了。"

她抬起头，看到一个不到三十岁的男人小跑过来。他戴着眼镜，穿了件程序员必备的格子衫，很有辨识度，离得近，看见陈刃了，他挥了挥手让保安放行。

等到了跟前，迟意说："老师好。"

秦老师点了点头，没有架子，跟陈刃说："我这阵子一直在忙着比赛的事。听说你谈恋爱了，还没来得及恭喜你。"

陈刃不慌不忙地道谢："谢谢老师关心。"

秦老师说："来看阮北是吗？那小姑娘可聪明了，是少见的天才，就是不太好相处，不爱说话，也不热心。"

迟意暗地里皱了皱眉。

阮北的性格她了解，在她面前，阮北是仗着年龄小才会任性，但是在别人面前她不会这样，她最多是不跟人交流，怎么被这个秦老师一说，像是缺点一样？

迟意承了秦老师的情，也没反驳，只说："她年龄小。"

秦老师又跟他们说了两句，交代道："八点之前要出去，那时候没关门，等八点之后保安换班了，想出去就不行了。"

他交代完就去忙了，迟意选择先去教室那里看看，刚走了两步，陈刃拉着箱子跟上来。

他拉住了她的手。

路过的学生纷纷侧目，大约在想，为什么躲到这犄角旮旯也有狗粮吃？

迟意也吓了一跳，费了好大的力气才没把自己的手扯回来。陈刃面不改色地拉着她往前走，说："你不高兴了。"

是肯定句。

迟意也没辩解，说："阿北的性格确实不太好，我不高兴是因为我有私心。"怕陈刃听不懂，她又说，"简称偏心眼，护短。"

陈刃侧过脸看她，女孩落后他半步，坦诚地小心眼，斤斤计较的样子还有点儿可爱。

他错开眼神，说："那怎么不说出来？"

迟意也老实，说："怕人家把我们赶出去。"

陈刃说："你觉得你承了秦老师的情？"

迟意说："嗯。"

陈刃摇了摇头，说："不对。"行李箱的轮子压在水泥路上，随着移动发出响声，他认真地纠正她，"你是承了我的人情。"

迟意歪头。

陈刃说："当时秦老师找言诉，我也帮了点儿忙，他是在还当时的人情。"

迟意恍然大悟，她大着胆子伸出小指挠了挠陈刃的手心，冲他眨眨眼，说："我理清楚了，承男朋友的情不算承情。"

路灯昏暗得只能照亮眼前的路，女孩的面容看得不清楚，却不妨碍她的可爱。

陈刃想，他觉得迟意可爱的次数未免也太多了，超出了他所设定的平均值，不可控的情绪恣意生长，暂且脱离了他的计划。

陈刃听到自己"嗯"了一声，莫名地，还带了点儿前一晚的橘子味。

阮北果然还没走，教室里已经没其他人了，灯也关了几盏。一台台高配置的电脑关了机，一眼看去，全是黑压压的屏幕。唯有她那一片有光亮，映出女孩认真的脸。

键盘发出并不规律的响声，阮北皱了皱眉，骂了一句“破键盘”。

迟意让陈刃在门口等她一下，她抬手打开灯，室内顿时一片光明。阮北闭了闭眼睛，缓慢地适应了灯光，一脸不爽地朝门口看去，说：“下课了，开……迟意？”

明明担心得要死，到人家面前了，迟意反倒不慌不忙起来了。

她好整以暇地倚着门框，说：“小天才这么刻苦吗？到了吃饭的点儿还在这儿用功？”演到一半，她瞥到自家男朋友正饶有兴趣地看着她，立刻心虚了起来，背着阮北做了个鬼脸，快步进了教室，“不饿吗？”

阮北嘴硬地道：“不饿。”

迟意说：“哦，那我带的自热小火锅毫无用处，我马上带回去。”

阮北瞪她，迟意这才笑了。

阮北哼了一声，继续敲键盘，说：“他们都组队，我就不组，就这破题还要两个人？笨蛋！”

迟意看了一眼屏幕，满屏的代码看得她眼花缭乱，她觉得自己也被扫射了。阮北要做的题已经到了最后一步，换上迟意带来的键盘后更是飞快，她提交了答案，关机，走到陈刃面前，说：“我们见过的。”

陈刃微微点头道：“我知道。”

阮北的语气里带着火药味，说：“是我鼓励迟意去找你表白的。”

陈刃一愣，说：“……谢谢？”

想显摆跟迟意关系好没显摆到位，好气！

不过小孩子毕竟是小孩子，智商虽然跟陈刃不相上下，但陈刃比她多吃了五六年饭，也没迟意那样的护短情结，在吃饭的时候，他随口问：“你今天的题没做完？”

编程比赛需要用C语言编写程序解决生活中的实际问题，解题的过程复杂且冗长，一般以队伍参赛，参赛人员一到三人，大多是三人，人多力量大，也好进行头脑风暴。像阮北这样不跟人组队的，除非是顶尖大师，否则不可能只比其他人多花半个小时就能完成任务。

阮北没说话。

迟意说："陈刃问你话呢。"

阮北这才闷闷地"嗯"了一声："等吃完饭我就回去做，天亮之前肯定能做完！"

陈刃问："每天都这样吗？"

阮北嘴硬地道："要你管。"

也许是陈刃在F大少年班任代课老师，熊孩子见多了，又或许是性子使然，他没有生气，反而淡淡一笑。他说："我看了你们的规章制度，十二点之后提交不作数。"

"啊？"

阮北显然没仔细读过规章制度。

陈刃说："今晚我可以帮你，但我建议你明天找个人组队。"

迟意瞪大眼睛看向陈刃，问："你还懂这个？"

陈刃摇了摇头，说："不懂。"

但是有人懂。

五分钟后，言诉出现在视频通话的另一头。他穿着家居服盘腿坐在椅子上咬着雪糕，连镜头都懒得看一眼，敲着键盘打着游戏，吊儿郎当地喊："陈刃，你找我干什么？我的气还没消呢，我告诉你！"

陈刃说："迟意在。"

言诉惊了一下，口里的雪糕囫囵吞了下去，把他冰了个透心凉。他端正坐姿，把镜头摆到合适的角度，冲镜头丢笑脸，打招呼道："嗨，迟意，好久不见。"

迟意说："也没有很久。"

言诉看了下镜头那边的环境，问："你们这是在哪儿？为什么还有个小屁孩？"

阮北大怒："你才是小屁孩！"

陈刃简单地把情况介绍了一下，言诉听完后长长地"哦"了一声，问："我这么做有什么好处？"

陈刃说："我以后不会给你解数学题的思路了。"

言诉牙痒痒，说："我谢谢你了！"顿了顿，他又咬了口雪糕，说，"行吧，成交。我还有个条件——"

陈刃问："什么？"

言诉说："让迟意把我从黑名单里拉出来。"

迟意说："好。"

她转而瞪了阮北一眼，阮北吹着口哨往天上看。小屁孩表面上装不在意，心里却有些愧疚，乖乖的，一句话也没反驳，跟言诉一起处理问题。

神仙过招，迟意围观了五分钟就放弃了。

她退到讲台附近，说："听不懂也看不懂，学霸的世界真可怕。"

陈刃笑笑。

时间一分一秒地过去，教室里没人说话，只听到手机传来言诉沙沙的写字声和阮北敲键盘的声音，两人偶尔讨论一两句，进展飞快。

陈刃的手机在阮北手里，他也不觉得无聊，见讲台上有本教科书就翻了起来。

过了一会儿，陈刃的手背微痒，他愣了愣，是迟意传了张字条过来。

迟意传完字条可能觉得羞耻了，涨红了脸盯着手机，就是不肯分给他半个眼神。他低下头，用右手压着书，单手轻巧地打开字条。

迟意的字迹清晰，是干净的小楷："我们一会儿去吃火锅吧！"

字条重新被传过来。

陈刃："太晚了。"

迟意："……那好吧。"

省略号表达着无奈，委曲求全的模样可怜得要命。

陈刃想，确实太晚了，等阮北和言诉解决完问题都要很晚了，这里路偏，不一定能打到车，公交车晃晃悠悠到学校都要十一点了。他们刚谈恋爱，这么晚回去不太好。

迟意的提议被拒绝了，她没指望陈刃再回复什么，传字条的浪漫计划破产，她专心致志地刷起了微博

热搜里有人公开了，有人分手了，有人抱娃了，还有人被黑上了热搜。

她正看得入迷时，陈刃又把字条推了过来。

迟意诧异地看了他一眼，陈刃神色自若地继续翻手中的书。编程的书没有基础的话犹如天书，他就挑看得懂的看，没在意女孩的目光。

真热爱学习。

迟意腹诽，她倒要看看陈刃回了什么。按他那好学的劲头，哄女朋友也应该学过。她打开字条，看清上面陈刃回了什么后，沉默了。

陈刃回了个“笑脸”，两个并列的倒V符号，莫名好笑的笑脸。

迟意神情复杂地又看了陈刃一眼。

她想，可能哄女朋友真的很难学，学霸暂时学不会。她想起班长拜托她的事，小心地蹭过去跟陈刃说：“少年期心理自评量表……”

陈刃眼眸微动，不动声色地将抗拒的情绪敛去，说：“你发给我。”

迟意没察觉到他的情绪，马上把文档发给他，又有点儿不甘心，挣扎道：“我们现在就走，不晚啊。”

陈刃抬了抬下巴。

他的手机还跟阮北捆绑在一起。

迟意“哦”了一声，嘀咕：“那为什么有种我们在八点之前肯定能走的想法啊？”她撑着下巴，手肘放在讲台上，“为什么呢？这……”

像是想起什么一样，她“腾”地一下站了起来，跟陈刃对视着。陈刃显然也想起了什么，他淡定惯了，面不改色地看着悬挂在教室后面的钟，说：“八点半了。”

他下结论：“我们出不去了。”

这次集训来得太突然，晨阳老校区闲置了将近一年，紧赶慢赶才收拾出

一层楼的宿舍，没有老师住的地方。而且集训期间管理严格，哪怕他们给秦老师打了电话，保安也不会轻易放他们出去，如果被报上去了，说秦老师以权谋私、耽误比赛也不是没可能。

迟意慌了，问："怎么办？"

她怕打扰阮北，不敢抬高声音，声音小小的，听得人耳根子发痒。陈刃把她带出了教室，天色早就晚了，月光如水，宿舍那一排灯亮得很有规律，偶尔电路不稳，灯光摇晃一下又恢复如常。

保安室的灯光亮着，估计是有老师跟保安交代过有学生彻夜学习也不要管，保安也就没来问怎么没熄灯。保安的人影在窗帘上映出来，应该是在抽烟。

隔得远了，看得不清楚。

迟意胡思乱想了半天还是没找到个解决办法，只好巴巴地看向陈刃。陈刃沉吟："我们今晚要在这儿过夜，你去宿舍跟阮北挤一挤。"

迟意问："那你呢？"

陈刃说："我刚刚看的那本书不错，可以读一夜。"

迟意不同意。

陈刃问："你有什么更好的办法吗？"

迟意想：她还真有。

03

十点过五分，阮北和言诉把问题解决完毕。

阮北提交最后一题的答案后，诚挚地向言诉发出邀请："要不你去问一下老师，现在塞人还进得来。"

言诉问："进来干什么？"

阮北说："当我队友。"她打量着言诉，"你的智商跟得上我。"

言诉被一小屁孩夸了也没多高兴，给了她一个白眼，说："得了吧，我马上要准备研究生的第一篇论文，等我被教授唾弃了再进来。"

阮北抬头跟迟意告状："他拒绝我。"

迟意说："你昨晚但凡睡得好点儿，现在也不至于困得迷糊说梦话。"她把手机拿过来，跟言诉打了个招呼就切断了视频通话。

陈刃的手机电量可怜巴巴的，只剩下了百分之九。

阮北处理完了问题，神清气爽地伸了个懒腰，对迟意调侃她的话也不当回事。就是在陈刃面前抹不开面子，看着陈刃欲言又止。

迟意看着好笑，看看陈刃，又看看阮北，就想知道她这声谢什么时候说出来。

阮北犹豫了半分钟也没犹豫好。

陈刃善解人意地道："不客气。"

阮北这才小声嘟囔："谢谢你。"说完小屁孩就站了起来，"天都这么晚了，我送你们出去。"

迟意站着没动，说："对，天晚了，你快回宿舍休息。"

阮北奇怪地看着她，问："那你们呢？"

迟意那点儿智商，说起谎来哪能糊弄住天才儿童，她朝陈刃递过去一个求救的眼神。陈刃不慌不忙地道："我们还有点儿事。"

阮北问："什么事？"

陈刃从善如流，说："大人的事。"

阮北惊讶地挑眉，一脸震惊地看向迟意。迟意也被这个答案呛到了，咳嗽个不停，陈刃抬手帮她顺着后背，叮嘱阮北："你先回去，记得明天找队友。"

阮北也不敢任性，乖乖地点了头就小跑了回去，走得急也没忘了拎迟意给她带来的行李箱。

行李箱滚着轮子渐行渐远。

陈刃放下手。

迟意还在他的话中回不过神来，轻咳了两声。刚刚她是真呛着了，缓过来后口干舌燥，她冲陈刃眨眨眼，说："我渴了，想喝水。"

开水器在走廊的另一头，陈刃给她接了杯水回来后，抬手关掉了灯，只留了台电脑。

电脑屏幕泛着微光，适应了后隐约能看清人。

迟意坐在讲台边上的椅子上，小口小口地喝水，陈刃笔直地站在她面前，说："主意太烂了。"

迟意小声回嘴："比你的好多了。"

陈刃看了她一眼，居高临下地，像天上浮在月色旁的云朵，沾上了点儿月的清冷，带了点儿星的光芒，又挂了些这热烈夏日的温度，没多少侵略性，还是让人忍不住红了耳朵。

陈刃的唇动了动，也只说了一句："你对阮北挺好。"

他的语气不咸不淡，听不出情绪。

迟意出的主意是不能告诉阮北。不然以阮北的性子，指不定要闹到门卫那里去，今晚是别想睡安稳了，而且，她身为女朋友，哪有去独自享福把男朋友留下来喂蚊子的道理？

陈刃虽然不认可，但还是同意了。

这间教室的桌子上都是电脑，不能睡觉。他们去了隔壁教室，可能怕空间不够，这间教室也被腾了出来，草稿纸乱飞，但至少桌椅干净。

迟意把给阮北带的小薄被偷偷拿了出来，铺在拼在一起的桌上，摸了摸，还有点儿硌手。

借着月色的光，没出差错。

迟意讪然："被子有点儿小。"

陈刃拎了把椅子坐在窗边，看着无边的夜色，又抬头看着月亮，说："你先睡吧。"他一本正经，"我研究一下宇宙。"

迟意乖乖地和衣躺下来，桌子太硬，隔着薄薄的被子硌着后背。

阮北的枕头有跟她同样的洗发水的香味，迟意在心里跟阮北道歉，一边说我为你付出了太多，一边承诺回头再给她买个新的枕头。

承诺反思完了，她侧过身，细细打量陈刃。

陈刃根本没研究宇宙，他望着窗外不知道在想什么，迟意想知道，于是便问了。

陈刃没挪开目光，却开口道："你知道吗？因为光的传播需要时间，所以我们看到的蟹状星云是大约六千五百年前的，而依次类推，四百年前的北极星、二十六年前的织女星、十六年前的牛郎星、八分钟前的阳光、一秒多前的月光，还有……"

迟意接道："还有？"

陈刃说："三亿分之一秒前的你和我。"

迟意问："会不一样吗？"

陈刃说："会。"

迟意突然觉得唇干了起来，她舔了舔，让唇重新水润起来，却适得其反地越发干燥。她望向陈刃，眼波溶溶，颤了声，说："那……"

陈刃侧过脸道："嗯？"

迟意说："那你会比三亿分之一秒前更喜欢我一点点吗？"

说完，她就闭上了眼睛。

啊，这么丢人的话她也问得出来，脸皮的厚度更上一层楼。虽然内心自暴自弃了，但她还是竖着耳朵听陈刃的反应。

她听见陈刃似乎笑了声。

是在嘲笑她吗?

一会儿，没听到回应，迟意失望地撇了撇嘴角。她慢慢地睁开眼睛，见陈刃又发起了呆，她抿了抿唇，说："阮北不爱回家，因为家里有个后妈。"

陈刃愣了一下，勾起笑，问："辛德瑞拉？"

迟意摇了摇头，说："是没有被追杀、没有小矮人的白雪公主。"她缓了口气，说，"后妈对她挺好的，温柔贤良。但阮北太聪明了嘛，对后妈信任不够，戒备有余，又跟同龄人玩不到一起去，性格才这样的。"

陈刃说："所以你没问她集训的细节，反而去拜托别人。"

迟意笑了笑，说："她会委屈的，本来就是孩子，我追问就是心疼，知道有人心疼她，委屈就藏不住了，说不定她昨晚就真跑了。”

迟意上了一天的课到现在都没休息，又说了那么多话，眼皮子直打架，也没听清陈刃回了句什么，又絮絮叨叨地嘀咕：“孩子可难带了，尤其……”

陈刃问：“尤其什么？”

却没人回他了。

他侧过头，就着窗外渐渐移过来的月光看到女孩已经睡着了。她没盖被子，六月过了中旬，晚上的夜风早就不凉了，热烘烘地往身上吹，吹了一层层的汗也不罢休。

开了窗的教室风来回地吹，聊胜于无。

夜深了。

迟意是被蚊子咬醒的。

这边之前是挺繁华的，但拆了后百废待兴，杂草丛生，到了夏日蚊虫也多了起来。蚊子在耳边嗡嗡嗡的，吵得人生厌，迟意困倦地往耳旁拍了一巴掌。

蚊子没拍到，却把自己拍醒了。

迟意醒了也是一肚子火，坐起来准备跟蚊子决一死战，等坐起来了，才恍然想起自己被困在晨阳小学，跟陈刃同处一室，清清白白地睡觉。

迟缓的大脑在动，她想，陈刃在哪儿？

不在她身边。

薄被铺成的床榻，还有枕头都是她一人独有，陈刃没睡。

迟意还没来得及慌，就看到了他。电量所剩无几的手机开了手电筒放在旁边的课桌上，陈刃在……呃，迟意觉得自己的大脑要宕机了。

陈刃在抓蚊子？

迟意觉得自己应该是在梦里。

蚊子还在光影里飞舞，陈刃回身，敏捷地往前踏了一大步，一掌拍死了蚊子。他有洁癖，嫌弃地看了自己的手一眼，从口袋里掏出纸。雪白的纸很柔软，他低头擦了会儿手心，才后知后觉地察觉到了迟意的目光。

他抬起头，淡定地问："吵醒你了？"

迟意讷讷："蚊子吵的。"她问，"你是还没睡？"

陈刃说："嗯。"

迟意"扑哧"一声笑了出来。

陈刃挑眉。

迟意躺了回去，半张脸陷入松软的枕头里，热得小脸红扑扑的。

陈刃瞧着她，在冷白的光线里，还没瞧仔细了，手机电量终于偃旗息鼓，彻底关机了。

教室里再次陷入了黑暗。

应该是已经到下半夜了，月亮早不知道挪到哪里去了，如霜般洒在院子里，分不出多余的光给他们。

迟意小声说："赚到了。"

陈刃站在黑暗里没动，等眼睛适应了黑暗才慢吞吞地移到桌子边，问："什么？"

迟意说："第一次见到这么有生活气息的你，哈哈哈，别人肯定也没见过。所以今天晚上就算被蚊子咬，也赚到了。"

陈刃说："是吗？"

迟意还忍着笑，又清了清嗓子夸他："好啦好啦，我知道的，肯定是你室友教你的。对女朋友要细心、耐心，还要疼人是不是？"

陈刃没说话。

迟意在黑暗中看他，轮廓分明的身影离她很近，伸手就能碰到。迟意的指尖微动，轻轻扯住了他的衣角。她低声说："也可能是愧疚，对吗？"

回答她的依旧是沉默。

迟意也不气馁，无所谓地笑了笑，说："其实没必要愧疚的。真的。你不要以为我很喜欢很喜欢你了，也就一般般喜欢啦，随便喜欢喜欢，我们半斤八两。"

她看着他，漆黑的眼眸里像闪着碎光，亮晶晶的。

黑暗里，她听见陈刃微哑的嗓音传来："是吗？"他忽地反手握住她扯着他衣角的手腕，低下头，俯身。

他的呼吸平稳，甚至于冷淡，热浪却在翻滚，烫着她，煎熬着她。

迟意耐不住，开口："陈……"

声音戛然而止。

陈刃轻轻地咬住了她的唇。

04

第二天早上天刚蒙蒙亮，迟意和陈刃就整理好了桌椅，把一切回归到原样。趁着学生在吃早饭，陈刃联系上秦老师，让早起来上班的秦老师带他们出去。

秦老师把两人送到门口，满脸的欲言又止。

迟意的脸红扑扑的，以为秦老师有话跟陈刃说，就借口去路边打车先闪人了。她摸了摸嘴角，好像破了块皮。

她心不在焉地在路边等了一会儿，没等到出租车，远远地却看到了早班的公交车。

秦老师也没拉着陈刃说很久，等两人上了公交车，迟意贴在被空调吹凉的车窗上缓了一会儿，才问："秦老师没骂你吧？"

陈刃说："骂了。"

迟意大惊："啊？"她脑补了一下陈刃被人数落的场景，心下顿时不忿，自然而然地护起短来，"他怎么能骂你呢？就算是我们忘了时间没出去，但在硬桌子上睡一晚上也很惨了，而且你还没躺着！"

陈刃是趴在桌子上睡的。

又热又闷，很苦。

陈刃听到迟意维护他，像是被取悦到了一样弯了弯嘴角，说："不是这件事。"

迟意后面的话被他堵了回去，在喉咙里转了个弯，她疑惑地“嗯”了一声，求知欲满满：“那是什么事？”

陈刃却摇了摇头，没细说。

他想起刚刚秦老师一脸恨铁不成钢的样子，低声斥他：“你也太年轻气盛了！这是学校，不是胡闹的地方。”

陈刃没出声，秦老师便当他不认错，更气了：“情趣虽然好，但万一不卫生怎么办？”

话说到这里，陈刃再不懂也懂了，秦老师是认为他兽性大发把小女朋友办了。他沉默了会儿，说：“没有。”

秦老师以为他害羞了，拍了拍他的胳膊，说：“好了，我也能理解，下次注意就行了。”

说不明白了。

这话不能说给迟意听，她怕羞，说完后指不定怎么脸红。想及此，陈刃又有些犹豫，他怀疑自己是不是真的有什么癖好。

他喜欢看迟意的脸红红的。

很好看。

迟意是从集训中心回来了，但心还挂在那里，想阮北，想那晚的月色，想黑暗的教室里陈刃的掌心，想潮热空气里暧昧的喘息。

在课堂上第三次集中注意力失败后，迟意放弃了，她捂着脸趴在桌子上，觉得自己没救了。

下周就要期末考试了，所有的课程都接近了尾声。最后一节课没什么好上的，负责任的老师带着学生复习下重点，不负责任的老师让学生自己复习。迟意周围乱哄哄的，都是复习着复习着就去聊别的去了。

迟意枕着书，侧过头看窗外。

暑气如蒸屉，随便加了点儿火就唰唰地冒烟，驱散了浮云，毫不吝啬地炙烤着每一寸土地。撑着太阳伞的学生们走在校园里，走得急了，裙摆带风刮起小小的一角。

前面的两个男同学正对着窗外的女生评头论足，很是猥琐。

迟意第八次拿出手机，看陈刃有没有在百忙的学习中想起她，而聊天框里没有最新消息，很明显，陈刃忘了还有个女朋友等他问早。

迟意哼了一声，正想把手机收起来，却看到有人给她发了消息。

是刚被她从黑名单里拖出来的言诉。

我不严肃："早呀，迟意。"

迟意看了眼时间："快中午了。"

我不严肃："确实是中午了，小爷我重见天日，不见正午的太阳怎么能驱散陈刃那个坏人在我身上附着的枷锁？！"

什么乱七八糟的。迟意回了个无聊的表情包。

我不严肃："心情不好？陈刃没找你？你放心啦，他肯定没出轨，哦，就算是出轨也不是找女孩子。"

顿了顿，他又连忙补充："当然，他也不找男孩子。"

迟意给了他一个白眼。

我不严肃："每到期末他就最忙啦。他们物理系招生全看成绩，就算自然科学实验班的学生想上，也要经过一轮轮残酷的考试。陈刃指不定被哪个老师逮住出试卷去了。而且他自己也要考试，复习的时间估计都不够。这小子那么聪明，还来刻苦这一套，无语！"

迟意听他这么说着，主动给陈刃发了个消息："早。"

她转而又回复言诉："学长找我什么事啊？"

这句话把言诉问哑然了，足足过了三分钟才回复她："我对你居心叵测，这还需要我每次都说吗？"

迟意头次见人把居心叵测说得这么坦白，脸皮比她还厚，顿时心生佩服。

她没把言诉的话当回事，反正也没事，就跟他多聊了两句。一直聊到下课铃声响了，她的肚子也饿了，陈刃的消息才回了过来。

陈刃："今天忙，不一起吃饭了。"

迟意回他：“你就不怕在这期间有人乘虚而入吗？”

半分钟后，陈刃问：“……谁虚？”

迟意：“……”

这好像不是去幼儿园的路。

陈刃一忙就真的分身乏术了，白天被关在办公室出卷子，晚上又要秉烛夜读，学得那叫一个废寝忘食。不只是他，临近考试，百分之八十的学生都开始临时抱佛脚，赵尤尤跟另一个室友特意搞了个小型发电机供熄灯后的宿舍用。

他头重脚轻地顶着黑眼圈，问：“为什么平时都会的题，一到考试我就大脑空白？”

陈刃头也不抬地答：“考前焦虑症，最好预约一下心理医生。”

另一个室友从床上探出头来，盯着赵尤尤的卷毛拆他的台，说：“陈刃，你听他扯！哪次期末考试他掉到过前十？狗屁考前焦虑症，他是考前焦虑别人看的书比他多把他比下去！”

赵尤尤大怒道：“江镜寒，你诽谤我！”

江镜寒看着赵尤尤的卷毛被自己气得奓起来，依旧笑嘻嘻的，完全不怕死。不出半分钟，赵尤尤就爬上他的床要跟他决一死战，把谣言掐死在牢笼里。

他俩斗嘴打架是平常事了，陈刃见怪不怪，淡淡地叮嘱：“小心床。”

他翻了页书，又看了一眼时间。

过凌晨了。

他思索了一会儿，拿出手机给迟意发了条消息。

“叮。”

手机在黑暗中发出声响，缓慢地亮出一丝光线来。迟意在睡梦中翻了个身，随手捞起手机，睡眼惺忪，字符在瞳孔里跳来跳去，好一会儿才拼凑成完整的话。

——晚安，考试加油。

陈刃发来的。

05

考试期间时间宽松，有时候一天只有上午安排两场，剩下的时间给大家复习第二天的考试内容。虽然看了也没用，但没用也得看。

就这么考了两天，阮北的集训结束了。

迟意从考场回来的时候，看到小姑娘趴在床上睡得正熟。应该是很累了，连澡都没洗，鞋也没脱，攥着她的小被子，空调的风呼呼地朝着她吹，把热汗吹散了。

迟意轻手轻脚地把空调的风往上抬了抬，又帮她把鞋袜脱了，这时，阮北醒了。

小姑娘坐起来，揉了揉眼睛，说："迟意。"

迟意心疼得要命，现在也不装成熟家长了，问："你在那儿睡得不好吗？我不是让秦老师给你捎了你用惯的被子和枕头吗？"

"别提了。"阮北清醒了点儿，嫌弃自己没洗澡，干脆顺着床边坐在了地上，靠着床向后仰着，说，"你和陈刃走的第二天，我们的课程就升级了，即使找人组了队，十二点之前也别想完成，一天就睡两三个小时，还是零散睡的。"

阮北打了个哈欠，说："我去洗澡。"

她困得晕乎乎的，把干净衣服扒拉出来，晃悠悠地往洗手间走，走到门口，又像是想起什么一样，回过头，可怜巴巴地道："迟意。"

迟意应道："怎么了？"

阮北扶着洗手间的门，嘴角一撇，说："我想吃火锅小龙虾串串冒菜麻辣烫，想吃寿司草莓大福慕斯杧果挞，想喝可乐雪碧芝士莓莓多肉葡萄原味奶茶，想吃……"

迟意无奈地问："到底想吃什么？"

阮北说：“火锅。”

迟意比了个“好”的手势，答道：“安排。”

阮北洗完澡后收拾得干干净净睡觉去了，睡前还不忘了提醒迟意：“我醒过来是要吃火锅的。”

迟意把她的被子往上一拉，盖住了她的脸，说：“快睡吧。”

困意涌上来，阮北也没精力去跟迟意计较了，很快就陷入了沉睡。迟意搜了下附近的火锅店，想着阮北憋得久了，小孩子玩性大，两个人吃也没什么意思，就在顾时之的那个群里发消息：“晚上有空吗，姐请吃火锅。”

顾时之这个学渣果然没在好好学习，回消息飞快：“你带男朋友来我就去。”

迟意：“这是为什么？”

顾时之：“我会带我女朋友，怕你吃狗粮吃到饱。”

迟意：“威胁我？信不信我现在就截图给你爸看，让他管管你早恋的事情，顾大少爷？”

顾时之不说话了。

林遥替他解了围：“迟意姐，你别听他胡说，我还没答应他呢。”

顾时之急了：“林遥，你怎么说话不算话？你生日那天，我冒死跑到你家，你明明说是喜欢我的！你骗我！”

林遥：“是，不说喜欢你你就不肯走。”

停了一会儿，她又回：“无赖。”

也不知道是不是受刚刚顾时之说的狗粮的影响，迟意看着这“无赖”两字，硬是咂摸出了点儿甜味来。她心想，她还真得把陈刃带过去，于是给顾时之发了位置和时间后，就去找陈刃了，先不说话，先发个可爱的表情包。

陈刃倒是闲着，回了个“问号”。

迟意：“阿北回来了，她想吃火锅，晚上我们一起去吃吧！”

陈刃还记着她在晨阳小学念叨着要吃火锅，看了看已经复习了三遍的书，回她：“好，我几点去接你？”

阮北一觉睡到了七点，还是被饿醒的。

迟意也不催促她，跟顾时之他们打了个招呼让他们动身后，又跟陈刃说可以来接她了，才说：“顾少和林遥也来哦。”

阮北刷着牙，说了句什么，含含糊糊的，听不清。

迟意打开宿舍的灯，把床头灯关上，在洗手间门口探头，问：“你说什么？”

阮北漱了漱口，说：“陈刃也来吗？”

迟意一听这话就笑了，笑得意味深长，让阮北后悔问这个问题，她正想说不用回答了，便听迟意以炫耀的口吻说：“当然来啦，马上来接我们。”

阮北诧异地道：“开车？”

迟意说：“当然是走着过来，然后坐公交车。”

阮北说：“真朴素啊。”

迟意说：“那当然了！我们学生谈恋爱就是这样朴素，动不动就豪车豪宅俗不俗？你好了没？”

阮北擦了把脸，应道：“来了来了。”

临出门前，阮北又问：“你十八岁的生日礼物，你家送你的那辆限量跑车，多少钱来着？”

迟意：“滚！”

虽然家里有钱，但迟意秉着“财不外露”的原则，还是扯着阮北跟陈刃坐了公交车去火锅店。顾时之是背着人把林遥偷带出来的，他没驾照也不敢开家里的车，也是坐公交车来的。两拨人在公交站牌前碰了个正着。

迟意分别介绍了一下。

陈刃性子淡，微微点了头。他是从图书馆过来的，白色短袖干净利落，书香气不减，跟从球场上下来的顾时之一比，更显得沉静稳重。

林遥小心地扯着顾时之，小声问：“这就是陈刃啊？”

顾时之满心满眼都在她身上，哪记得迟意的男朋友叫什么，见她问别的男人，心中警铃大作，醋坛子瞬间翻了，问：“你问那么多干什么？”

林遥瞪了他一眼，说：“不说我问阿北去。”

顾时之知道阮北不喜欢陈刃，也没阻拦，就等着阮北说陈刃的坏话时再添油加醋，让林遥明白这世上除了他就没有好男人。

谁知道阮北点了点头，问：“是不是很帅？”

呃，这小屁孩怎么不按剧本走？

顾时之强行插入话题：“阿北啊，我听说你暑假要去参加什么大学生计算机编程比赛，好像在国外？”

阮北说：“佛罗伦萨。”

顾时之说：“意大利啊！我喜欢我喜欢，遥遥，等我高考结束了，我们也去旅行吧？这么看着我干什么？哎呀，我知道陈刃很帅，帅得不得了，呃……”像是想到什么，他喃喃，“不对，这帅得怎么那么眼熟？”

他跑上前，赶上陈刃和迟意，借着路灯仔细地打量陈刃。

迟意瞪他：“发什么神经？”

陈刃也看过来。

顾时之皱着眉，突然“啊”了一声：“你……你不是那个……”

他话说到一半，就被反应过来的迟意一个箭步向前捂住了嘴。迟意对着陈刃干笑：“我这个邻居弟弟脑子不太好，我跟他做下心理建设，你们先进去点菜，记得点海带！”

顾时之被捂着嘴，没有反驳的能力，只能眼看着陈刃奇怪地看了迟意一眼后，还是听话地带着两个女孩子进了火锅店。

等三人进去后，迟意才松开了他。

顾时之猛吸了几口气，说：“你心虚了！迟意！”

迟意说：“嗯。”

顾时之说：“我以前见过他，你上高中那会儿，是不是他？”迟意不反驳，他就来劲了，“我就说看着眼熟，果然是他。你急什么啊？为什么不让他知道你以前就喜欢他了？这不是很浪漫吗？暗恋多年变成男友？”

顾时之之前确实见过陈刃。

还是上高中那会儿，迟意想报考心理学院，但心理学属于理科。她理科奇烂，每逢考试必拜陈刃，照片贴在墙上，被顾时之看见了，问："这是谁啊，拜他干什么？"

"你懂什么？"迟意理直气壮，"拜陈刃，不挂科。"

顾时之十分好糊弄，恍然大悟，跟着她一起拜了几天，期末考试的成绩竟然很不错，便趁拿成绩报告单的时候大大咧咧地跑去找陈刃，勾着人的肩膀就套近乎，说："哥们儿厉害啊，拜了你之后我竟然没挂科！"

当时迟意躲在角落里，深觉丢不起这个人，不敢出去，但是也不想错过陈刃的表情，只好原地躲着偷偷观察。

陈刃居然没有第一时间甩掉顾时之，而是面无表情地提醒："放开我。"

顾时之"啊"了一声，松开了他，还想说什么，陈刃已经绕过他往前走去。顾时之连忙追上去说："哎，老大，老大你别走，你当我老大行不行？这样我就能再也不挂科了。"

陈刃的脚步顿住。

顾时之喊："你同意啦？"

陈刃说："我不是神仙，跟我没关系。"

顾时之说："啊？"

陈刃却没再说话，抬步离开，步伐不疾不徐。白衬衫下背脊笔直，风呼呼地吹来，十八岁的陈刃有他的孤寂和傲气。

十五岁的顾时之不懂，只是遗憾地跟迟意说："唉，他太惨了。"

迟意说："啥？"

顾时之说："我不轻易认人当老大的，他失去了当我老大的机会。"

总之，论脸皮厚度，目前除了言诉，无人能与顾时之所抗衡。但他也就见过陈刃那一面，因为再一次考试还是一塌糊涂，就也知道迟意完全是想正大光明地看自己喜欢的人，他便放弃拜了。谁能想到几年后，迟意居然领着人家说这是她男朋友！

顾时之心里对林遥对陈刃好奇这事还有点儿不舒服，他拉着迟意往火锅店里面走，边走边问：“这是多好的言情小说题材，你怎么不炫耀？”

迟意不想跟顾时之解释太多，敷衍道：“我不想他有负担。”末了又威胁他，“你要是说漏嘴了，知道后果的。”

顾时之远远地瞧见林遥了，也不纠结迟意的事了，他“嗯”了一声，喊：“林遥！”

正赶上饭点，大厅里人声鼎沸，听到声音纷纷侧目。少年人意气足，哪管人议论，就奔着喜欢的人走去。

林遥闹了个大红脸，等他到了把菜单往他脸上一盖，说：“想吃什么自己点。”

顾时之拿开菜单，依旧笑盈盈的，说：“你吃什么我就吃什么。”

阮北吐槽：“我觉得我已经吃饱了。”

迟意坐到陈刃旁边。最近考试，他们俩都忙，陈刃尤其忙碌，眼瞅着瘦了一圈。此刻他坐在位置上，正慢条斯理地擦着餐具。

黑色的筷子衬着他白皙修长的手指，惊心动魄的好看。

他安静得很，在喧闹的大厅里，像高山上最后一寸未被融化的雪，四周融化的雪水敲打着山石叮咚作响，他却平静地处在毒辣的日头下，亘古不变地坚持着。

顾时之点了菜，又把菜单递给迟意，迟意看了两眼，见有海带就放心了。

陈刃跟他们刚认识，暂时找不到共同话题，菜单递上去后，大家就陷入了沉默。顾时之小声地逗林遥，偶尔挨上一掌也笑得跟花一样。

迟意笑他：“欠打。”

顾时之一脸“我乐意”的表情，说：“逗女朋友开心是每个男朋友应尽的义务！”

迟意偷偷看了眼陈刃，陈刃还在擦餐具，不过换了一套，刚刚那套给迟意了。许是察觉到她的目光，他的动作迟疑了片刻，侧过脸，说：“你知道什么是笑里藏刀吗？”

迟意一愣，问：“啊？”

陈刃说：“哈哈哈……刀。”

刚刚发生了什么？她的男朋友这是在说冷笑话逗她开心吗？

陈刃心想，丢人了。

迟意张了张嘴，正要说什么，却被陈刃打断：“别说话。”

迟意答：“哦。”

说话的权利被剥夺了，笑意却是怎么都藏不住的，本就生了双笑眼，弯起来时含着脉脉情意的笑，怎么也藏不住。

破天荒地，陈刃想当场离席。

没一会儿，鸳鸯锅底端了上来，辣锅很快热腾腾地滚开，三鲜锅不温不火地泛着白沫，被服务员撇去后，滚着乳白色的汤，让人食欲大增。

饭桌上终于热了起来。

顾时之发现陈刃也没高中时那么难亲近，壮着胆子又开始称兄道弟，陈刃脾气好，对他有问必答，除了不学习怎么能拿高分这个问题。

袅袅雾气里，阮北的声音脆生生的：“不劳而获，想得美。”

陈刃“嗯”了一声，表示赞同。

因为之前的事，阮北对陈刃多了几分亲近，在陈刃问起集训的后续时，她乖乖地回答：“我的队友是个落单的小笨蛋。”

迟意咳了咳，让她注意用词。

阮北“呃”了一声，改口：“我是说他没我聪明，但是他比我刻苦。而且查资料一查一个准，跟言诉差不多。我还要再找个队友吗？”

陈刃摇了摇头，说：“队友在精不在多，你的智商加上他的勤奋，够了。”

阮北乖巧地点头。

迟意看得目瞪口呆，暗暗地戳了戳陈刃，陈刃看过来。迟意小心地往他那边坐了坐，在浓郁的火锅味里硬是捕捉到了他身上的清冽气息。

她问：“你给阮北灌什么迷魂药了，她怎么这么乖？”

陈刃说：“她本来就很乖。”

迟意怀疑地问："是吗？"

陈刃说："嗯，你哄好了就乖。"这是在夸她。

迟意不好意思了，想挪回去，却被人拽住了手腕。她看向陈刃，陈刃却没看她，他用漏勺把海带捞了出来，放到她的碗里，说："你点的，吃完。"

迟意见状，立刻献殷勤："我的料碗你要不要尝一下？我亲自调的，独家秘方，不好吃不要钱，一般人——"她扫了一圈桌上的"一般人"，声音放低，神神秘秘的，"我都不给他们尝的。"

吹得太过，让人怀疑。

但陈刃还是将菜放进去蘸了蘸，在迟意期待的目光中放进嘴巴，舌尖先探到味道，他的眉头一皱，说："酸。"

迟意笑眯眯，说："是呀，我爱吃醋。"

一语双关。

陈刃低下头，露出修长白皙的脖颈，他喝了口水，语气中似乎带着笑意，低低地，荡在她的耳边。

他说："知道了。"

06

迟意的期末考试就剩下最后一场催眠，说是考试，不如说是验收成果，不计入总成绩。其他院系的考生陆陆续续地考完离校了，校园里霎时冷清了下来。没过一两天，雷声炸开，向遇冬市正式宣布梅雨季节的到来。

雨势连绵，室外的温度清凉，室内则变得闷热，停了电后尤其如此。

图书馆的吊扇几百年不开一次，上面积了灰，在敷衍的大扫除下并没有擦干净，窗外有雨，不能开窗透风，只好打开了风扇。

风扇晃啊晃，带来的风微乎其微，迟意拿了陈刃的草稿纸，雪白薄薄的一张被她折了把简易的扇子，给自己扇扇，又给陈刃扇扇。陈刃似乎并不觉得热，他穿着淡色条纹短袖，明明鼻尖已经沁上了细小的汗珠，但迟意还是觉得他十分清爽。

像十八岁的少年人，干净又澄澈。

迟意看人看得入了神，手上的小扇子也忘了摆动。陈刃的目光没离开书，问：“热吗？”

迟意恍神，说：“还好，反正我们马上就走了。”

迟意的催眠验收是在下午，她的催眠对象是陈刃，她得把陈刃带过去。她问：“你明天监考完就结束了吧？”

陈刃说：“嗯，但还不能离校。”

自然科学实验班的学生名额还没有确定下来，考试没结束，假就放不了。陈刃把书收拾好，把迟意的小扇子拿了过来。

迟意掌心一空，讪讪的：“随便折的，这不是我真正的技术。”

陈刃说：“送我了。”

迟意不太肯：“要不我再给你折一把吧？这把又不好看，也没花纹，雪白的一片单调死了。”她伸手要把小扇子拽回来，刚碰到个角，陈刃就往后缩了缩。

这是索要不成改成抢了？

迟意又伸手，陈刃却比了个“暂停”的手势，他从口袋里拿出手机，示意接个电话。他走到窗边，纸扇子背在身后，没还给她。

电话是宋章明教授打来的。

宋教授也是百忙之中想起还有学校的事，匆忙地交代陈刃：“明天下午实验班还有最后一场考试，但我忘记出试卷了，由你来出，放学之前给我初稿。”

说完，他就直接挂了电话。

陈刃缓慢地放下手机，还在指间把玩的纸扇突然变得烫手。不知道是谁把窗户开了条缝，风正卷着细小的雨珠飘进来，树叶沙沙作响，在夏日雨里变得越发青翠。

陈刃走回去。

迟意正在收拾书本，专业课的书有点儿重，抱起来费劲，她“啧”了一声还是抱起来了。察觉到他的目光，她望过来，问：“走吗？”鹿眼赤诚，很好欺负的样子。

陈刃没说话。

迟意说：“好啦，纸扇子送你好啦，我不要了还不行吗？嗯，马上七夕了，就当七夕礼物了，提前祝你情人节快乐。”

她絮絮叨叨起来总算有个结束，扬起下巴，声音清亮：“走吗走吗？”

陈刃沉默了一会儿，还是选择实话实说：“刚刚教授给我打电话，说明天下午实验班学生的那场考试，卷子还没有。”

迟意“啊”了一声。

陈刃不能陪她去验收了。

本来验收这件事就是她临时告诉陈刃的，陈刃有空便去，没空也只能算了。她说：“明天的考试要紧。你先忙，我去上课。”

陈刃敛了眉，说：“你的实验对象。”

“没事啦！”迟意推开椅子，怕惊扰别人，尽量放轻声音，“我人缘那么好，还找不到一个实验对象？你先忙吧。”

“可……”

“不要可是了！”迟意对他笑了笑，室内太闷热，她一急又开始冒汗，脸上潮红不退，看上去很可口。陈刃的念头一闪而逝，就见女孩撇了撇嘴角，似是在威胁他，“你要是再说两句，我可能就真的委屈了。”

陈刃果真没再多说。

迟意说：“那我先走了，马上要迟到了。”

说完，她转身就往外走，别提有多潇洒利落。

而其实，迟意内心已经快后悔死了，她恨不得现在立刻回去拉着陈刃的手说她需要他，说他明明答应她了怎么可以放她鸽子，说他不去的话她会死得很惨！

陈刃会像看神经病一样看她吗？

迟意脑补了一下场景，不由得抖了抖，不行，她丢不起这个人。

可是硬着头皮去的话，先不说她最后肯定会拿零分回家，光是同学们善意的询问她就不知道怎么回。

“你的实验对象呢？”

“陈刃没时间吗？”

“我还以为你男朋友会来陪你。”

——谁不以为她的男朋友会来陪她呢？

不过，迟意边打开微信边想，她应该明白的，在陈刃那里，永远都有事情比她重要。她翻了翻通讯录，先找了阮北。

迟意：“阿北北北北，我的好姐妹。”

阿北北北北：“咋啦？”

迟意：“我需要你，十万火急！”

迟意简略地把这事叙述了一遍，一语带过了陈刃放她鸽子这事，画重点讲述了如果阮北不来，她会死得有多惨的后果。

阿北北北北：“好惨。”

迟意：“是吧？”

阿北北北北：“可是我今天在考试哎，你是以为你的小天才室友是不用期末考试的吗？你连我考试都不知道，绝交！”

迟意：“……”

福不双至，祸不单行，她十分钟内连续失去了她的男朋友和闺密。

迟意翻了翻通讯录，要不是离她十万八千里的高中同学，要不就是得跟她一起上课的同班同学，要不就是……言诉。

以言诉的性格，如果她今天找他了，第二天论坛上就会传出她劈腿言诉的帖子。

算了。

催眠实验课是心理学院的林老师专门开设的课程，由催眠课衍生，让学生自己挑实验对象，心理健康者为佳，每周到他这里汇报感受。

这次的验收课是两个班一起的，学生加上“试验品”乌泱泱一大片，还能分出阵营三三两两地聚在楼梯上也属不易。他们小声地讨论着什么。雨势渐弱，房檐上的雨滴滴答答地落在地上，一切都显得安静极了。

而迟意的到来则打破了寂静。

有跟她相熟的同学招呼她：“迟意，你来啦！”

“开始了吗？”迟意把书放到台阶上，甩了甩酸疼的手，“不会从我开始吧？”

同学说：“不是，学号从前往后，你是最后一个。”

迟意松了一口气，说：“那就好。”

迟意是吊车尾上的F大，学号排到最后，比没考上F大的学渣强一点儿。她在心里安慰自己，虽然早死晚死都得死，但还是晚点儿面对现实比较好。

“哼！”头顶突然传来一声冷哼，“迟意，你还知道来？”

迟意抬起头，向上数五级台阶，有个穿着很漂亮的红裙的女生站在上面，居高临下地看着她。见迟意朝自己看来，女生白了她一眼。

迟意挨了一记白眼，倒也没多大反应，不轻不重地顶回去：“我寻思着我也没迟到，怎么就叫我还知道来了呢？”

“你……”

“还有，”迟意再接再厉，“你又不是我们班的课代表，更不是纪委会的，我就算迟到，也轮不到你来说。”

“迟意！”女生转了转眼珠，恍然大悟地“啊”了一声，“陈刃呢？你来得那么晚，不会是去求陈刃来陪你上课吧？然后他还没来？”

简直字字诛心。

要不是迟意跟她不合多年，早已习惯了，还真得喷出一口老血来。

眼前这位气势凛然的女生叫周见云，隔壁班的，也是吊车尾的存在，但回回考试迟意都在她前面一名，于是她便处处跟迟意过不去，各种排挤迟意。

迟意虽然偶尔被她排挤得有点儿烦，但看在她长得那么漂亮的分上，总是轻易地原谅她，最后在心里默默吐槽自己本质颜狗。

她能怎么办？这么漂亮，又一逗就跳脚的小姑娘上哪里去找？

周见云看迟意不说话，“喂”了一声，旁边有人推了推她：“见云，差不多行了，现在外面传你喜欢陈刃传得沸沸扬扬的，你还怎么跟你竹马交代？”

“谁喜欢陈刃了？！”周见云果然跳脚了。

迟意举了举手，说：“不好意思，我。”

周见云瞪她，迟意跟她斗了会儿嘴，紧张的情绪也消散了不少，正巧课代表站在二楼楼梯口开始喊人，气氛一下凝重起来。

“我根本不行，林老师会杀了我的。”

“难道我就行了吗？明年补考一起走，谁不挂科谁是狗。”

“迟意都没带人来，‘反正也不能再差了’的这种底气我也想要拥有。”

“等挂科了你就不想拥有了。”

有个屁的底气！

迟意把头靠在楼梯的护栏上，开始思考用什么样的借口林老师才能放过她，结果还没编好，就已经叫到了她的名字。

她是最后一个，汇报完的同学已经离开了，楼梯间空荡荡的，只能听得到她的脚步声，有点儿沉重，有点儿不情愿。

咨询室的门被打开，周见云走了出来，就在两人要擦肩而过的时候，周见云凶巴巴地叫住了她：“喂！”

迟意的脚步一顿。

周见云问：“你连人都没带，光靠一张嘴说给林老师听？”

迟意说：“对啊。”

周见云说：“会挂科的！”

迟意点了点头，说：“嗯，那没办法，这次肯定考不过你了。”

周见云问：“为什么不带人？”

迟意说：“就是你说的那样。”她回过头，一脸无奈，“求了陈刃半天，他不愿意来，我也没办法。”

迟意意外地坦然，周见云有点儿接受不了，忍不住同情了她一下。然而下一秒，她就看清了迟意眼中促狭的笑意，一瞬间醍醐灌顶，说：“你骗我！”

迟意摊摊手道：“顺着你的话说的罢了。”见周见云还要说什么，她做了个“暂停”的手势，“再说下去我真的要迟到了。”

果然，课代表打开门，喊她：“迟意，你再不进来，林老师让你这辈子都不要进他的办公室了！”

说完，他关上了门。

迟意应了一声：“来了来了。”

周见云也被她气得掉头就走，脚步声朝两个不同的方向而去，一方迟疑缓慢，一方步履匆匆。

迟意把手放在门把手上，轻轻转动。

老旧的门锁发出“吱呀”的声音，在突然安静的空气中尤为刺耳。

她打开了门。

与此同时，迟意听到脚步声从身后传来，是运动鞋踩在台阶上发出的声音，沉稳、不疾不徐，一阶阶踩过来。

像是预感到什么一样，迟意回过头。

来人正好走上最后一级台阶，走廊里的白炽灯明晃晃地打在他的身上，光影模糊，他穿着简单的白色短袖，干净利落。

是陈刃。

像倏忽而至的天光一样，斩破了雨幕，黑色的伞尖上还在滴着水，滴滴答答地坠在光滑的大理石上。他只是站在那里，就让她的心定了下来。

迟意喃喃：“陈刃。”

陈刃朝她走了过来，雨水的凉气扑面而来，清新又干净。他忽略了她惊诧的目光，手掌覆盖在她的手上，带着她转动把手，打开了门。

她听到自己问了一句“你怎么来了”。

门被推开，陈刃的另一只手环住迟意的腰，在进屋前，迟意听到他淡淡地开口：“下次先求我半天，我再说不来吧。”

半分钟后，迟意和陈刃并肩坐在办公桌的对面。

林老师很凶，不是一般的凶。

“说吧，迟意同学。”林老师按着手中的圆珠笔，一会儿按进去，一会儿按出来，“让我等三分钟是几个意思？”

“呃……”迟意准备开始编。

“是我来迟了。”陈刃把话接了过去，他说，“迟意同学在等我。”

“物理系的天才陈刃。”林老师显然听说过陈刃，审视地看了他一会儿，突然问，“你们俩是不是在谈恋爱？”

陈刃说：“嗯。”

林老师问：“谈多久了？”

陈刃有问必答：“二十三天。”

林老师点了点头，他不到三十岁，一心放在学业上，还未成家，看上去跟他们没什么区别。迟意跟他混得还算熟，生怕他问出什么让陈刃尴尬的问题，正要截住话头把他们的对话拉回正轨，便听到林老师又问：“你们学霸叫女朋友，都是叫‘迟意同学’的吗？”

陈刃虚心得很，他想了想，提出解决方案：“叫意意？”

林老师说：“太难听了，叫迟迟吧。”

陈刃说：“好。”

迟意被安排得明明白白的，完全没有插嘴的余地，她在心底哀号一声，盯着林老师背后的窗户发呆，爬山虎悄悄地占领着窗边，新长的嫩芽在这个夏日蓄势待发。她盯了一会儿，又一脸无奈地看向陈刃。

陈刃也侧过脸看她，眼中似有盈盈笑意。

是错觉吧？

迟意想，是她看他总带着滤镜，便总觉得他望向她的目光也是温情的，其实只是稀松平常的一眼，没有暧昧，也没有似水的温柔。

别想太多，以平常心对待。

不承想，她刚平复了下心情，便听陈刃开了口：“迟迟。”

好，刚刚的心理建设白做了。

迟意的脸瞬间爆红。

07

迟意和陈刃从实验楼出来的时候，天刚刚擦黑，雨已经停了。雨后初晴的黄昏，灰蒙蒙的云层中，隐隐能看到浓烈的红色在渲染，大片大片的晚霞在天际边铺开，弯弯的月牙挂在树梢，寡淡地与天色融为一体。

陈刃抱着迟意的一沓书，看了看时间，问："去吃饭？"

正好是吃饭的点儿，食堂里拥挤吵闹，也只有二楼的卡座还算安静，陈刃问了迟意吃什么，不一会儿就端着餐盘走了过来，然后将筷子递过去，绅士有礼。

迟意食不知味地吃了口菜，还是没忍住，问："你不是在出卷子吗？"

——怎么还会突然来?

陈刃淡淡地"嗯"了一声。迟意见他面露疲倦，顿了一会儿没再继续问下去了。没想到陈刃吃了两口饭，又解释了起来："出好了。"

刚刚在实验楼，林老师拉着陈刃聊了很多，明明两个专业不互通，却意外地聊得来，以至于她的作业都成了一带而过的东西。最后林老师瞥了她一眼，说："虽然你实践得还不错，但是你能催眠陈刃我是不信的。"

"好巧。"迟意跟林老师达成共识，"我也不信。"

毕竟是初级课程，几乎没有学生成功，林老师也就没那么严格，大手一挥给了个"A"，夸迟意找了个好男朋友。

迟意也是这么想的。

如果她的男朋友能对她再多说些话就好了。

既然陈刃不愿意多说，迟意也就没再继续问，专专心心地跟盘子里的饭菜较劲，正吃得认真，一双筷子突然伸到了她的盘子里，在盘子的边沿顿住。

她抬起头，陈刃问："你不爱吃西红柿？"

"是……"迟意看了看盘子里的西红柿炒鸡蛋，她不喜欢吃西红柿，但是又特别喜欢吃西红柿炒鸡蛋里的鸡蛋，所以每次都是点了这个菜再把鸡蛋挑出来吃掉，她这次已经很小心了，没想到还是被陈刃发现了。

陈刃说："我喜欢吃。"

迟意点点头，记下了陈刃的喜好，以后点菜要记得。

陈刃说："所以可以给我。"

迟意继续点头，可以给……什么？她抬起头，眼看陈刃的筷子就要伸过来，她连忙把盘子往后挪了挪，说："这次就算了吧！"

她刚刚吃得心不在焉，筷子戳来戳去，整个盘子惨不忍睹，哪好意思给陈刃吃？

陈刃坚持道："没关系。"接着，便自然地夹起了她餐盘里的西红柿放进碗里，鲜红的汁液浸在雪白的米饭上，色彩对比强烈，有种惊人的美感。

他吃了一口，见她还在看着他，说："你好像很惊讶。"

迟意否认道："我没有！"

自从跟陈刃谈恋爱后，迟意都快不知道"惊讶"两个字怎么写了。

陈刃问："男女朋友不就是会吃对方不吃的东西吗？"

迟意问："谁教你的？"

陈刃说："室友。"

迟意被逗笑了，说："然后你就一板一眼地执行了？哈哈哈，你也太可爱了吧？"

听她的语气似乎是嘲笑，又从未有人夸过他可爱，陈刃稍稍抬眼，凉凉的眼神递过来。迟意连忙捂住嘴巴装无辜。

这个动作似乎取悦了陈刃，他摇了摇头，说："林老师这节课，如果你不是第一个进去，那就是最后一个。两分钟一个人，叫到你应该是第五十八分钟，算上中间延迟耽误的时间，取最大值是七十分钟。"

他语气很平缓，却在跟她解释他为什么会来。

他说："我出一套卷子的初稿，一个小时就够了。很巧的是，物理学院离心理学院不远，把试卷送过去后刚好能赶上你的测验。"

解释完毕，她盘子里的西红柿也跟着见了底。

陈刃还在看她。

迟意问：“怎么了？”

陈刃面无表情地道：“收回我很可爱这句话。”

“嗯。”迟意冲他眨眨眼，唇是浅淡的豆沙色，温温柔柔的样子。她笑起来，露出整齐洁白的牙齿，“我就不！”

尽管今天的女朋友有点儿皮，但陈刃还是履行了男朋友的义务把迟意送到了宿舍楼下，并允许女朋友吃了他一点点豆腐——抱了他并接受了一个吻。

晚安吻印在侧脸，软软的，带着女孩子特有的香气，在雨后的凉风中，像盛开在他脸上的花儿。吻完后，迟意觉得害羞了，没打声招呼就往宿舍楼里跑，一溜烟地消失在玻璃门后面。

透明的玻璃门轻轻摇晃。

陈刃在门口站了一会儿，宿舍楼下多是依依不舍的情侣，偎依在一起说着小话或在拥吻，总之如胶似漆，没人想进宿舍楼。

陈刃觉得不该那么早放他女朋友走。

而另一边，迟意捂着小心脏跑进宿舍，关上门，好半天才缓过神来。而缓过神来后，她才觉得宿舍里的气氛不太对。

宿舍里没开灯，黑漆漆的一片。

阮北抱着平板电脑盘腿坐在她的床上，笔记本的屏幕发出幽蓝的光。

“吓我一跳。”迟意抬手打开灯，“怎么不开灯？”

阮北大叫一声：“谁让你开灯的？”

迟意觉得这小孩的叛逆期到了，一掌就要拍下去，阮北抱着平板在她的床上一滚，躲开了迟意的魔爪，气呼呼地瞪着她。

迟意无奈道：“大小姐，又怎么了？”

阮北说：“我在纠结。”

迟意问：“纠结什么？”

阮北说："你管不着！"

迟意猜："考试考砸了？"

"你觉得可能吗？"阮北白了她一眼。

迟意一天内挨了两个白眼，觉得受伤，决定不理阮北了，抱着衣服去洗澡，谁知道等洗完澡出来，阮北还维持着半个小时之前的动作。

迟意走上前，伸出脚轻轻踢了踢她，问："还在纠结？"脚上带了点儿水珠，坠入床单，浸湿了一小块布料。她丝毫不介意，甩了甩脚上的水珠，跟阮北撒娇，"阿北北北北小同学，理一理我呗？"

阮北抱着电脑，一脸戒备，好一会儿才严肃地问："迟意？"

"怎么啦？"迟意用雪白的浴巾随意地擦着头发，水珠飞溅。

女孩的脸红扑扑的，一派可爱与天真："你想好了？"

阮北问："你很喜欢陈刃了吗？"

迟意一愣，又问："怎么突然这么问？"

她腾出一只手给陈刃发消息问他"到了没"，陈刃竟意外地回得很快，轻描淡写的两个字："还没。"她愣了一下，随手扔掉毛巾，回他："不是五分钟的距离吗？"

——现在都快四十分钟了。

阮北不满她走神，推了推她，说："你快回答我！"

"还好吧。"迟意看着手机，心不在焉，"不就是随便喜欢喜欢吗？"

阮北说："少诓我！我说你暗恋苦这件事是有证据的！"

迟意的手猛地一顿，慢吞吞地放下手机，收敛了笑容，看向阮北，说："不可能，我上高中的时候你才多大？"

阮北说："我很聪明。"

也是。

迟意垂下眼帘，撇了撇嘴，坦白从宽："是，我已经很喜欢陈刃了，这世上应该没人比我更喜欢他。"末了，她威胁阮北，"你要是敢说出去，我就灭口。"

阮北又问："那也就是说，无论发生什么，你都不会再比现在更喜欢他了，是不是？"

迟意没说话。

阮北催她："是不是啊？"

阮意这才叹了一口气，说："是啊，"她的声音低低的，"你还要我怎么更喜欢他呢？"

阮北说："你知道的，我是F大论坛的管理员。"

迟意说："嗯，知道。"

"今天考试结束后，我很无聊，就登录了论坛，看到一篇新帖子，在还没人回复的时候就被我屏蔽了，但是后台能看见。"阮北把平板转过来，说，"你看看。"

迟意接过电脑，手指放在触摸屏上滑动。

帖子的标题是：我确定陈刃这次谈恋爱是真的了。

1L（楼主）：朋友们，你们猜我在图书馆看到了什么？

2L（楼主）：没人吗？

阮北指了指二楼，说："楼主这个傻子，不看后台提示，不知道自己的帖子被屏蔽了，还在一个劲儿地说。"

3L（楼主）：算了，没人我也要说了！话说，我今天下午在图书馆自习的时候，陈刃和他女朋友就坐在我旁边，第一节课下课的时候，看他俩收拾东西，应该是要走了，结果陈刃接了个电话。

4L（楼主）：怎么回事？你们都在好好上课吗？理理我呗！

5L（楼主）：陈刃是走到窗边接的电话，离我很近，我听着好像是系里的教授找他，让他放学前出张试卷，然后他跟他女朋友说不能陪她了，他女朋友挺失落的，但是也没说啥就走了。

6L（楼主）：重点来了！真没人理我吗？

阮北许是看不下去了，回了他一句："然后呢？"

8L（楼主）：在我的印象中，陈刃不是一直挺淡定的吗？一枪打过来眉头都不带皱一下的那种，我居然看到他不淡定了！

楼主在九楼发了一段视频。

视频的时间不是很长，三十秒左右，拍摄也很隐蔽，能看到陈刃走在书架之间，快速且准确无误地从中抽取自己想要的书，一本、两本、三本，厚厚一沓。他走了出来，神色依旧淡然，脚步却匆匆。

视频戛然而止。

10L（楼主）：终于有人理我了！据我所知，出一套难易适度、高质量的卷子至少需要三个小时吧？陈刃居然只用了不到一个小时！为了什么？！为了赶上女朋友的测验！

11L（楼主）：我感觉这次陈刃是很认真地在谈恋爱了，他女朋友也挺漂亮的，反正这对我站了，七楼你人呢？

管理员：您好，您的帖子已被屏蔽，申诉请按这里。

网页拉到最下面，一排细小的黑色字体写着网址及友情链接，网页做得漂亮可爱，粉粉的彩虹泡泡从页面的下面飘上来。

“啪。”阮北伸手，在迟意耳边打个响指，“醒醒！”

迟意僵硬的眼珠动了动，慢慢地移到阮北身上，声音轻得能飘起来，问：“为什么要屏蔽这篇帖子？”

阮北愣了一下，随即“啊啊啊”地扑向她，抱紧她说：“你好烦啊，迟意，我到底还是不是你最爱的妹妹了？虽然陈刃人也挺好的，但我还是会吃醋呀！”

“你啊你。”迟意宠溺地揉了揉她的头发，将它揉得乱七八糟，语气带着笑意，“你太爱吃醋了吧？”

阮北理所当然地道：“我是小朋友嘛。”

“嗯。”迟意说，“可是，怎么办？阮北小朋友。”

阮北问：“什么？”

迟意低喃：“怎么办啊，不管我有多么喜欢陈刃，喜欢到不行，喜欢到觉得这世界上没人比我更喜欢他，可看完了这篇帖子，我还能更喜欢他一点儿。”

阮北说：“可是他没那么喜欢你，可能根本不喜欢你。”

“对啊。”迟意把平板还给她，湿漉漉的发梢滴着水，她弯起眼眸，璀璨而明亮，“这不是更迷人了吗？”

手机屏幕亮起，有新消息的提示。

陈刃：“还想看会儿月亮，下来。”

——怎么还没到宿舍，不是五分钟的距离吗？

——还想看会儿月亮。

——下来。

迟意随手捞起一件外套披上往外跑去，身后是阮北喊她名字的声音，她却觉得自己什么都听不到了。

电梯的数字不断地往下掉。

一楼到了。

大厅里有学生来来往往，门口的路灯发出昏黄的光，将陈刃的影子拉长，他还是她走时的样子，身后黑而沉的天空上，月牙挂在肩头，已至明亮。

凉风习习，喧闹一寸寸地隐匿，她抬起脚步，朝他走去。

她想，她真的已经喜欢陈刃很久了。

不是跟风暗恋，也不是一见钟情，是活在她臆想中的日久生情，是病态的依恋，是濒死时的救赎，是她昏暗的青春岁月唯一的一束光。

第四章

世　界　赠　予　他　的　恩　赐

01

也许是听到了遇冬市人民对雨的厌烦，天竟然奇迹般晴好了起来。迟意没了考试，又跟陈刃在操场上走了一圈又一圈，心里甜得像塞了块腻到让人发慌的糖，闲晃了一上午又睡了个午觉，做了个好梦。

还是那次梦的延续。

她和陈刃在双星系统的轨道里绕啊绕，转啊转，她靠他越近，他便融化得越快，疮痍与伤疤也越显眼。终于，陈刃退缩了。

迟意在梦里可伤心了，敛着锋芒追他，说：“你等等，你等等，我不怕的。”

陈刃头也不回地道：“不可能。”

还是平日里最冷淡的声音，隔着遥遥光年，在星系间回荡中偏偏带了点儿惊慌失措，还有浅淡的不安，听得她的心都要碎了。

她不转了，停在原地，委屈得厉害：“我真的不怕的。”

就这么熬着，熬过了千年万年亿万年，终于有一天，那颗原本是冰蓝色的星球，被春风拂过，万物复苏，呈现一片欣欣向荣的景象。

他这样好看，美丽，惊艳，动人。

他想拥抱她，早就想拥抱她了，在他还被冰雪沉沉封住、惶惶不可终日的时候，他就想这么做了。于是隔着光年，他这么做了。

迟意醒了。

很不符合天文学逻辑的梦，她做得心满意足，笑还挂在唇边。对面的床铺上，阮北正躺着打手游，斜了她一眼，说：“成年人的梦好像很可怕。”

迟意脸一红，嘟囔道：“你个小屁孩懂什么！”底气不是很足。

迟意没急着起床，从旁边摸出手机，打了个哈欠开始处理消息。陈刃要监考，只跟她说了句不能陪她吃饭就没音信了。

迟意心情好，给他发了个“好的”的表情包。

对话列表里多了个群，这是迟意建的，催眠不好学，大量的理论加上难得的几次实践，没人不头疼，所以她就跟班长商量了一下，建了这个学习小组互帮互助群。她刚一打开，就看到了周见云“一不小心”误入了他们群。

——“见云不见雨”与群里其他人都不是朋友关系，请注意隐私安全。

迟意：“踢出去。”

见云不见雨：“你敢！”

群消息：“您已被移出‘只要催不死，就往死里催’群组。”

周见云的头顶飘过一串省略号。

迟意想着网线那头周见云被气得脸色通红的样子，不由得笑出了声，也不逗她了，顺着刚刚的记录找到她的微信号，申请添加好友。

——您的好友请求已被拒绝。

迟意锲而不舍——继续被拒绝。

迟意第三次丢了个好友请求：“最后一次了啊，不行就拉倒。”

——你已添加了见云不见雨，现在可以开始聊天了。

迟意：“要跟我一起学习吗？”

见云不见雨：“你把两个班里的学霸都搞到一个群，孤立我是吗？”

迟意：“你的微信名太土了。”

周见云：“你把两个班里的学霸都搞到一个群，孤立我是吗？”

迟意真是冤枉，她不过是在两个班级联合的群里问了两句谁愿意互相监督，单独建个群，二维码也发在了群里，怎么就成孤立她了？

解释了也没用，迟意干脆就没解释，转而好奇另一个问题：“整个群都没你的好友？你是怎么混的？”

周见云：“我这是小号。”

迟意：“啊，这样。”

迟意把周见云拉进了群，正好小组长发了集体自习的时间，半个小时后在图书馆A区。

同学A回：“救救孩子！”

迟意问：“怎么了？”

同学A一见迟意理他，发了一连串的“哭唧唧”的表情：“迟意宝贝！”

迟意：“好好说话，不要逼我踢你出去。”

同学 A 一秒恢复正常：“我跟福利院的孩子约了今天去做个测试，但我刚刚才知道今天是我女朋友的生日。你想想，我本来就知道晚了，要是再不去给她过生日，我不是得死得透透的吗？”

迟意：“你说得对。”

同学 A：“我不想恢复单身！救救我吧！”

F 大心理学院对接遇冬市福利院，每个学生两周要去给自己对接的孩子进行一对一心理辅导，说是送温暖，但也是件双赢的事情。迟意就很喜欢去，她对接的孩子才过六岁，有点儿自闭症，她就去得勤了些。

但这次……

迟意：“我跟陈刃约好了吃晚饭。”

同学 A：“在哪儿吃不是吃？据说福利院今晚的晚饭有鸡腿。”

迟意翻了个白眼，想了想，决定先问陈刃愿不愿意跟她一起去，如果不愿意，那她就争取在晚饭之前赶回来。

可爱的表情在聊天框里跳来跳去，她给陈刃连发了几句“在吗”。

陈刃先回了个问号，又回了句：“还有五分钟开始考试。”

今天物理系招生考试，陈刃是监考老师。

迟意：“啊啊啊，等一下，我今天下午要去福利院给孩子进行心理辅导，你要跟我一起去吗？小孩子很可爱的！”

陈刃：“考试四点半结束，来得及吗？”

迟意：“来得及啦，小朋友要四点半才放学。”

陈刃：“好。”

得到陈刃的首肯，迟意去群里回复 A 同学，却见周见云说自己自习课去不了了。迟意先回复了 A 同学，又忍不住调戏周见云：“你才加进来第一天，怎么就请假？急着回家过暑假啊？”

周见云：“还不是因为你男朋友！”

迟意沉默了一会儿，等周见云继续说。谁知道没等到她的回应，周见云就不往下说。她只好打字：“等一下，周见云同学，话要好好说，你这样很容易让人误会。”

周见云：“哼。”

迟意：“不应该啊，他现在正忙着呢。”

五分钟已过，考试的铃声打响，一张张试卷发下去，陈刃理应不再看手机了，哪有空跟周见云传绯闻？

迟意想到一个可能。

迟意：“你准备转去物理系啦？”

周见云：“呸！”

迟意：“打字不能超过一个字吗？”

周见云：“能啊。”

迟意忍了。

周见云：“我弟弟在考试，上午的试卷出得太好了，把他都感动哭了。”

迟意：“那我该说……谢谢？”

周见云：“迟意！”

迟意赢了一场，不再接话，发了个“告辞”的表情包，私戳小组长请假，跑去食堂买了点儿吃的就直接去了物理学院。

物理系的教学楼一板一眼，设计得方方正正，细细看去，花纹却是别具一格的灿烂，一条条星河铺开，银河系的天体沿线旋转。

顺着户外长廊走过去，两边悬挂着牛顿、爱因斯坦、麦克斯韦、杨振宁等物理学家的画像，这些物理大家穿过岁月长河对着F大的莘莘学子微笑。迟意羞愧了一下，她理科成绩真的不怎么样，没脸看这些大佬。

长廊走到尽头，言诉和周见云正在吵架。

迟意听了一会儿，不过是因为数学卷子里陈刃托言诉出了几道题，言诉不懂凡人的能力，全按自己喜欢的来，难度可想而知，陈刃根据题型改了一下，但留下了一道当附加题，直接把人难哭了。

是真的哭，鼻涕一把泪一把，其中就有周见云的弟弟。

言诉见着迟意就像见了救星，叫道：“迟意，救救我！这女人疯了，太不可理喻了！居然说我脑子有坑。”

迟意觉得周见云说得没错。

一边是漂亮姑娘，一边是帅气哥哥，迟意很为难。她想了想，举了举手上的袋子，问：“我买了雪糕，你们吃吗？”

晴好的天，热浪又席卷而来，午后的太阳驱散了云层，毫不保留地把炽热洒向世界。不远处的教室里，时钟嘀嗒嘀嗒，试卷翻页声和写字声变得清晰起来，监考老师巡视的脚步声打在地板上，沉闷而严肃。

迟意、言诉和周见云坐在花坛的阴凉处，一人一支可爱多，偶尔小声说两句话，连空气都变得甜腻起来。

迟意想起什么来，问：“言诉，你怎么在这儿？”

言诉抗议道：“我为什么不能在这儿？”

“我等我男朋友。”迟意指了指自己，又指了指周见云，“她等她弟弟，你等谁？”

言诉说：“我等我情敌。”

周见云八卦道：“你情敌是谁？”

“陈刃啊！”言诉也不知道在骄傲什么。

周见云问：“你喜欢迟意？年纪轻轻的，智商也挺高，怎么瞎了？”

眼看两人又要吵起来，迟意连忙问：“你等陈刃干什么？他一会儿要跟我约会，你知道自己这个电灯泡多少瓦吗？”

周见云礼貌地笑出了声。

言诉瞪她们俩一眼，说：“对学长尊重一点儿！”他吃完最后一口雪糕，把包装纸扔进垃圾桶，说，“我有事跟陈刃说。他把我微信拉黑了。我就纳闷了，我也没说什么，他怎么就把我拉黑了？”

迟意问：“所以，你到底说什么了？”

言诉说：“我说你可爱、漂亮，他就把我拉黑了。迟意，他觉得你不漂亮也不可爱，快跟他分手。”

迟意真的很想知道言诉的脑回路是怎么长的，能这么快得出结论并逻辑缜密，让人没法反驳，她只好鼓掌说：“拉黑得好。”

雪糕吃完，预备铃打响，已经到了可以提前交卷的时间。

正对着走廊的教室门被人从里面打开，迟意探出头，想看看是哪位小天才能直接交卷，谁知道出现在门口的却是陈刃。

监考老师到底要严肃点儿，陈刃少见地穿了身正装，白衬衫黑色西装裤，明明也是平日经常用的黑白配，换成正装却仍然让人眼前一亮。

迟意说：“好帅。”

陈刃站在门口，神情淡漠地说：“太吵了。”

言诉对周见云说：“说你呢。”

周见云给了言诉一个白眼，迟意最乖，一副专心等男朋友的样子，只有眼睛没闲着，抓紧时间看陈刃。太阳随着时间移动，她处在阳光下，鼻尖沁着细小的汗滴。

陈刃的动作微微一顿，回身，跟里面的另一位监考老师说了些什么，便走了出来，门在身后被轻轻带上。

言诉也觉得热了，用手扇了扇，说：“陈刃，你可真闲，居然还有时间当监考老师。你课题完成了？论文写完了？”

陈刃没理他，抓住迟意的手往前走，力气有点儿大，迟意踉踉跄跄地跟在他身后。直到走到花坛的背面，他才突然停下，转过身，揽住了她的腰。

迟意今天穿了白色短袖和淡粉色的格子短裙，衬得楚腰纤细，手感竟意外地不差。陈刃破天荒地愣了一下，也仅仅一瞬，他松开她，说：“坐下。”

迟意乖乖地在面前的长椅上坐下，虽然乖，但还是眼巴巴地在等他解释。

陈刃说：“这里不晒。”顿了顿，他又说，“其实不用特意来等我。”

“为什么啊？”迟意小心地去拉他的手，没被甩开后又得寸进尺地把手指一根根缠上去，眯起眼睛笑，“我下午本来就没事。”

陈刃问：“怎么会没事？”

他的语气里带着疑惑，是真的好奇她怎么会那么闲。

迟意说：“你有没有听过一句话。如果你四点来，那么我在三点就感到幸福了。虽然我们约的是下午三点半，但我得腾出一下午的时间整理情绪呀。”

她的声音甜甜糯糯的，理所当然地浪费着时间。

陈刃反手握住她的手，掌心干燥，是不同于他冷漠外表的温暖。一会儿，他慢吞吞地将自己的手抽了出来，说：“下次别这样了。”

在他的世界观里，无意义的等待本身就没有意义，不理解也很正常，可汹涌的失落还是朝迟意袭来，她闷闷地“哦”了一声。

陈刃说：“嗯？”

迟意抬起头，说：“下次我就去忙我自己的事情，到点儿再来找你。”是赌气的语气，一看就是不高兴了。

陈刃抬手看了一眼时间，他已经出来五分钟了，等他弄清楚女朋友为什么生气，估计考试就结束了。

他思量了一下，俯下身，掌心扣着她的后脑勺，在她的额头上轻轻吻了吻。迟意吓了一跳，瞪大眼睛道：“你……”

——怎么好端端的就亲人？

陈刃侧过脸，温热的呼吸打在她的耳畔，他开口，低低的嗓音顺着迟意的耳朵钻进去，酥酥麻麻的，他说：“室友教的，虽然不知道女朋友为什么生气，但哄还是要哄一下的。”

薄荷味清冽，骄阳似火，她疯狂的心跳声与他始终如一的心跳声在空气中交织。

迟意想，她决定以后多生两次气。

02

最后半个小时总是最难熬的，没有答完的题、还未检查的试卷或是写不出来却不肯交卷的焦躁，在夏日的蝉鸣中渐渐放大。直到铃声打响，老师开始收卷子。

雪白的试卷上已经写满了答案，笔迹各不相同，或整洁或凌乱，汇总在陈刃手上，长长的试卷铺得整整齐齐，被另一个监考老师装进密封袋带走了。

而草稿纸则散落在讲台上，陈刃耐心地一张张整理好。考完的学生们筋疲力尽地拖着沉重的步伐离开教室，刚出门就愣了一下。

有人戳戳同伴："陈刃学长的女朋友。"

"哇。"同伴勉强清醒了一下，甩了甩头，"来接陈刃学长吗？好漂亮！我一时之间竟然不知道该羡慕谁。"

"谁不是呢？"

周见云接了自家弟弟已经走了，迟意和言诉并肩站在教室门口，把对话听得一清二楚，她假笑道："这些小孩子真是缺少社会的毒打，说这种话那么大声干什么？"

言诉则是一脸不爽，问："我是透明的吗？为什么没人提我？"

等最后一个学生走了，言诉跑进教室，坐在前排的桌子上，晃着两条腿，说："陈刃，你太不够朋友了，光顾着带你女朋友晒太阳，置学长于不顾，学长对你很失望。"

陈刃看都不看他一眼，转眸，望向门外，问："怎么不进来？"

迟意靠着门，像只小兔子一样，笑得狡黠又可爱，说："我这不是在等你请我吗？"

陈刃顺着她的话说："请你进来。"

于是粉色的小兔子便小跑了进来，距离太短，刹车有误，眼看就要撞上讲台，陈刃一伸手，让她撞上自己的胸膛。

"喂！"言诉蒙住眼睛，指间漏缝，抗议，"你们两个不要太过分！看人秀恩爱，我眼睛会瞎的！"

不用他抗议，两人也自动分开了，陈刃继续整理草稿纸，纸张交叠在一起发出轻微的响声。迟意托着下巴，光明正大地看他。

言诉被这粉红泡泡搞得起了一身鸡皮疙瘩，陈刃抬眼道："有话快点儿说。"

"你对学长这是什么态度？"言诉说，"我在数学竞赛中拿了一等奖，取得了去德国交流学习的机会，数学界大佬亲自点名的那种！"

陈刃说：“哦。”

言诉大怒，问：“‘哦’是什么意思？”

迟意好心当翻译，说：“就是‘朕已阅’的意思。”

言诉说：“你也跟着他欺负我！”

迟意有点儿不好意思，说：“嗯，毕竟我是他女朋友来着。”

被一次又一次地暴击后，言诉表示，我才十八岁，我为什么要承受这些？

陈刃则意外地看了迟意一眼，迟意笑着看回去，直到他寡淡的眼中铺了一层淡淡的笑意。她有点儿恍然。那层笑意转瞬又不见，浓雾散去，还是那个清冷的陈刃。

陈刃问：“去多久？”

言诉说：“两个月。”

陈刃点点头道：“好可惜。”

“可惜什么？”迟意和言诉异口同声。

陈刃说：“怎么才两个月？”

太扎心了。迟意为言诉默哀，果然见言诉跳起来要打陈刃，陈刃一侧身，轻轻巧巧地躲开。言诉也没真想揍他，悻悻地放下手，说：“我说的数学界大佬是你爸妈，他们托我问你要不要去德国度个假？”

只一瞬，陈刃的脸就冷了下来。

他本就是寡淡的性子，虽然让人不敢靠近，却也不足以让人生畏。可这一刻的陈刃，周身有从骨子里透出来的寒意，其中夹杂着让人不易察觉的惶惶不安。

言诉神经大条，根本没感到他的不对劲，还在兀自说着：“叔叔阿姨也是奇了怪了，找自己儿子还要托我，你不会把他俩也拉黑了吧？哇，你要干什么？谈了恋爱什么都不管了是吗？”

迟意偷偷扯了扯言诉，说：“快闭嘴吧你！”

言诉问：“怎么了？”

怎么了？她其实也不知道怎么了，但是很明显，陈刃跟自己数学界的大佬父母关系并不好，甚至不想听到他们的名字。但迟意又不知道前因后果，目前能做的，也只是让言诉先不要说话。

言诉闭了嘴，空气有短暂的安静。

陈刃似乎也意识到了自己的失态，抱起草稿纸，说：“不去。”转身，左手拉住迟意的手腕，说，“走吧。”

迟意跟在他身后，他走得坚定而缓慢，到了门口，将草稿纸扔到垃圾桶里，发出一声轻响。

与此同时，天际飘来乌云，雷声闷在云层后面，酝酿着梅雨季节的另一场连绵不绝的雨。

温度倏地降了下去。

公交车驶向站台，硬币声清脆，广播里的提醒声嗓音温柔，车门关上，湿润的空气里留下淡灰色的尾气，转而被风吹散。

盛夏的雨来势汹汹，横贯长空。

陈刃的心情很不好。

这是从学校到福利院的路程中，迟意得出的结论。

可惜这不是一道数学题，得出正确结论一切就能万事大吉，结论只是个开始，要怎么解决才是最重要的。

而她毫无头绪。

不是因为没谈过恋爱不会哄人，而是陈刃并不是因为她才心情不好，她就算去哄了，也不一定会见效，碰了一鼻子灰就太丢人了。

遇冬市福利院开在5A级景点钟山山脚下，茵茵夏日，窗外是青山绿水，淅淅沥沥的雨给景色蒙了一层雾，连教室里小孩子们叽叽喳喳的声音也变得模糊起来。迟意要做测试的小孩还没回来，她便替福利院的老师看了一会儿孩子。

喧闹的教室里，有人在折纸飞机，有人在写作业，有人钻到迟意的怀里跟她说话。

自然，也有人在偷偷看陈刃。

陈刃坐在靠近后门的课桌旁，拿了支铅笔在草稿纸上写着什么，眉眼低垂，浑身散发出一股“生人勿近”的气场，旁边坐了个小少年正在折纸。

迟意怀里的小姑娘爬到她的腿上，神神秘秘地凑近她的耳朵，小声问：“迟意姐姐，那个漂亮哥哥是你男朋友吗？”

“呃……”面对着小孩子，谎是撒不出来的，迟意捏了捏她的脸，“小朋友懂得太多啦。”

小姑娘得意地笑，又皱起眉头说：“可是为什么漂亮哥哥不高兴呀？他不喜欢你来这里吗？你们吵架了吗？”

迟意说：“哥哥只是不太喜欢说话。”

——尤其是跟陌生人。

比如现在，陈刃写完了一页纸，放下笔。他旁边的小少年第八次失败，折腾了十分钟都没折出只小船。

陈刃沉默地看着他失败了第九次。

第十次。

第十一次。

迟意看不下去了，准备上去帮他，谁知道刚做了个起身的动作，就见小少年突然哭了。他是个不善言辞的孩子，哭起来也是无声无息的，大颗大颗的眼泪砸下来，在纸上晕开一片泪花。

陈刃看他哭了好一会儿，突然伸出手，从一沓折纸中抽出一张水色的，问：“要什么样的？”

什么情况？迟意愣了一下，怎么，眼泪这么好使是吗？

那一边，小少年抽了抽鼻子，仰起头，有点儿茫然地道：“啊？”

陈刃耐心地问：“船，要什么样的？”

小少年问：“哥哥会折吗？”

“嗯。”陈刃顿了顿，见小少年不怎么信，他补充道，“哥哥很厉害。”

陈刃不是很习惯自夸，语气略有迟疑。

小少年说："我要海盗船。"

陈刃说："好。"

他低下头，露出细长白皙的脖颈，黑色的发梢柔软。水色的纸晕开淡淡的蓝，在他的指间翻飞，对折、再对折，用红色的小剪刀裁去多余的地方，又取了一张西柚色的纸做帆，两三笔画上一个骷髅头，别进船尾。

陈刃把海盗船放在掌心，往小少年眼前递了递。

迟意则看得愣住了，再次刷新了对陈刃的认知。像是感受到她的目光，陈刃抬头，朝她招了招手。

迟意牵着小姑娘的手走过去。

小姑娘拍手赞叹："漂亮哥哥好厉害！"

迟意也惊叹："你也太厉害了吧，居然连折纸都这么好，我也要。"

陈刃问："要什么？"

迟意脱口而出："你呀。"

话一出口，迟意才觉得似乎有点儿少儿不宜，好在小孩子们都兴奋地围着海盗船看，没人顾得上他俩。她愣是没改口，眼巴巴地看着陈刃，看他能不能给她一个他。

陈刃抽出一张纸，白色的，花纹淡淡，像是有繁星点点。

迟意问："你要折一个自己吗？"

"不是。"陈刃说着，拿起一旁的自动铅笔，按了按，在纸上写上字，递给她，"我。"

纸上写的是他的名字，一笔一画，字迹工整，藏在淡色的不规则的星星中间。

"这个冷笑话太冷了！"迟意小声吐槽他，却还是小心地把纸折起来放进口袋里，并且有样学样，飞快地扯出一张纸写上自己的名字塞给他。

陈刃看着自己手上的字条，手指被人轻轻抓住了。

他抬起头。

迟意坐在他的对面，胳膊放在桌面上，巴掌大的脸枕在上面，眼神明亮地看着他。她拽了拽他的手指，说：“陈刃，我是你女朋友。”

陈刃说：“我知道。”

迟意低下头，盯着他被她拽住的手指，看着它慢慢恢复血色。她轻声说：“可是你心情不好，我一点儿办法也没有，甚至连问你因为什么不高兴也不敢问。”

迟意抬起头，说：“你心里有什么想法可以告诉我，不用事事都顺着我。”

“好。”陈刃开口，“那我先回家了。”

迟意点头，旋即惊讶地看向他。陈刃神色淡然，不像是开玩笑的样子，好像随时会收拾东西回家。她结巴道：“可是外面在下雨。”

陈刃说：“我带伞了。”

迟意说：“可我没带。”

陈刃立刻就想到了解决办法，说：“伞你留着，我打车回家。”

“陈刃！”迟意生怕他真的走，抓着他的手不放，越想越觉得委屈，眼眶一下子就红了，委委屈屈的小模样，更像只小兔子，“真要走啊？”

陈刃果真是见不得人掉眼泪，他看了她一会儿，突然叹了一口气，问：“没有其他老师了吗？”

03

福利院当然还是有其他老师的，刚匆忙吃了晚饭的老师正好解决了陈刃的问题，她留下来看班，陈刃便带着迟意出去了。

迟意被他抓着手臂，走得有点儿迟疑，说：“那孩子马上就回来了。”

“不会耽误。”陈刃头也不回。

他明明没有来过福利院，却对地形很熟悉，顺着走廊往前走，雨就下在身边，偶尔水滴迸溅，被他挡得干干净净。

陈刃带着迟意转了一个角，面前忽地变得开阔起来，那是个小型的游乐园，塑料滑梯被雨水冲刷得颜色鲜艳，红橙黄三色醒目。

陈刃停下脚步。

迟意有点儿紧张，四下看了看，疑惑地道：“陈刃？”

陈刃转过身，说：“我确实心情不好。”

迟意讷讷的：“我知道……”

“你说让我不要太顺着你，我不知道我做了什么给了你这种错觉。”陈刃靠着墙，墙面微凉，贴着他的衬衫，浸湿了一小块布料。他恍然不觉，只看着迟意，“从我十八岁开始，就没人能逼我做我不想做的事情。所以我为什么心情不好，原因不能告诉你。”

他的语气微顿，说：“但你可以哄我。”

迟意讷讷地说：“啊？”

“哄我。”陈刃指尖用力，将她往前一拉，回身将人推到墙壁上，仿佛早就想这么做了，稍稍低头，额头抵在她的肩膀上，像是诱惑一样低语，“哄哄我吧。”

虽然陈刃弯着腰，说着软话，主动权似乎都在她手上。可陈刃还是那个陈刃，坦然、从容、疏离，没有丝毫的恳求，却足以让她丢盔弃甲。

迟意的手犹犹豫豫地不敢往他背上放，最后虚虚地搭在他的肩上，她抿了抿唇，说：“你先起来一下。”

陈刃站直身子。

迟意放在他肩膀上的手微微用力，他顺从地跟着她的动作，直到她双手搂住他的脖子，踮起了脚。

哄男朋友，迟意确实不太会，但很巧的是，陈刃下午刚教了她一招。迟意现学现卖，没学到精髓，又有害羞的因素在作祟，只是匆忙地在他脸上吻了吻。

雨势渐大，盖住她的心跳声。

她轻轻推开陈刃，拿手扇了扇风，说：“回去吧，小孩该过来了。不过，你也真是厉害，看了一遍地图就把这儿的地形记得那么清……嗯——”

话未说完，刚抬起的脚步便被人扯回，迟意还没反应过来，她的唇已经被含住了。

两人的呼吸在交互间越发急促。

陈刃的唇冰凉，像天际边的雨，浸在她的唇上，给予与汲取在同时进行。他一只手扶着墙壁，手臂线条流畅，淡青色的脉络在白皙的手背上蔓延，另一只手则捧着她的脸，神情冷淡却专注。

是在吻着她的陈刃，滚烫又热烈。

一吻结束。

陈刃放开了她的唇，捧着她的脸的手慢慢下滑，贴近她被吻红的唇，他迟疑了一下，却还是碰了碰，轻轻地摩挲着。

他称赞："很甜。"

迟意的脸更红了。

迟意表示陈刃杀她于无形，并严重影响了她的工作进展，导致她在跟小姑娘聊天时三番五次地走神。好在今天主要是做份测试题，她在一旁看着就行了。

小姑娘才上小学，铅笔字用力且幼稚，一笔一画写得很认真。隔壁的教室里也很安静，小一点儿的孩子先去吃饭了，大一点儿的在写作业。

迟意摸了摸自己心脏的位置，听到它在喊救命。她忍不住给在隔壁教室等她的陈刃发消息，几个叹号先行，陈刃回了一个问号。

迟意："所以你说你要先走，只是为了吓我？"

陈刃："开个玩笑。"

迟意："你那个表情真不像开玩笑！"

陈刃："我下次试试不用这个表情开玩笑。"

迟意："下次不能不开玩笑了吗？"

"对方正在输入中"持续了半分钟，跳出来一句话："女生不是都喜欢有趣的男生吗？"

迟意："我只是喜欢你长得好看。"

——你撤回了一条消息。

陈刃：“我看到了。”

迟意：“幻觉！我什么也没发！”

陈刃发了个“微笑”的表情。

迟意：“这个表情是什么意思，你应该不知道吧？”

陈刃：“骂人的意思。”

迟意：“你凶我。”

——陈刃撤回了一条消息。

迟意忍不住笑了出来，谁知道一抬头，就看见小姑娘无语地看着她，迟意清了清嗓子，问：“填完了吗？”

她伸手要去拿，小姑娘却扯住了卷子，说：“这个结果你会给别人看吗？”

迟意说：“当然不会，这是你的隐私。我也不会看，我会把它交给之前来看你的大哥哥，所以——”她扫了两眼试卷，说，“你们已经建立了信任，不要乱填哦。”

小姑娘脸一红，把卷子全部盖住，小声嘟囔：“我没乱填。”

“提醒你一下嘛。”迟意笑吟吟地说。

她笑起来的时候，左脸颊有浅浅的梨涡，甜意满分，很有欺骗性，福利院的小孩几乎没有人不喜欢她，所以她走的时候不少人抱她大腿。

陈刃撑着伞在门口等她。

迟意做了个“噤声”的动作，说：“你们别抱我啦，我男朋友会吃醋的，他吃起醋来可凶了！”

“迟意姐姐骗人！”

“啊？”

“不爱说话的漂亮哥哥才不凶！”

迟意觉得这发展不太对，说：“他怎么就变成了不爱说话的漂亮哥哥了？这么长的名字是谁取的？说的时候不怕嘴瓢吗？”

孩子们的普通话说得比她想的好多了，一口一个“不爱说话的漂亮哥哥”，溜得不行。

"不爱说话的漂亮哥哥才不凶，他会给我们买糖果。"

"还会好难好难的数学题！"

"超厉害，他给小空折了海盗船，简直酷毙了！"

"还会把迟意姐姐按在墙上亲！"

"快闭嘴！"眼看剧情朝着不能播的方向驶去，迟意赶紧去捂他们的嘴，"你们这群小坏蛋，怎么还偷看？"

"这是我们的地盘，想看就看！"小坏蛋们理直气壮。

迟意捂脸，觉得自己没脸出现在这个福利院了。她回头看了一眼陈刃，他还站在那里，雨差不多快停了，他收了伞，雨珠顺着伞面落下来，他出神地盯了一会儿，又随意地看向远处的山。

黛色的山峦在沉静的夜晚沉默着，山风吹过，吹散了云，星子如同被关押了许久的囚犯般迫不及待地冲破了牢笼，光芒如水般洒下来。

陈刃单薄的衬衫衣摆翻飞，像一幅镌刻在风中的画。

场面很美好，迟意却很想对画的主角动手，但是转念一想，这个男朋友是自己挑的。

她忍了。

许是终于看不下去了，陈刃往前走了一步，淡淡地开口："你们准备什么时候把我女朋友还给我？"

"马上马上！"

"不爱说话的漂亮哥哥喊你呢，迟意姐姐，你快跟他走吧。"

迟意还在茫然状态，就被小朋友推向了陈刃，陈刃从善如流地拉住她的手，迟意定定地看着他，问："怎么做到的？"

陈刃问："什么？"

迟意说："我就进去了不到半个小时，你到底是怎么把这群小坏蛋收服的？"

陈刃眉梢微动，突然笑了。

他的笑是浅淡的，像山涧初融的春雪，半分炽热半分冷然，在细细的风声中，悄然融化。

她曾有那么几次看过陈刃的笑，大多点到为止，礼貌而疏离。她也曾幻想过他真正笑起来是什么样子。

就该是这样的。

美好，温柔，一眼万年的惊艳。

让她的心如小鹿乱撞。

让她的脸颊红艳似火。

迟意正沉迷在陈刃的绝美笑容里，便听陈刃开了口："怎么收服的？"他若有所思，"他们也只是喜欢我长得好看。"

迟意无奈地道："喂——"

——女生不是都喜欢有趣的男生吗？

——我只是喜欢你长得好看。

——你到底是怎么把这群小坏蛋收服的？

——他们也只是喜欢我长得好看。

行，不爱说话的漂亮哥哥真的很会记仇了！

钟山周围开发得很好，别墅区、商场、学校集中，霓虹灯的光在暗夜里闪烁，公交车一辆接一辆地开进来，就是没有回学校的那一班。

站牌的等候区，长椅被雨水冲刷过，湿漉漉的，不能坐人，迟意探着头往公交车来的方向看，说："每次都这样，你要等的那辆车就是不来，等你准备不等了，它就来了。这就是墨菲定律。"

陈刃静静地听她扯东扯西，好一会儿，他说："其实可以不用等公交车。"

迟意说："我只是个普通的学生，打不起车。"

"嗯。"陈刃说，"可我不是。"

迟意小声说："别露财，别露财。"

陈刃说："没有财。"

迟意问："那你……"

陈刃说：“找人接我们。”

他打了个电话，语气淡淡地交代了两句，那头也不知道说了什么，他稍稍皱眉，说：“希尔伯特第十三问，我有个思路，不来我就告诉你。”

那头沉默了两秒，撂下一句“等着”，然后把电话挂了。陈刃收起手机，有小小的水珠溅到他的鞋上，圆滚滚地滑下去，是迟意正百无聊赖地踩水玩，眼角带着小小的得意看他怎么应对。

陈刃沉默了会儿，说：“幼稚。”

迟意哼了一声，说：“跟谁打电话呀？向女朋友汇报一下吧。”

陈刃说：“言诉。”

迟意说：“他对我图谋不轨你还给他打电话！”

陈刃说：“他离得最近。”

“嗯，也行吧。”迟意玩累了，又乖巧地站到了他的身边，说，“说起来，你刚同意跟我在一起的时候，我还怀疑你对我图谋不轨。”

陈刃挑眉道：“哦？”

迟意有点儿不好意思，说：“我这个人吧，有点儿被害妄想症，你想一下，你的女神从天而降又跟你谈恋爱又跟你拉小手还跟你接吻，你不会觉得像做梦？”

陈刃说：“我没有女神。”

迟意愣了愣，说：“那也挺好。”

“不过你想得没错，”陈刃往前站了站，居高临下地看着她，语气中带着几分理所当然，“谈恋爱不就是可以正大光明地图谋不轨吗？”

04

言诉开了辆很张扬的兰博基尼来，米黄色的，本来应该风驰电掣，不然不足以显示富二代天才的财大气粗。可惜这里临近校区，限速得厉害，他只能以龟速来到迟意和陈刃面前。他十分不爽地开了窗，说：“上车，迟意坐前面。”

陈刃瞥了他一眼，开口道：“希尔伯特……”

言诉立刻投降道：“都坐后面，都坐后面，我就是你们的专职司机。”等两人都上去了，言诉转动方向盘，嘴也没停，“陈刃你没车吗？”

陈刃望着窗外，漫不经心地说：“没有。”

言诉说：“不应该啊。去年你过生日的时候，你爸不是送了辆车给你吗？法拉利FF，看得我眼红死了，车呢？你不开我帮你开啊？”

陈刃说：“卖了。”

言诉瞪大眼睛道：“卖了？你缺钱？”

陈刃跟他认识多年，也是习惯了他的话痨，又是在迟意面前，他只好耐下心回答他的问题：“捐了。”

迟意在旁边听得云里雾里，牵扯到钱，她就彻底晕圈，干脆没仔细听。

言诉还在大惊，说：“四百万上下的车，一次都没开过，你怎么说卖就卖了？你怎么对得起叔叔阿姨的一片心意，我求了我爹好久他都没给我买！”

陈刃想起了那辆车，很漂亮的银灰色，停在他们家别墅的车库里。

陈平生把钥匙扔给他，说：“生日快乐。”

他接住，沉默地看着，等着陈平生接下来的话。果然，陈平生继续说：“听说你在学校也是名列前茅，不要太骄傲，也不要觉得有我们这对父母给你增加光环，你跟其他人没什么区别。这车子是送给你了，但是不要开出去招摇。”

送车子，是给他们那个阶层的人看他们的宝贝儿子；不让开出去，是成就他们勤俭、一心专注于学术的美名。

陈刃看得透彻，当晚就联系了人卖掉了车，钱也没过夜，直接捐了希望小学。

他没想炫耀，也不稀罕炫耀。

言诉还在耳边叽叽喳喳，兰博基尼车里的空气清新剂味道有点儿刺鼻，陈刃没来由地心烦起来，他张口打断言诉：“别……”

话未说完，突然感觉肩膀一沉。

陈刃愣了愣，要说的话卡在嗓子眼，在喉咙处转了一圈，生生地被堵了回去。他的后背僵住，费了好大的力气才缓慢地转过了头。

迟意靠在他的肩膀上睡着了。

她看上去很累，微微皱着眉，睡得不是很踏实。但好歹是睡着了，长长的睫毛在不安中轻颤，如蝶翼般，白皙的小脸上，浅淡的红晕被车内的凉气迅速降温，唇微微张着，露出洁白整齐的牙齿。

毫无防备的可爱。

陈刃想，其实他经常会观察迟意，仔细地，一寸寸不掺杂欲望地看她。她很好看，越耐下性子看越好看。认识她以前，他并不经常看爱情片，仅有的几次还是宿舍活动，爆米花电影里混了部文艺片。

爱情好似动人，在他看来却虚无缥缈，与几百光年外的小行星没有什么区别。

他从不触碰。

迟意向他告白那天，他确实状态不对，如她所说是被气昏了头，绝对会反悔。偏偏他的逆反心理就上来了，他偏不反悔，他偏要好好地谈这场恋爱。她明知道他的目的与企图，知道他并没有动情，却还是配合他。

她说："我也就是随便喜欢你啦，你别太当真。"说得她自己都要信了。

陈刃慢慢地放松了身子，甚至往女孩那边挪动了一下，让她更舒服点儿。车内温度打得低，呼呼的冷风迎面扑来。十字路口的红灯显眼，言诉踩下刹车，从后视镜里看了一眼后座的情况，"啧"了一声，问："你不会真的喜欢她了吧？"

陈刃侧过脸看向窗外，霓虹灯在他瞳孔中闪烁，不知道在想什么，他心不在焉地道："我会试试。"

他真的有好好在谈这场恋爱。

陈刃又将目光移了过来，不咸不淡地看了言诉一眼，语气中带着明显的警告："别再闹了。"

言诉一愣，小声嘟囔了两句，像是在打趣陈刃，又像是在反驳他。恰好绿灯亮起，他踩下油门，兰博基尼驶入车道，拉风又帅气。

在这样的间隙，言诉快速地看了一眼睡得正熟的迟意，在心里小声说：“挺可爱啊。”

他是认真的。

次日，阮北所在的计算机系考完了最后一门课，F 大的期末考试也到此落下了帷幕。老师要留下来批改试卷，学生则彻底解脱，开始了长达两个月的暑假。

阳台上，阮北挂了电话，没精打采地回来，说：“钱管家下午五点到，接我们回家。”

迟意正在收拾行李，钱管家的死板和阮北美好暑假愿望的破灭，都在她的预料之中，所以她没有在意。

阮北把手机丢在床上，说：“我现在买票溜走，你会举报我吗？”

迟意有点儿强迫症，箱子里的衣服要整整齐齐才行。她边叠衣服边打击阮北：“根本不需要我举报，钱管家一定能在五点之前找到你，并在规定的时间带你出席晚餐。”

她回过头，一脸慈爱地道：“你已经自由了一学期，死心吧。而且你暑假还要去比赛呢，国外是吧？”

阮北“啊啊啊”地抓着头发大叫：“这世上为什么会有寒暑假这玩意儿？学无止境！怎么可以放假？放假就是堕落！我要留在学校！”

迟意白了她一眼，说：“有本事去学校论坛上抱怨。”

阮北没这样的本事。她哼了一声，像是想起什么一样，蹦到迟意面前，说：“你刚刚是不是没仔细听我说的话？”

迟意赶紧让箱子远离她，警惕地道：“什么？”

阮北说：“我说的是，钱管家来接我们回家。”她强调了“我们”两字，“因为我老爹不忍心你去坐出租车，所以特意叮嘱必须把你也一起带回去。”

迟意觉得自己有一万句脏话想说。

本来她想着今天把这个小屁孩送走了，她就去单独跟陈刃约个会，刷足存在感，以免让陈刃一个暑假把她忘完了，结果阮北老爹一声令下，以钱管家的死板程度，不把她带回去是不可能的。

迟意问："现在几点了？"

阮北说："三点半。"

迟意的动作顿了一会儿，阳台的门没关，空寂的校园鸟叫声悦耳，偶尔有一两辆私家车驶进校园，喇叭声微弱。

她猛地站起来，说："我去找陈刃。"

她决定得突然，在路上才想起来给陈刃打电话问他在哪儿。陈刃说在宿舍。眼下放了假，男生宿舍的人走了七七八八，进去也没什么忌讳，她说："我去找你吧。"

陈刃似乎愣了好一会儿，才说："好。"

陈刃放下电话，看了看边打游戏边骂骂咧咧的江镜寒，又看了看捧了半个西瓜边吃边看江镜寒打游戏的赵尤尤。赵尤尤还乱指挥："后面后面，左边左边，右边右边！哎呀，你怎么那么笨啊，江镜寒！"

江镜寒骂道："你以为打游戏是跳《健康歌》吗？"

赵尤尤一时没转过来弯，疑惑地道："啊？"

江镜寒看自己是必死无疑了，干脆任人砍杀，没好气地瞪赵尤尤，说："左三圈右三圈，脖子扭扭屁股扭扭。西瓜给我吃点儿。"

赵尤尤哪里舍得？抱着西瓜不撒手，转移话题道："陈刃，你刚刚跟谁打电话呢？"

陈刃说："我女朋友要来。"顿了顿，他又补充，"在路上了。"

室内安静了三秒，江镜寒和赵尤尤的动作显然也静止了，三秒刚过，两人同时骂了句脏话后"腾"的一声站了起来，然后开始收拾东西。

江镜寒藏着臭袜子，问："怎么说来就来？！我不要面子的吗？"

赵尤尤把笔记本电脑一盖，乱七八糟的东西一股脑地塞进柜子，说："这要是往外一传，说我赵尤尤跟江镜寒一路货色，又宅又邋遢，我还怎么找对象？”

陈刃坐在位置上没动，他向来爱干净，桌面整洁，衣柜干净，完全不受两人影响。

赵尤尤百忙之中回过头，问：“你寻思什么呢？”

陈刃说：“我觉得你们两个的自我认知很清晰。”

就当陈刃是在夸他们吧。

十分钟后，迟意到了陈刃所在的802宿舍。802宿舍干净整齐，空气清新，阳台的玻璃门开着，细微的风刮进来，吹散了室内的闷热。

“……还有异味。”陈刃在心里补充。

赵尤尤和江镜寒已经恢复如常，一人在电脑前看资料，一人捧着西瓜坐在阳台门后眺望风景，很能装，很会演。

赵尤尤尤其夸张，见陈刃领着迟意进来，他“呀”了一声，说：“迟意，你怎么来了？”

迟意没来过男生宿舍，还有点儿不好意思：“我找陈刃有点儿事，没打扰你们吧？”

赵尤尤说：“没有！怎么会呢？你说是不是，江镜寒？”

江镜寒这才缓慢地、依依不舍地放开了电脑上的资料，他转过身，金丝边的眼镜衬得整个人儒雅斯文。他笑着对迟意点点头，说：“老听陈刃提你，终于见到人了。”

作为喜欢了陈刃那么久的人，迟意自然对他的室友也有一定的了解。

以前远远见过几次，没想到离近看这么帅。迟意对江镜寒笑了笑，看向陈刃，说：“怪不得你们宿舍被评为‘全校最帅宿舍’，还有一个是不是也这么好看？”

陈刃说：“嗯。”

他有点儿想戳穿这两个人的真实面目了。

赵尤尤跟陈刃朝夕相处，见他面色一暗几乎瞬间猜到了他的想法，心底顿时警铃大作，西瓜不吃了，景也不赏了，搬着椅子挤到江镜寒旁边，说："我跟江镜寒还有个项目没做完，急着走，今天晚上就要搞完。你和陈刃忙，别管我们。"

江镜寒茫然地看着赵尤尤，什么项目，他怎么不知道？

江镜寒一边配合赵尤尤，一边警惕赵尤尤给他下绊子，完全没想到赵尤尤救了他一命。

迟意看着两人坐在一起小声地商讨着什么，应该是项目上的事情。她不由得感慨，学霸的身边果然都是学霸，如果她这次期末考试有挂科的，就没脸当陈刃的女朋友了。

陈刃见她发呆，问："在想什么？"

迟意回过神来，摇了摇头，说："没什么啦。"她朝陈刃的桌子走过去，心里有点儿小激动，以至于有些贪婪地看着那张桌子。

从来没有一刻，她觉得自己离陈刃那么近。

也从来没有一刻，让她觉得，陈刃可能真的会喜欢她。因为他就这样放任她进入他的私人领域，看他桌上摊开正在看的书，看他墙上贴着的计划表，看他的床铺上星空图案的床单被套，有点儿花里胡哨。

见迟意看向自己的床铺，陈刃莫名地有点儿窘迫，他侧过脸，尽可能让声音跟平时一样冷淡："买错了，本来选的没那么花哨的，懒得退了。"这是在跟她解释。

迟意"扑哧"一声笑了出来。陈刃目光凉凉地看过来，像是无声的谴责。放在平时，她还是有点儿压力的，但现在，迟意只觉得可爱。

她觉得陈刃可爱极了。

原本的疏离与冰冷渐渐褪去，沾染了生活气息的陈刃有种别样的可爱。许是见迟意笑个不停，陈刃忽地上前，伸手挡在了她的眼前。

他的手掌干燥温热，掌纹清晰，长长的生命线与姻缘线被她的睫毛轻轻刷着，一片滚烫。

他似是怕被室友听见，稍稍俯身，唇贴着她的耳边，低低的声音顺着耳朵钻进去："再看要收参观费了。"

而后，他看到迟意的耳尖泛红，蔓延至白皙的脖颈，这才满意地勾了勾唇。

迟意是真的害羞了，脑子里嗡嗡的，只觉得陈刃刚刚呼出的热气都钻进了她的心里，轻轻碰一下就颤颤巍巍地要爆炸。

她匆忙地别开目光，告饶道："我不看了。"

陈刃这才放她重见了光明。他没在宿舍招待过客人，还有点儿生疏，想了想，给迟意倒了杯水，问："什么时候走？"

迟意说："五点。"

陈刃看了眼时间，还有不到一个小时。

迟意见他不说话，又继续说："你还不知道我家在哪里吧？我家就在本市，你要是想见我，我随时都可以出来的，你……"她的脸皮又薄了，小声地问出了口，"你会想我的对吧？"

陈刃正想着他马上就不能天天见到迟意了，只听清了她前半句话，他说："我知道。"

迟意说："啊？"

陈刃说："我知道你是本市的。"

迟意说："哦。"

那陈刃对她还是上了点心儿的。这么一想，迟意心里就高兴了，胆子也大了，一本正经地说："我们暑假也要见面，因为我们是情侣，一日不见，要如隔三秋的。"

她说得认真，如隔三秋也说得严重，好像是三十年。

陈刃静静地看着她。

说来奇怪，他活到现在，没体会过思念。离家不思念父母，离校不思念同学，离了所有人，好像感觉都是一样的，只要抬头能看到星星，就不觉得漫长。

所以迟意说一日不见，如隔三秋，他觉得他做不到。

他说："我试试。"

迟意歪了歪头，问："试什么？"

陈刃说："想你。"

迟意会错了意思，说："不用啊。你不要想我，不对，是不要让想念太过，想我就来见我。"她红着脸，"我想你就会找你的。"

迟意觉得自己会一直骚扰陈刃，又补充道："你不要嫌我烦。"

虽然他们两人的声音很小，但又不是听不见，隐隐约约地传到赵尤尤和江镜寒的耳朵里。他们两个表面心无旁骛，眼神却在交流八卦。

江镜寒：恋爱的陈刃果然不一样，真的是活得久了什么都能看得到。

赵尤尤：看你那没见过世面的样子，无语！

江镜寒：你见过？

赵尤尤：没有。

江镜寒翻了个白眼，这一眼翻到陈刃的位子上去了，他低低地"哎"了一声，说："人呢？"

赵尤尤迅速回头。

陈刃的位子上没人，屋里的窗帘不知道什么时候被人拉上了，在夏日阳光里显得昏暗。学校的窗帘质量不好，薄薄的一层，遮不住多少阳光，隐约能看到外面的人的影子倒映在窗帘上。

是陈刃和迟意。

高高的影子笼罩住小小的影子，将小小的影子压向玻璃门……

这强势霸道的姿势，在明暗间，笼上金黄色的阳光，水声啧啧间，暧昧得令人遐想。

像是在……接吻。

05

迟意是红着脸来宿舍，红着脸出去的。

她从阳台进来，匆忙地跟赵尤尤和江镜寒打了声招呼，就飞快地走了出去。陈刃慢吞吞地跟在后面，薄薄的唇红润无比，像浸了血。

赵尤尤啧啧："大庭广众，世风日下。"

江镜寒愤愤："光天化日，朗朗乾坤。"

两人对视一眼，异口同声地道："知人知面不知心，你这个斯文败类！"

陈刃要去追女朋友，淡淡地看了两人一眼。他正好走到江镜寒的位子前，顿住脚步，伸出手，在江镜寒没反应过来之前打开了他的柜子，柜子里堆积的东西"哗啦啦"地倒了下来。

陈刃看着脚边的臭袜子臭鞋，说："世风日下，知人知面不知心。"

陈刃想笑，习惯地去压嘴角，一时没压住，干脆笑了起来。

迟意乖巧地在电梯间等他，见他来了才按电梯，顾左右而言他的模样有点儿可爱。

"哎呀，我来得太匆忙了，忘了按电梯了。你要送我吗？"

陈刃说："送你。"

迟意的计划得逞，又想起刚刚在阳台发生的事，刚刚褪去的一点儿绯红又悄悄地爬上脸。电梯从三十楼下来，不急不缓，有条不紊。

陈刃问："你暑假有什么安排吗？"

迟意眼前一亮，说："你要约我去旅行吗？国内国外我都可以哦！"

陈刃侧过头看她，想看看她的脑袋瓜里到底装了什么，他就问了一个问题，她就能做成延伸题。迟意当然也知道陈刃问的是什么，悻悻地哼了声，说："开启省电模式，在家看看书，躺着看电视，你呢？"

陈刃说："有点儿忙。"

迟意奇怪地道："忙什么？"

电梯到了，门缓缓地打开，他们走进去。陈刃按了一楼，他看着面前密密麻麻的数字，说："宋教授的课题组，观察恒星，在西北。"

迟意一愣，问："你要去西北？"

陈刃说："嗯。"

宋章明教授的课题组有不少人，参与的学生却只有他一个，其他都是业内大佬，轮番去西北值班，因为宋章明是唯一任课的大佬，所以就被安排在了暑假。

宋章明看重陈刃，回回都带着他去。

今年是第三年。

陈刃没想到自己会有个女朋友，还要一日不见，如隔三秋地想念，所以刚刚一时没忍住。电梯到达一楼，外面冷冷清清的，宿管也在收拾行李，见到陈刃，他从小窗探出头来："陈刃，你什么时候走啊？"

陈刃说："要到七月中旬。"

宿管看着也挺喜欢陈刃的，不免有点儿担忧："放假了这边要封楼，要停水停电，你们那层的水电我可以不停，但是空调要一起拉闸。你要不回家待半个月再跟宋教授一起走？"

这话他说了三年，明知道陈刃不会听还是要说。

果然，陈刃笑了笑，说："我在学校还有事，就不回家了，梅雨季还没过去，晚上不会太热的，谢谢刘老师关心。"

宿管虽然不是正式的老师，但对他们这些臭小子都很照顾，对他们嘘寒问暖，不碰触原则的都随他们，大家都尊称一声老师。

刘老师就知道陈刃不会听，正想放弃，看陈刃旁边跟了个女孩，模样好看，正好到陈刃的肩膀。

他灵机一动，问："这是你女朋友吗？"

陈刃说："嗯。"

迟意见宿管提到自己了，从宿管门口的小黑板上拉回来目光，乖巧地跟刘老师打招呼："刘老师好。"

刘老师这可找到人抱怨了，把前两年陈刃在宿舍没空调的情况下待到七月中旬的事说了，絮絮叨叨完了，像完成任务一样就放两人走了。

陈刃先出了宿舍楼。

迟意默默地跟在后面，刘老师刚刚的话她都听了，她也能想到陈刃为什么不愿意回家——应该跟他的父母有关。刘老师是想她以女朋友的身份劝陈刃两句，但她这女朋友当得名不副实，随时都在出局的边缘，没什么立场去说陈刃。

更何况，就算她去说，也得提出个解决办法。

她来掏钱让陈刃去住酒店？陈刃肯定不同意。让陈刃去她家住？迟意慢吞吞地踩着脚下的地板，渐渐地走出宿舍楼的阴影，火辣的阳光落在肩头。她的唇紧紧地抿成了一条苍白的线，她不想让陈刃去她家。

没有解决办法，难道劝陈刃住大街桥洞吗？

迟意想得出神，没想到陈刃会停下来等她，一不留神一头撞上了他的手臂。陈刃反应快，立刻环住了她才不至于被撞倒。

迟意愣了愣，茫然地抬头看他。

他比她高好多，看他要仰起脖子才行，白皙的脖颈修长，被太阳一晒，泛起浅淡的红。陈刃不动声色地移开目光，问："在想什么？"

迟意喃喃："好苦。"

陈刃说："什么？"

迟意撇了撇嘴，说："好苦啊，陈刃。"她转过头又看着面前的宿舍楼，说，"我在想你前两年的暑假是怎么度过的。七月初最热了，就算下雨，房间里也特别闷热，更何况雨在七月七日之前大概就停了。"

陈刃说："你记性不错。"

迟意继续说："我们学校宿舍的风扇，一个宿舍就两台，小得不能再小了，顾得了左边顾不了右边，一直在摇头，停都停不下。"

陈刃说："可以的，要我跟你讲原理吗？"

迟意侧过身看他，她杵在太阳下有一会儿了，脸被晒红了，白皙的额头上有细小的汗珠。她的眼眶有点儿红，看着像是想哭，话里也带了几分颤，说："吹的都是热风。"

陈刃无端地叹了口气，伸出手碰了碰她的脸，又轻飘飘地放了下来，说："凉的。"

迟意反驳道："胡说。"

陈刃说："我在这里住过，我最有话语权，所以我说凉的就是凉的。"

他迟疑了一下，用胳膊环住了她的肩膀，“走吧。”

他姿态强硬，是不打算改变主意了。

直到回到宿舍楼下，陈刃都没有再说一句话。本来想着缠绵悱恻的离别泡了汤，迟意却只想着七月热得像蒸笼的宿舍，满脸的郁郁寡欢，跟阮北有得一拼。

钱管家穿了身白西装站在玛莎拉蒂旁，恭敬的站姿不卑不亢，发型、眼镜、口袋里的绢布、锃亮的皮鞋，都无一不显示出他的死板和恪守。见迟意过来，他说：“迟小姐，还差两分钟到五点。”

迟意“哦”了一声，说：“差点儿没赶上。”

钱管家微微一笑，道：“您放心，我会等您。”

话是这么说，但迟意也不会让他等她，她的行李已经被放置好，现在两手空空。阮北看见了陈刃，放下车窗，说：“你们两个还没告别完吗？”

迟意心不在焉地道：“快了。”

她踟蹰了两秒，看向陈刃，说：“我走了。”

陈刃点头，没有挽留的意思。

当然，挽留、依依不舍也拦不下来人，他只是冷静地看着她。迟意的心有点儿凉，刚想说什么，钱管家已经打开了车门，提醒道：“还有三十秒。”

阮北给了他一个白眼。

迟意弯腰上了车，车门被关上，车窗也缓缓地关上。迟意听到车子发动的轻微声，就在车窗还剩一条缝的时候，她看到陈刃忽地抬起了手。

他做了个“打电话”的手势，放在了耳边，对她笑了一下。

他说，想她的话，会给她打电话的。

迟意坐在车里，脑袋抵着车窗跟着轻轻地晃悠，车子驶入学校的柏油路车道上，在夏日最灿烂的阳光下渐行渐远。

忽然，迟意说：“这世上为什么会有寒暑假这玩意儿？学无止境！怎么可以放假？放假就是堕落！”

大人真的很善变。

06

阮北跟迟意家离得不算近，虽然在同一个别墅区，但是这个别墅区很大，路上开车也要十分钟。迟意借口不舒服没去阮北家，钱管家便先把她送回了家，并说阮家的家庭医生会来看她。

迟意想谢绝，钱管家说："迟小姐，别让我为难。"

迟意的话卡在喉咙里，只好无奈地点了点头。趁着有人给她拿行李，迟意小声跟阮北吐槽："你家的家规真的很严，你回去小心。"

阮北野惯了，想到她家的那些规矩，她抖了抖，对着迟意可怜巴巴地说："我能借住在你家吗？"

迟意冷酷无情地拒绝："不可以。"

阮北撒泼，说："你家又没人，那么大那么大，给我个房间就可以了，我保证不打扰你，保证不让你看见我。"

迟意接过自己的行李，依旧冷酷地道："那也不可以。"

阮北见卖惨不成，哼了一声，对迟意做个鬼脸，说："不可以就不可以，但我肯定会来骚扰你的！"

迟意对她假笑了一下。

阮家的家庭医生应该会来得很快，迟意没着急进去，就坐在前院等他。正如阮北所言，迟意家里没有人，没有管家，没有保姆，也没有爸妈。

前院的花园景观久久没人打理，杂草超过了当季的花儿。花儿因为不见阳光，开得萎靡，随着几场雨，零落成泥。迟意坐在石凳上，面前石桌上的棋盘被雨水冲刷得干净，字迹却有点儿模糊。

她托着下巴细细地打量着院子，想着从哪里开始收拾，想着想着就走了神，想到了陈刃。

是的，她不想让陈刃来她家。诚然，以她家的资产，在遇冬市不止一处房产，她完全可以带陈刃过去，可是她自己必须回本家，回到这个看似破败的地方。

迟意忍不住闭上了眼睛，天色渐渐沉了下去，夏日的黄昏将天空变成金黄色，闪烁着凌厉耀眼的光，散发着最后的余热。芳草萋萋里，风吹过来，热风与凉风交织着，汗濡湿了后背，像许多年前的回忆，在记忆的深处黏答答的，让人不舒服。

敲门声打断了迟意的思绪，她睁开眼，看见阮家的家庭医生提了个药箱站在门口，朝她招手道："迟小姐。"

放假的时候，迟意不怎么喜欢去别人家，从小交好的家族也渐渐知趣地不再邀请她。只有阮家，知道阮北喜欢她，次次开派对或有晚宴都会送来请帖，迟意借口不舒服这招用惯了，也常常见这位家庭医生。

迟意把人迎进来，说："陈医生，就跟以前一样走个过场好了。"

陈医生三十来岁，跟迟意也熟，知道她是装的，但还是给她开了点儿安眠药。迟意看着安眠药，若有所思地道："谢了。"

陈医生说："你选择报心理学系是对的，这次回来感觉你整个人的状态都不同了。"

迟意失笑，她不是很爱学习，专业的书会看，但看一遍就过了，只记自己想记的地方，这次状态不同托的是陈刃的福。

迟意没细说，陈医生待够了时间，起身走了。

迟意这才拖着行李慢吞吞地顺着石子路进到了主院，过了玄关进了别墅的大堂。

欧式的风格大多浮夸，哪怕沾上了灰尘也不失豪华气派。玻璃窗开得多，落日的余晖斜斜地打进房间，像音符一样碰触着三脚架钢琴。

迟意没作停留，直接上了三楼的房间。

三楼是她的房间，套房里结构完整，卧室、厨房、书房一应俱全，但因为没人打扫，行李箱的轮子滚过，留下一长串痕迹。

阮北曾问过她："你怎么不找人打扫卫生？缺钱找我啊。"

迟意说："你懂什么？"

天才儿童最不服有人说她懂什么，立刻揭竿而起，说：“我怎么不懂？迟家大小姐才不会缺钱，不找人打扫不就是怕假期没事干吗？”

阮北说得很对，她家很大，她就是要留着暑假一间间地去收拾。

漫长的暑假开始，学校的生活也渐行渐远，迟意没有暑假作业，整日无所事事。她先把卧室和厨房收拾了出来，在步入式的冰箱里塞满新鲜的水果蔬菜，再兴冲冲地列了个计划表，把家里的房间统计好，加上前后花园，等打扫完，开学的日子也临近了。

唯一不同的是，这个暑假她多了两件事。林老师布置了论文，开学后要交。还有一件事是，她要谈恋爱——

俗称，骚扰陈刃。

F大在学生离校后陷入了宁静，考研的学生作息规律，除了吃饭绝不在校园里晃悠。陈刃习惯了这安静，除了偶尔去实验室，就是在宿舍里看书。

专业书像是永远也看不完，每本都像砖头一样厚。

今年的梅雨季没像往常一样停在七月七日左右，连绵的雨势漫到了七月八日，到九日、十日也没有停的意思。陈刃从校外的超市回来，踏入宿舍楼的大厅，收了伞。伞骨纤长，雨急促地滴在大理石地面上。

“叮叮。”

电梯到的时候响了两声，他进电梯后才反应过来，另一道声音来自他的口袋，是迟意发来的消息。她近来总是如此，每天都事无巨细地报告着她的日常。

“我今天吃了可乐鸡翅。”

“我今天在收拾书房，天哪，陈刃，你绝对想象不到我翻到了什么，是你家宋教授写的书，好像是绝版的！我爸居然对这感兴趣，不得了。”

“气死我了，我对这个雨又爱又恨。恨它下个不停害我不能收拾院子，爱它下个不停不至于让你热死。你还好吗，陈刃同学？”

陈刃把手机拿出来。

食堂关了门，要吃东西得去校外。他最近每天只吃两顿，瘦得厉害，长指骨节越发分明。

迟意：“说出来你可能不太信。我中午看天气晴朗，万里无云，所以没带伞就坐公交车来学校查资料，结果现在雨下得这么大，我走不了了，我今天就要在图书馆睡觉了。”

迟意：“你给我送床被子来吧。”

图书馆里。

迟意望着窗外的雨，盛夏的雨总是如此，雷鸣闪电，不打招呼说来就来。雨水横贯长空，噼里啪啦地冲刷着玻璃，吵闹中的图书馆安静极了。

好一会儿，被她攥在手心的手机亮了亮。

陈刃发来了消息：“好。”

迟意没想到陈刃会来得这么快，这里是心理学系系内的图书馆，两层的小楼很不起眼，甚至有些陈旧，以至于脚步声踩在地板上格外清晰，混杂着滴滴答答的雨水声。

迟意迅速回过头。陈刃站在门口，他穿着白色长袖，手背上沾了雨水，他平静地把长柄伞立在门口，似乎根本不在意那点儿雨水。

过了一会儿，他抬起头，眉眼间带着雾霭，穿过微凉寂寂的空气看向她。

陈刃也没想到自己会来得这么快，甚至来不及把刚买的东西放回宿舍，随便扔在了宿舍大堂的桌子上，便撑着伞一头扎进了雨中。

这不像他。

所以他没有动，等着迟意先开口。

迟意果然先开了口，她喃喃：“你好快。”没等陈刃说话，她又连忙摆手，“我不是那个意思。”

迟意识趣地转移话题：“我不是让你带床被子吗？你不带我睡哪儿？”他俩离得远，她多了几分理直气壮，料想陈刃也不会对她做什么，又说，“你难道是来看我笑话的吗？还是打算把我带回宿舍？”

陈刃眉头一皱，说：“话很多。”

迟意噤声。

陈刃停在原地没动，他问：“资料查完了吗？”

迟意点头。

陈刃意外地看了她一眼，早就知道她乖，没想到这么乖，也没想到许久不见，乖起来这样可爱。他说：“我送你回家。”

迟意蒙了，问：“送我去坐公交车吗？”

陈刃说：“送你回家。”

言诉出国之前把他的兰博基尼停在了学校，钥匙则丢给陈刃，让他随便开。陈刃也没推辞，但钥匙拿在手上，他一直没开过。

送迟意这次，是第一次。

雨刷一刻不停地将前车窗擦干，雨水又不甘落后地覆上去，如此反复，无休无止。迟意坐在副驾驶座上不肯系安全带，还在拒绝：“你把我送到公交站牌就行了，不用送我回家。”

陈刃回身，给她系上安全带。他离她太近了，她的呼吸就落在他的脖颈上，浸了些雨水的衬衫贴着皮肤，突然变得滚烫。

他直起身，摸着方向盘，说：“我不进去。”

迟意说：“啊？”

陈刃发动车子，说：“你要是觉得不方便的话，我不会进你的家，也不会让你的父母看见我。”他又有些不解，“上大学谈恋爱也要瞒着父母吗？”

误会有点儿大。

迟意没想好怎么解释，只能含糊过去，她心不在焉地看着窗外的雨景，无意中看到陈刃浸了雨的衣领，突然一怔。

是什么时候淋到的？

他这样干净从容的人，雨水只会带来干净，泥泞和狼狈不该属于他。大雨中的红绿灯格外显眼，遥遥地闪烁着，车轮飞驰而过，溅起泥浆后又缓缓停下。

陈刃的车技不错，车子行驶得四平八稳，不疾不徐。

车内的空调温度适宜，不冷不热，风声细微。忽然，他听到迟意开了口，女孩的声音像雨中虚无缥缈被乌云遮住的月色，很轻。

她说："我家里没有人，爸妈都不在了。"

陈刃一愣。

迟意却是鼓足了勇气，一股脑地说出来："很早就不在了，大概是我在阿北这个年纪的时候吧。车祸，爸爸当场去世，妈妈也只活了半年。"

她向他揭着伤疤，把过去血淋淋地摊开给他看。

"我之前给你讲的，都是我爸妈还在的时候，那时候很开心。当然不是说现在不开心，现在也挺开心的，想开了就好了。你看我就读的是心理系，就知道我很容易想开。"她说着，想对陈刃笑笑，却没笑出来。

绿灯亮起，后面的车子按喇叭催促。

陈刃踩下油门，耳边迟意还在说话："嗯，反正那年经历了挺多事，因为我家挺有钱的。乱七八糟的，不是重点就不说了，后来我就把管家保姆都辞退了，别墅里只有我自己。"

陈刃一心二用地听着。

雨声终于沦落成了背景音，用以铺垫他听到的她的心事。迟意的声音越来越小，她自认交代完了，小声地说："你可以进我家，你衣服脏了，要换。"

他点了点头，声音像隔了场瓢泼的雨听得不甚清晰，说："好。"

莫名地，他突然想起前两年的暑假。如迟意所说，过了七月七日雨季基本上就过去了，天热得厉害，哪怕是坐着不动也能出一身汗。

他不想告诉宋教授他在学校，也就要不到系里图书馆的钥匙，只能在宿舍看书。

风扇转啊转，带来的都是热风。

傍晚的时候他会去天台，三十楼的高度能看到稀疏的星河，他仔细地从方向辨别着是哪颗星，在心底默默地背它们的坐标、历史、成分。这样消磨着时间，直到月色渐浓，星子沉在黑沉天空中，他再去眺望人间的烟火。

蚊虫在周边肆意，飞蛾扑向天台仅有的应急灯，打转，被吞没。

他从来都不知道，在这样沉寂酷热的夏日夜里，迟意跟他一样望着同一片星空。

他突然从心底涌出点儿同病相怜的错觉来，他们像是同一种人，在原生的家庭里挣扎着，博得一丝星光的照拂。

陈刃惊讶于自己的想法，好似心里竖起来的屏障在被腐蚀，看似顽固坚不可摧，实际抬手之间就能摧毁。

太危险了。

也太有趣了。

迟意家的别墅闹中取静，路越走越宽阔，也越来越静。保安见到外来的车，披了雨衣撑伞过来看，陈刃摇下车窗，迟意探了头过去，说："保安大叔，是我。"

保安笑着说："迟小姐啊。"他指了指后面的大屏上的二维码，说，"这位是过夜还是送您回来？过夜的话得登记一下。"

迟意说："等会儿就——"

她的话说到一半戛然而止，全被陈刃的动作堵了回去。陈刃拿出手机，从容地对准雨幕中的二维码。雨太大了，他扫了好一会儿才扫上。

他低下头，认真地填写个人信息。

他上衣被雨水浸湿的地方已经被车内的风吹干了，水渍却留下来，显眼又瞩目。

陈刃填好了信息，给保安核对，保安点了头，他才缓缓地合上了车窗。开出去一段距离，他才征求迟意的意见："有房间给我睡吗？"

迟意讷讷地"嗯"了一声，说："是看我可怜吗？"

陈刃转动方向盘，转了个弯，在定位的地方停了下来，他熄了火，没了冷气的车内温度迅速回升。他侧过头，说："可怜的是我。"

迟意不明所以地看着他。

陈刃笑了笑，笑容转瞬即逝，抓都抓不住。

他说："迟意，宿舍确实太苦了，下了雨闷热，不下雨炎热，被调教得再好的风扇也不如空调。"他卷起长袖的袖口，红点密布在白皙的皮肤上，是热出来的，他面无表情地说，"看在我可怜的分上，迟大小姐的别墅借我睡一晚吧。"

陈刃虽然装着可怜，说着打趣的话，面上却依然沉静，如水的眸子就这样看着迟意，看得迟意的心脏都化成了水。绯红攀上了脸，她小声说："我又没有不同意。"

陈刃这才真正地笑了，像夏日雨中突如其来的光线破开了云层，清清爽爽地洒下来，风和雨都挡在了外面，除了迟意谁也不能碰触这样的光线。迟意摸了摸小心脏，心想她可真是太喜欢陈刃了，随便笑一下她都恨不得为他倾家荡产。

唯恐再待下去她的小心脏受不了，迟意抬手就要开车门，手腕却被陈刃攥住了。

迟意回过头问："怎么了？"

陈刃说："你刚刚说的你家里的事，没有说完，不乖。"

迟意心里"咯噔"一声，说："我说的都是实话。"

陈刃说："嗯，但没有说完全。"他的手顺着她的手腕慢慢下移，攥住了她的手指，冰凉的手指渐渐变得滚烫，他垂着眼，说，"你可以选择不说，但是你说过，恋人之间不该有秘密。"

她什么时候说了这样的鬼话？

哦，想起来了。迟意一拍脑袋，那时候她想见识一下陈刃的魅力，让陈刃给她看下他微信的好友请求。陈刃本来不乐意，她就拿这套话诓他来着，说恋人之间要坦诚，她的可以给他看，他的为什么不可以给她看。

她就这样见识到了陈刃的魅力。

哪想到现在诓到自己身上来了。

迟意弱弱地问："你怎么知道我没说全？你这样不信任我，我会伤心的哦。”

陈刃见她还有精力插科打诨，暗地里松了口气。他的指尖轻轻点了点她的，语气尽量放缓，说：“你没说你妈妈去世前发生了什么，没说你为什么要辞退家里的保姆、工人，也没说为什么年年暑假非要回这里。你选择心理系，不是因为想开了，是因为渴望想开。”

迟意笑道：“到底学心理学的人是你还是我啊？”

陈刃没笑，他静静地看着她，背后的雨水打在车窗上，迅速地滑落下来，滴落在地上。车灯温柔，衬得他的眉眼少了几分清冷，多了几分脉脉。他的声音像是叹息：“迟意。”

迟意听到自己应了一声。

“既然今天选择告诉我，就一起说了。伤口揭开一次疼一次，过了今晚，就别再疼了吧。”陈刃从来不知道自己这么会哄人，怜惜和温柔来得猝不及防，他循循善诱，“听我的，我可以替你分担。”

迟意的鼻子开始泛酸，连心口都变得酸软起来。

她想问陈刃，你自己都背负了那么多我不知道的秘密，怎么替我分担？可是话卡在喉咙口，让它发涩升腾，应下的“好”字却被堵在了唇舌间。

陈刃吻住了她。

他单手捧着她的脸，在风雨飘摇的夜晚细细地吻她，带了点儿雨水的凉意，浸在她的唇上，辗转间变得炽热。

末了，他拍了拍她的头，说：“乖。”

第五章

他 真 的 很 喜 欢 你

01

遇冬市漫长的雨季像是没有尽头，迟意在家的时候也只能先收拾房间，花园里的草没除，路过时风带动草丛，飘落的雨水打湿了鞋子。

迟意想解释，不免想起自己穿得像个花匠在花园里除草打害虫的场景，想了想，还是作罢。她在车里跟陈刃打了商量，车里太闷热了，他衣领上溅了雨水，要换身新衣服，不如收拾干净了再说。

而且，她有点儿饿了。

趁陈刃去洗澡，迟意在三楼的小厨房下了厨。等陈刃从浴室擦着头发走出来的时候，三菜一汤刚刚被端上桌子。

迟意的围裙还没解下来，看上去很贤惠。

陈刃拿着毛巾的手顿了顿，他怔了一会儿，才又若无其事地走过去。迟意把碗筷放好，对他笑："您已经洗完澡啦，可以吃饭了哦。"

调皮得要命。

陈刃面无表情地甩了甩头发，没干透的发丝上有水珠溅到了女孩的脸上，他拉开椅子，说："说真心话。"

迟意夸张地抹了把脸，立刻翻脸道："你洗澡也太慢了。"

她边说边解围裙，刚刚演得太认真，连手下都带了几分急躁，越急躁越解不下来，陈刃还没坐下来，绕过去帮她。

迟意乖乖地低着头，纤细的脖颈上系了根细细的带子，随便打的结经她折腾差点儿成了死结。他抬手拽住头，轻轻一拉，说："好了。"

迟意把围裙脱下来，说："谢啦。"

她已经换了身家居服，棉质的，红色樱桃点缀，将小巧姣好的身材包裹起来，很可爱。

陈刃淡淡地"嗯"了一声，把毛巾挂在椅子上，这才坐了下来。

迟意巴巴地看着他，问："尝尝我的手艺？"

陈刃拿起筷子，每样尝了一下，称赞道："好吃。"

迟意得意地道："我当你说的是真心话了。"她借机打量着陈刃，说，

“你穿这身正合适。我真是神机妙算，连我未来男朋友的身高体重都猜到了。”

陈刃也穿了身棉质的家居服，灰色格子，显得整个人更加沉静。

陈刃吃了口米饭，米饭软硬适中，在唇齿间变得越发清香。迟意刚刚拿衣服的时候跟他说了衣服的来历，那时她还小，跟家长去逛街。商场里的人都知道她是迟家大小姐，任她在商场里奔驰，后面一堆人捧着她选的衣服。

当然了，男装和与她年龄不符的女装都被退了回去，只有这套家居服幸存下来。

她爹拿着家居服，左打量右打量，款式他很喜欢，就是码数不对。

他蹲下来，和颜悦色地问：“迟迟给爸爸挑的？”

迟意的声音脆生生的，说：“给我男朋友挑的。”

她爹大惊道：“你哪来的男朋友？”

迟意眨着眼睛，童言无忌，脸皮也不薄，大言不惭地道：“未来的呀。是你说的，做事要有长远的计划，你不给我买，我刷自己的卡。”

她特意带了存压岁钱的卡，踮着脚豪气地拍在桌上，就是要把那套家居服买下来。

迟意刚刚偷吃了不少零食，现下也不是很饿，吃得很不走心。她喝了口水，说：“其实宴会穿的西装、正式场合的衬衫、踏青时的卫衣、爬山时的运动服，我都挑了。我爹哄我说等我找到男朋友那些东西就过时了，到时候再买吧，我也就作罢了。”

陈刃低低地笑：“男朋友还没找，就准备了那么多礼物。”

迟意说：“是呀是呀，不然怎么把人骗回家。”

陈刃挑眉。

三楼的餐厅小，跟开放式的厨房连接着，卡座布置得很温馨，吊灯被橘黄色的灯罩罩着，落在女孩的肩头，再落入她灿若星辰的眼中。

他在她眼中，也被温柔的灯光笼罩着。

陈刃不再说话，只安静地吃着菜。他说迟意做菜好吃，没有夸大，但也没想再夸她，只是很遵从本心地吃光了所有的菜。

最后一口汤进肚，对上迟意的目光，他从容地道：“我就说我很可怜吧？”

迟意歪了歪头。

陈刃说：“很久没吃这么饱了。”

迟意顿时泪眼汪汪，她觉得陈刃这波卖惨太招人心疼了，他怎么就那么了解她，才能一下下戳到她的痛点上，让她喜欢他喜欢得不行呢？

陈刃眼见着女孩的眼眶变红，失笑，声音有点儿哑，问：“哭什么啊？”

迟意用眼神控诉他，并不说话。

陈刃被这目光看得有些不忍，又叹了口气，说：“好吧，其实没那么惨，去图书馆接你之前，我刚买了很多零食。”

迟意有点儿馋，问：“什么零食？”

陈刃说：“就是你刚刚在厨房偷吃的那些。”

这个人抓犯人一抓一个准，为什么不去报考警官学校？

迟意很明智地想转移话题，陈刃却先她一步站了起来。他将长袖慢慢地卷起来，利落且很自然地将碗筷收拾好，走之前，他说：“你想好怎么说。”

洗碗机的声音不是很大，在寂静的楼里却很明显，刺在耳边，然后落入心脏口震颤。

迟意坐在客厅的沙发上发呆，她只开了一盏落地灯，黑暗把这点儿光与厨房的光阻断，好像随时都能吞没她。

慢慢地，她闭上眼睛，开始想此刻的陈刃。

他穿着那件她许多年前给他买的家居服，款式有点儿老，穿在他身上却有点儿复古的味道。他身材修长，宽松的衣摆依旧能勾勒出细窄的腰线，第一颗扣子没扣，修长漂亮的锁骨露出来，能盛一汪澄澈的清泉。

干净，从容，还是那个如清风明月的陈刃。

正想着，手背忽地一凉，迟意猛地睁开了眼睛。陈刃站在她面前，微微俯下身，正将一颗草莓放入她的掌心。

迟意拿起来放在唇边，咬了一口。

陈刃把果盘放在茶几上，坐在她的旁边，说：“冰箱里那么多东西，你是打算整个夏天都不出门吗？”

迟意承认道：“嗯，但是——”

陈刃侧过脸，说：“但是？”

迟意说：“想你，是个意外。”

其实查资料不一定要去学校，更没必要在明知道雨季当头的时候，还不带伞去学校。都是因为太想陈刃了，打电话发信息都没办法克制的想念。

陈刃说：“你很喜欢我。”

他叙述着事实，语气近乎平静，但细细听来，还是有些颤抖和不解。他想，有很多人喜欢他，暗恋的，轰轰烈烈来追的，太多了。可是迟意不同，随着他渐渐了解她，他知道，她不是一个轻易交付自己感情的人。

一定有他不知道的事。

迟意扯了扯嘴角，说：“是啊，我骗了你。我对你不是随便喜欢，是很喜欢很喜欢。”她苦恼地皱着眉，说，“我也没想到我会这么喜欢一个人，怎么会呢？”

“我爸去世后，我才知道原来他一个人撑起了那么多啊。公司里的事情千头万绪，我妈清醒的半年里一直都在处理，挡了好多明枪暗箭，处理到油尽灯枯。我说我有被害妄想症不是在开玩笑，是真的。”

陈刃的手在袖下轻颤。

“几乎没有能信任的人，谁都想分一杯羹，那些以前亲热地喊我小名的叔叔阿姨都变成了怪物，哄着我想把我们家的家底掏干净。最后是我妈守下来的，她给公司进行了一场大洗牌，在走之前稳定住了一切。”

“她走的时候，我才过了十六岁生日，她一手提拔起来的人负责打理公司，但财务报表和重大决策还是要我来做。我还好小，我能做什么？我会做什么？总裁哥哥让我高考的时候报金融系，他会手把手地教我接管公司。”

陈刃说：“你没听他的。”

迟意点了点头：“我心里生了病，我不敢看心理医生，我不敢托付我的信任和我的内心。我要自救，我不能再踏进那摊浑水里了。总裁哥哥很好，但我也不敢信任。”

陈刃问：“然后呢？”

迟意的眼睛突然酸涩起来，想哭，泪却涌不出来。她伸手碰了碰眼角，说：“然后你就转学过来了呀。”

她望着他，像望着一抹坠入蔚蓝色湖面上的月色。

“其实谁都可以，谁拉我一把都可以，偏偏是你，那么好那么优秀的你，那样高高在上、明亮又温柔的你。”迟意侧过脸，窗外的雨小了，淅淅沥沥地随着风打转。太多的委屈积攒在一起，喉咙生疼，她喃喃着重复，“偏偏是你。”

灯影摇曳，陈刃的身子一半落在光里，一半隐在昏暗里。他静默地等迟意说下去。

迟意又拿了颗草莓，颜色鲜艳，她慢条斯理地吃着，睫毛微湿。等吃完了，她想拿纸擦手，陈刃却抢先了一步。

他把她的手牵起来，用雪白柔软的纸细细地擦她的手指。

迟意笑道：“你看我眼光多好，看上的人好看又贴心。我去跟你告白的时候，也是想开了。哦，是没想开，觉得已经能跟你说上两句话混个脸熟了，再不出手就真成朋友了。我才不想跟你做朋友。”

她有些孩子气地小声絮叨：“从前是遥遥望着的人，还能肖想，如果真到跟前了，才会陷入永远都得不到的痛苦中。我不要，我要把你再次推远。”

可是她成功了，陈刃答应了她，他从遥遥的天上落在了她的身边。

迟意已经许久没跟人说过这些了。同学不懂她，阮北还太小，顾时之满心满眼都是林遥。她打诨插科，装得像那么回事。可是伤疤就在那里，永远都不会愈合，揭开后的血是鲜艳到极致的红。

她是要说给陈刃听的，现在不是最好的时候，却是最合适的时候。

陈刃久久没有说话，迟意也不在意。她就慢吞吞地吃着草莓，一颗接着一颗，听窗外的风声拍打着树叶，落叶旋转着落进杂草丛生的花园。

万籁俱寂，夜沉得厉害。

陈刃面色如常，他垂着眼看迟意拿草莓的手指，长指的骨节泛着红，淡淡的，像落入水中的胭脂。他恍惚了一会儿，忽然开口："我没有那么好。"

迟意的指尖颤了颤。

陈刃抬眼，眼尾有点儿红，他喑哑着声说："我没有你想象的那么好，也没有你看到的那么好。"

迟意盯着他的眼睛，一字一顿道："你有。"

陈刃忽地笑了，淡淡的嘲讽在嘴角扯开，说："你对我的喜欢，不是爱情的喜欢。只是想抓住的稻草，谁都一样，可恰巧我出现了。"

迟意失语。

她说不出反驳的话来，眼眶却越来越红，直到最后，大颗的眼泪滚落下来。因为陈刃说的都是对的。虽然她喜欢陈刃，他在她的整个青春如影随形，但她从不奢望跟他在一起，那太不切实际了。

这些天来，她一定都活在梦中。

陈刃莫名地烦躁，甚至觉得自己可笑。他随机选的女朋友，他想认真谈的恋爱，居然源自一场年少时的自救，她并不纯粹的喜欢让他顿生挫败感。

他想打碎她的期待，把自己从她为他打造的神位上拉下来。

他想告诉她，他是个平凡普通的人，不是高高地站在云端，不是月色不是星光，不是浩瀚宇宙。他只是陈刃，在跟她谈恋爱的陈刃。

陈刃闭了闭眼，把那些不耐烦收了起来。他站起来，问："我的房间在哪里？"

02

陈刃最终也没去成迟意给他准备的客房——因为迟意不肯睡觉。

她满腔都是委屈，把他带到客房后就固执地坐在小客厅的沙发上吃东西。后来困得厉害了，不停地打瞌睡，头磕在落地灯上又清醒过来。

陈刃在昏暗的灯光中看了多久，她就固执了多久。

最后他看不下去了，上前把人抱了起来，放到了床上。迟意想喊他留下来，又不敢，把半张脸埋在松软的枕头上，泪眼模糊地看他。

陈刃叹了口气，坐在了床边。

她抬手，攥住了他的衣袖，他身上跟她同款的沐浴露的香味浅淡地传了过来。她觉得安心，小声地给自己脱罪，说："你又不喜欢我，管我用哪种方式喜欢你？"

人舒服了，语气也理直气壮起来。

陈刃一怔，随即皱了眉头，说："你还有理了，是吗？刚刚怎么不这样？"

迟意轻轻地"嗯"了一声。她刚刚坐了那么长时间，窗户是开着的，吹了点儿风，说话的时候有点儿鼻音，说："你瞪我。"

她说着，又抹了把眼泪，攥着他袖子的手紧了紧，继续说："我就不敢说了。"

陈刃被她弄得哭笑不得，刚刚那点儿郁结霎时间烟消云散。他笑着摇了摇头，单手撑在膝盖上，慢吞吞地用手掌覆住脸。

迟意已经睡着了。

她的呼吸绵长而细软，小小地皱着眉，似乎梦中也苦恼得不行。陈刃迟疑了片刻，还是伸手抚平了她的眉头。他又叹了口气，低声说："好吧，我后悔了。"

他后悔死了。

他怎么能跟她说那些话？

她刚刚把她的伤疤给他看，他就急不可待地摧毁了她的信仰和期待。

他应该说："虽然我还没有喜欢你，但是谢谢你喜欢我，谢谢当时我出现了。"

然后他再慢慢地、有条不紊地让她把神化的爱情变得平凡，让她知道，她喜欢的这个人睡一觉醒来头发也会乱糟糟的，也会挑食，也会不安，也有着种种复杂的心事。

这样才符合他的性格。

可是他没有这么做，那一瞬间的情绪太过鲜明，没了平日里温和的伪装。

他就是那样生气，好像被欺骗了一样。

他甚至想，如果他不知道迟意的心思，而是让她慢慢了解他，发现他根本没那么好，消磨了期望，在分手的时候说一句“不过如此”，那到时候他怎么办？

他很小的时候，所有人都说他是个天才，这两个字就像是枷锁，寄予了太多的厚望。

他无视掉了。

他按部就班地上学，他收敛锋芒，他努力活成普通人的样子，以降低外人对他的期待，就是因为他不想听：不过如此。

风又起来了，带着无处着落的雨敲打着门窗。

迟意睡得熟，没听到他在黑夜中的叹息和喃喃自语，她的睫毛在灯影里平静安然。陈刃看着安心，眼底渐渐浮起了几分温柔。

陈刃伸手碰了碰她的脸。

他说：“不好意思啊，惹你哭了。”

以后不会了。

迟意醒来的时候，太阳已经穿破了卧室单薄的纱窗斜斜地照了进来。她被刺得眼疼，翻了个身，抬手按了个开关。

电动窗帘缓缓地合上，将雨后初晴的阳光无情地挡在了外面。

房间里的自然光消失了，壁灯就越发显得温柔。迟意的眼珠转了转，像是想起什么一样猛地坐了起来。

陈刃呢？

她挠了挠乱糟糟的头发，昨晚的回忆混杂着雨声轰隆隆地在她脑中回放。她甩了甩脑袋，把手机捞了起来，才发现已经没电关机了。她连忙找出充电器给手机充上电，然后坐在床上盯着壁灯发呆。

她把他气走了吗？

按理说，也该是她气才对啊！她昨天那样坦诚地讲她家里的事，他居然纠结起她对他的喜欢是不是纯粹。纯不纯粹很重要吗？反正他又不喜欢她！

呃，难道陈刃喜欢她了？

迟意发着呆，屏息听外面的动静，可听了好一会儿什么都没听到。她放弃了，手机在这个时候亮了起来，攒了一夜的消息同时涌了进来。

迟意拿起手机。

顾时之发来消息，说她在家闲着也是闲着，不如每天抽半个小时来教林遥弹钢琴。他也好找借口把林遥接到家里来，路上家里都是相处的时间。

阮北则是无聊极了，分享得奖励的游戏链接数不胜数。

迟意把消息略过去，终于在一堆未读消息中找到了陈刃的。他的头像是迟意换的，换之前是张证件照，迟意觉得这太诱人犯罪了，就给他挑了只猫的照片。

奶白色的布偶猫，有着如蓝宝石般的眼睛，漂亮得不要不要的。

陈刃看到后很迟疑，想了会儿拒绝的话，又觉得不好拂了女朋友的面子，只好慢吞吞地问赵尤尤："好看吗？"

赵尤尤说："好看，可爱，像你。"

陈刃想，虽然他不可爱，但是女朋友觉得他可爱，那就可爱吧，于是用到现在也没换过。迟意看着头像不由得滴汗，她到底诓了陈刃多少事？

她点开陈刃的对话。

凌晨四点发来的一条："宋教授突然找我，我先回学校了。"

七点发来一条："临时决定现在就出发，八点半的飞机。"

刚刚发来一条："早饭在桌上。"

迟意拿着手机跑到餐厅，餐厅的卡座上扣着几个盘子，她一一掀开，是陈刃亲自下厨给她做的早饭。

她的鼻子忽然一阵酸涩。

已经很久没有人给她做过早饭了。

迟意坐下来，拿起包子咬了一口，是甜糯的豆沙馅。她想，她也不想缺爱到有点儿蝇头小利就巴巴地捧着心献上去，可是陈刃对她不同呀，意义不同啊。

就像这豆沙包，是全天下最普通的豆沙包，可变成陈刃送的，就是最珍贵的了。

那场大雨后，遇冬市的雨季总算彻底过去了，真正的夏日骄阳正式来临，阳光像是燃了火，自拂晓后温度便攀升不下。雨水很快被蒸发掉，叶子在碧空下向阳而生。

迟意抽时间把前花园料理了，花吸足了水分后，缓慢地恢复着元气。

“我说——”隔着低矮的墙，顾时之坐在自家院子里的梧桐树上，两条大长腿摇晃着，“这些交给专业的人做就好了，你看看你灰头土脸的像什么样子？”

少年跟老一辈的人学得有模有样。

迟意头也不回地道：“像村姑呗。”

顾时之恨铁不成钢地说：“迟意同学！你怎么可以这样有自知之明？”他拆了块糖丢进嘴巴里，说，“我现在去接遥遥啊，你快收拾下自己。”

迟意翻了个白眼，笑眯眯地回过头问：“你喊我什么？”

顾时之抱着树干往下跑，闻言赶紧停住身子，假笑起来，大大的眼睛弯着，喊得那叫一个心甘情愿：“迟老师！”

迟意说：“乖。”

顾时之求了好久，迟意才答应教林遥钢琴的。她从小学钢琴，但自从上了高中后就没怎么碰过了，不敢教林家大小姐。顾时之却义愤填膺地道：“谁让你真教了？我要是真想让她学，我早就去请钢琴家了！你只是个幌子！”

哦，她就是他俩谈恋爱的工具。

谁知道随便上了一节课后，林遥真的来了兴趣。她小时候也学过，嫌苦就丢了，随着生病一直在家休养，性子越养越好，看见迟意弹钢琴时优美的姿态，听见如行云流水般的钢琴声，当场就拜了师。

顾时之两眼汪汪地道：“说好是来跟我谈恋爱的！”

林遥十分矜持：“你现在才多大，怎么可以谈恋爱？我学弹钢琴，你去做张卷子，做不出来我下次就去迟老师家学。”

这般威胁比顾家老爹的巴掌到位，顾时之编答案的水平越来越高。

顾时之把林遥接过来的时候，迟意刚洗完澡换好衣服。她撑了把伞走进顾家的院子，一小段路走得竟然出了汗。林遥怕冷，室内的空调调得没那么低，迟意缓了好一会儿，又喝了杯西瓜汁才降下温。

林遥坐在琴凳上，黑白键此起彼伏，曲不成调。

迟意走过去，在长长的琴凳上坐下来，林遥自然地开始坐好，是在复习昨天学的《圆舞曲》。

等弹完了，迟意说：“这里节奏不对。”

她左手还拿着西瓜汁的杯子，右手指导林遥掌握节奏。林遥又练了两遍，她在等迟意的时候已经练累了，现在趴在钢琴上，瞳孔晶亮地看着迟意，说：“迟老师。”

迟意看了她一眼，问：“又想八卦什么？”

林遥年纪小，又因为生病，一学期能请四个月的假，同学们当她是客串，那些女生该经历的她也没经历过。这个暑假碰到迟意，像是找到了好姐妹，随便一点儿琐碎事都想跟她八卦。听到迟意这么问，她脸上的笑意更盛了。

她避着顾时之，问：“你不是有男朋友吗？怎么不约会啊？”

迟意漫不经心地翻了翻《拜厄》，林遥在上面记了简谱，她当没看见。她把书立起来，才回答林遥：“上交国家了。”

林遥说：“胡说。”

迟意笑笑。

林遥说：“你这么久不见他，不想他吗？”

想。

她以前也很久很久见不到陈刃，只要不在学校里，她就看不见陈刃。那时候问题很好解决，她把新生致辞的视频翻出来反复看，再不济还有照片，想了就拿出来看看。

可是那些视频照片在这个夏天对她统统失效了，甚至可以说，成了从犯。

她越看越想他。

迟意叹了口气，说："谁知道他要去的那个观测站那么偏那么远，信号奇差，经常我早上发的消息，他晚上才能收到。"

林遥问："那你发了什么啊？"

迟意说："晚安。"

像个冷笑话。

但确实是她和陈刃的现状。关于那个雨夜的事，他们没有再摊开说，但仍然是一根刺，让迟意觉得，可能等陈刃从西北回来了，就会跟她提分手。

林遥又问："那你为什么不去找他啊？"

迟意说："你话好多哦。"

是啊，为什么呢？

因为她不想将这个说分手的日期提前。

迟意说："好了，上课上课。再聊八卦我就把你扔过去跟顾时之一起写试卷。"

林遥笑弯了眼，说："也可以嘛。"

迟意一怔，旋即莞尔。她知道林遥喜欢顾时之，顾时之的直球打得太厉害了，从来不拐弯抹角，喜欢就是喜欢，喜欢就要轰轰烈烈，没人拒绝得了。

休息的时候，趁林遥在练琴，迟意拧了把顾时之的耳朵，顾时之龇牙咧嘴地道："我的姐姐哎，你是不是偷偷举铁了，疼疼疼！"

迟意松了手，又无奈地揉了揉他的头，说："你真是上辈子积了德。"

顾时之摸着耳朵一脸疑惑地看她。

迟意说："那么好的姑娘居然喜欢你！赶紧滚去学习。"

她作势要踹顾时之，顾时之连忙躲开，笑嘻嘻地扒着门看她，笑容像金灿灿的阳光，语气却认真："我知道啦，姐，我会好好学习的。"

迟意说："滚吧。"

顾时之眨巴着眼睛看她，迟意这才想起来这是人家，该滚的是她。她没好气地瞪了顾时之一眼，转身就走。

回去后收拾了一下，迟意想起早上忘了给陈刃发消息。

她坐在地毯上，将抹布扔在一边，拿起手机低着头想措辞。打了半天的字，她无奈地仰起头，后脑勺靠着身后的柜子，望着窗外。

夏日蝉鸣，树叶婆娑，日光潋滟。

她轻声说："我好想你哦。"

03

长风山天文研究基地。

陈刃匆匆忙忙地进了屋，摘掉藏青色冲锋衣的帽子。他的手指被冻得僵硬，碰到门边，他转身把门带上了，盐粒子大小的雪也被挡在了外面。

宋教授说："快来喝点儿茶暖暖身子。"

西北的天气多变，七月在盛夏和隆冬之间自由切换。陈刃早上走的时候，天气还只是微凉，回来就下了雪。

他们的工作枯燥乏味，日复一日地观察着光年之外的恒星，记录恒星闪烁的频率，发射无意义的信号，期盼得到回应，又生怕得到回应。

陈刃坐下来，喝了口热茶，身子渐渐回暖。

宋教授说："今天天气不好，观测比平时要困难。你先休息，晚上值上半夜，我来值下半夜。"

陈刃想说他值整夜，想了想又作罢了。

宋教授对天文学狂热极了，对这个课题更是看重，盯得很紧，让他值上半夜那是给他机会学习，不然一整夜都轮不到他。

陈刃喝了茶，身子暖了，把昨天晚上的分析报告拿过来看。

现在天气不好，他们也不是没事干，但这样的日子就是让人觉得疲惫，所以宋教授也没有急着去忙。他喝了口麦子茶，说："你年年都跟着我来，辛苦了。"

陈刃说："不辛苦，能学到很多东西。"

宋教授说："那是你心性好。我年轻的时候就不爱到这个地方来，一天天的连人都看不到。我老师就揪着我值班，什么星辰大海，什么宇宙黑洞，看不够写不出报告就不准回遇冬，给我愁得啊。"

陈刃笑了笑，说："现在赶老师走也赶不走。"

宋教授也想起自己年轻时的趣事，笑着摇摇头。他看了看陈刃，少年按部就班地长大，不浮躁，眉宇间总是宁静淡然。他喜欢陈刃的心性。半山腰的宿舍暖气给得足，雪打在窗户上沙沙作响，他起身把窗帘拉开，祁连山脉今夏第一场雪来势汹汹。

陈刃忍不住拿出手机，信号太差，消息收不进来。

宋教授突然说："我有个数学系的朋友，在你高中的时候就看中你了，因为你父母嘛，你懂的。他去学校调你的卷子，本来以为你会用更简洁更直接的方式解题，但是……"他欲言又止。

陈刃接下去，说："太普通了，而且还有错题。"

宋教授点点头，他说："当时那个朋友很失望，言訢没分到他的班上他都没那么失望。他觉得你父母的天赋并没有遗传到你身上。后来你高考后成绩不错，听说你想报物理系，上鸣学院向你发出邀请，你拒绝了。"

陈刃低头喝了口茶，室内温度高，茶还是热的。雾气霭霭，打湿了他的睫毛。

他轻声说："F 大校园氛围和文化更好，离市区也近。我高中的时候来看过，旁边有家书店我很喜欢。"

宋教授问："理由就这么简单？"

陈刃说："嗯。"

宋教授说："你从小就是在上鸣学院家属院长大的，父母也毕业于上鸣学院，两人更是学校的荣誉院长。你选择不去，跟他们有关系吧？"

陈刃一怔，轻轻地蹙了眉，旋即苦笑，无奈地道："老师。"

宋教授靠着窗子，听雪落下的声音，他摊了摊手，说："是，我是你的老师，不是家长，按理说不该问这些私事，但是你也知道你师母有多疼你，暑假的时候她陪我去学校，我们看见……”

陈刃脸色微微一变，问：“你们看见我了？”

宋教授点点头。

陈刃沉默，他刚刚淋了雪，雪化成水，从冲锋衣的帽子上滴下来。

宋教授在心里叹了口气，他和妻子都是打心眼里心疼陈刃。他有事去学校那次，妻子陪着他一起，两人无意中看到陈刃从超市走出来，拎着的袋子里装的大多是泡面，匆匆地往学校走。

他愣了一会儿，才猜测陈刃是不是没回家，在这儿等着去长风山？

可是他家就在本市，为什么不回家？这时候学校宿舍断电断水，在这儿得多苦？妻子更是急得不行，要去问陈刃，被他制止了。如果陈刃不想被他们知道，他们贸然去问反而不好。妻子猜测：“难道跟父母吵架了？”

宋教授找到了宿管的电话，这才知道这三年的假期陈刃都没回过家。

这绝对不仅仅是吵架那么简单。

他不是八卦，他是惜才。他怕陈刃陷入怪圈里面，荒废了学业。很早的时候，陈刃把自己的天分藏了起来，但高考的时候又少年意气，不愿意再藏拙，考了个理科状元出来。各大高校一时间都惊了，纷纷递来橄榄枝，甚至有人埋怨陈平生，说他把儿子藏得那么好，还不赶紧贡献出来给国家？

国内外那么多名校，陈刃偏偏选了 F 大。

陈刃说：“言诉也选了。”

宋教授说：“那是因为从小带他参加比赛的老师是 F 大的，他早就把 F 大当母校了。”

陈刃见糊弄不过去了，垂着眼想了一会儿，说：“确实是因为他们。从我能做决定开始，我就避免自己走他们走过的路。”

宋教授问：“为什么？怕比不过他们？”

陈刃摇了摇头，说：“我没想过要跟他们比，没有必要。”他慢吞吞地喝着水，温热的水顺着喉头滚动，他说，“其实我也没有理想和抱负，除了不想走他们的路，其他路都可以吧。”

宋教授问：“女朋友也是？谁都行？”

陈刃抬起头，在自己还没反应过来的时候，回答已经脱口而出，意外地强硬又干脆：“当然不是。”

话音落地，窗外的雪仿佛更大了，风卷着雪花撞上玻璃，像碎冰。

陈刃愣了愣，在宋教授促狭的目光里，耳尖有点儿烫。

晚上的值班很枯燥，雪在傍晚时分停了，山头上的雪又积了些许，在仅剩的薄暮前闪着光芒。星海已经在广袤无垠的天空铺开，陈刃在数以千亿计的星子里只取一颗，遥遥地定位到他们观察的恒星。

与往常的日日夜夜没什么不同，他一寸寸地观察，电脑也在一帧帧地记录。

手机放在桌上，电量充足。

他检查完一遍下午的内容，揉了揉眉心，有特殊情况的话电脑会记录下来，他只需要花半个小时或一个小时检查下就可以了。

房间很大，显得很空寂，是过堂的风也添不满的空寂。

陈刃拿过记录本，一丝不苟地记录着下午的情况，钢笔笔尖点在泛黄的纸上，写字声沙沙作响。他早就习惯了处理这些事情，也知道哪些是对课题有用的，所以记录起来得心应手，很快就完成了工作。

离十二点还有一段时间。

他望了会儿望远镜里的星空，把手机拿了过来。以往这时候信号最好，他应该能收到消息，无论是谁的都行，但今晚的消息迟迟没来。

微信的消息一直在接收中，最后显示连不上服务器。

陈刃想了想，打开了微博，新的微博能刷到，图片却迟迟不显示。他轻车熟路地点开迟意的小号——是迟意给他的报酬。

当时，她扬扬得意地道：“你看，你把你的好友请求列表给我看，我把我的小号给你看，恋人就该这样没有秘密。”

她的眼角挂着明显的得意，努力压也压不住，狡黠又可爱。

他的微博太显眼，干脆也注册了个小号关注她。迟意爱在小号上唠叨，像记日记。他很少刷微博，从没仔细看过，还是来到长风山后才开始看的。

陈刃想，他应该是太无聊了。而且来之前他把她惹哭了，总觉得愧疚，又不知道怎么安慰，于是像卡了根刺。他想缓解，但他笨手笨脚的，无从下手。

于是他决定从她的微博找机会。她以前赏过的花，他说，好看。她吃过的火锅，他说，想吃。她哭唧唧地表示这次没挂科，他说，厉害。她发过很多有关他的事，而且时间要追溯到高中时，少女的心事像藏在山林的露珠，分明却又深藏不露。

迟意很久没上小号了，从没回过他。

他耐心地，一条条地看，一条条地评论。网不太好，他望着窗外的雪发呆，等着微博刷新。松树在窗口缀着雪，被风吹过后，簌簌地落下来。

夜很沉，雪照得窗外明亮。

桌上的手机忽地亮了亮，是迟缓的消息终于隔着遥遥万里抵达，她的低喃仿佛就在他耳边，简单又温情。

“陈刃，我好想你哦。”

陈刃沉默地看着这句话，指尖颤动，顺着脉络血液与心脏共振。

他想，迟意真的好喜欢他啊。

04

祁连山脉的风雪一场又一场，天气变化莫测，而遇冬市却是毫无新意的晴天，晴天，晴天。天太热了，顾时之不舍得林遥再出门，就天天骑着单车去找林遥，给她送去迟意录的教学视频。

迟意无语地问：“你知道这世上有种东西叫微信吗？”

顾时之装无辜地问：“那是什么？”

迟意给了他一个白眼。

少年笑嘻嘻，甩了甩被汗水浸湿的头发，杵在门口要走不走，说：“我还小嘛，呃，我说的是年纪。我没有你们这些大人的自制力，我想她，就要见她，才不要看视频里的她呢。”他小声嘀咕，“又摸不到。”

迟意挑眉。

顾时之大喊：“别想歪，我们很纯情的。”

“你最好是！”迟意作势要打他。顾时之连忙关上门跳开了，在窗口摇手，给了迟意一个飞吻：“我走了！”

林遥的家离得不远，但骑车还是得五分钟，顾时之骑着单车一路下坡，夏日的热风吹起少年的衣摆，坚实的腹肌若隐若现。林家的大门早给他打开了，他冲进去，把车子停在屋檐下，玄关处的门就打开了，顾时之扬起头喊：“遥遥！”

林父站在门里好整以暇地看着他。

顾时之想跑，但腿有点儿软。

林父似笑非笑地问：“这不是顾家的小少爷吗？天这么热，你怎么还跑过来了？”

顾时之觊觎人家姑娘，见了家长，哪怕再和蔼都有点儿生怯。他小心翼翼地说：“钢琴老师给遥遥录了教学视频，我来给她看，督促她上课。”

林父说：“这个世界上好像有个东西叫微信？”

顾时之理直气壮地道：“我和遥遥……林遥，关系一般般，怎么能随便要人家女孩子的微信？那是登徒子行为，我不屑！”

林父说：“我也不是封建社会的家长。”见顾时之还傻站在原地，他一瞪眼，说，“外面暖和吗？怎么还不进来？”

顾时之这才反应过来，一边想这位未来岳父不会要把他骗进去打一顿吧，一边往里走。

哪想他进去后，林父就上楼办公了。林遥坐在白色的三脚架钢琴旁托着下巴笑盈盈地看着他。顾时之回以灿烂的笑容，油嘴滑舌地问：“想我了吗？”

林遥的脸一红，连打趣他的话都忘了。

顾时之来她家的次数不多，还记得点儿礼节，没有随便看。喝了口林遥给他准备的果汁，他才小声问：“你爸什么情况？”

林遥的手指在黑白键上飞舞，调子轻快，只笑不说话。

顾时之抓住了她的手。

她好瘦啊，长指骨节分明，在他浸了汗被冷风吹得渐凉的宽厚掌心中显得更小，让人不忍用劲，怕伤了她。

顾时之出神了片刻，林遥已经把手抽了回去。

顾时之的掌心空了出来，他怅然若失地盯着自己的掌心，又听见林遥说："我跟我爸说，马上要高三了，我想去上课，跟你一起。"

顾时之眨眨眼，露出纯良无害的眼神。

林遥的声音很温柔，像夏日里的小夜曲。她总是这样，看似温暾，其实可有脾气了，他常常故意惹她生气，让人追着他，打完也不觉得疼，反而问她："手疼吗？"

他听见林遥继续说："你要负责我的上下学，他得看看你靠不靠谱。"

顾时之迟疑地问："我……靠谱吗？"

林遥打量他，上上下下，左左右右，看得少年不自在起来。少年一张帅气的脸泛了红，可爱又迷人。他忍不住去捏林遥的脸，说："别坏笑了，说真的。"

林遥笑着躲开，说："好啦，没问题的。"

顾时之很稳重地"嗯"了一声。他把视频打开给林遥，让林遥看迟意的指法和节奏，曲风俏皮，在客厅里回荡。

顾时之坐在旁边的沙发上，随便拿了本书看，翻了一会儿，他慢慢地用书挡住脸，只露出一双黑色明亮的眼睛。他小声地喊林遥："遥遥，遥遥。"

林遥茫然地回过头。

少年笑弯了眼，他说："我们要一起上学了啊。"

闲暇的时光总是过得漫长，林遥天赋好，哪怕入门晚，进步也飞速。迟意在八月的时候只需要偶尔指点她一下就好，其余的时间，她都在别墅里收拾房间。

记忆摊开再合上，在麻木间迎来了一场暴雨。

闷雷在天际炸开，噼里啪啦地随着哗啦啦落下的雨碎在耳边，迟意躺在床上听雨。雨下到半夜，她睡不着，干脆开灯坐了起来。

床头柜上有一封信。

是很古老的信封。她在门口装饰的邮箱里看到这封信的时候，还以为是从民国寄来的。是那种浅棕色的信封，一看就年代久远，可以拿出去当古董。

是陈刃寄来的。

从长风山翻越祁连山脉，风尘仆仆地出现在她家的信箱里。

迟意连房间都没回，就倚着门拆了信。八月的阳光毫无遮挡，将她垂下头露出的脖颈笼罩，白得透明。信封里有一张彩色打印的图纸，好像是颗星星，旁边附有曲线图，她看得不是太懂。最下面是陈刃苍劲有力的字：“思念成疾是什么？”

一副虚心请教的样子。

迟意靠着枕头，把那张图纸举高，仔细地看。她念叨：“思念成疾是什么？”陈刃是看了她给他发的消息才有这么一问吗？自打那次后，她就不怎么给陈刃发消息了，没有回应，她发再多也只是在提醒这个事实。

迟意闭上眼睛，把图纸扔到一边，想自暴自弃地给陈刃回：“思念是一种很玄的东西……我无力抗拒，特别是夜里。”

什么乱七八糟的。

迟意在床上翻了个身，窗帘没关上，后院的大树在风雨中摇晃。天像是破了个窟窿，往下倾倒着水，在黑夜中瓢泼又狰狞。

言诉的电话就是在这个时候打过来的。

迟意接通，连声“喂”都没来得及说，就被言诉截断了，他的语速又快又清晰：“迟意迟意，我不是故意这么晚给你打电话的，纯粹是需要你江湖救急。我现在就在你家附近，你方面给我开下门吗？”

今年是怎么回事？怎么一个两个都要往她家里挤？是看上了她这么大的房子吗？迟意先没答应他，反问他：“你说的是我哪个家？”

言诉愣了一下，随即不可置信地道：“你还有很多家吗？”

“呃……”迟意翻身下了床，随手套上外套，把抽屉里的手电筒拿了出来，说，“你在哪儿？你不解释清楚我是不会放你进来的。毕竟你觊觎我来着。”

据言诉说，他刚从国外进修回来，进修了不少专业知识，也进修了不少开派对的经验，这些先按下不表，不重要。总之，他在国外嗨惯了，回国后，想找场子玩。他这样的大少爷，想玩有的是地方，立刻有人攒了局。

“就是今晚，我哪知道他们玩得那么嗨、那么没下限，结果把家长都招来了。”迟意听到他那头的声音有点儿小，被雨声盖住了七七八八，“你快救我一命，我就把我知道的陈刃的事全部告诉你。”

迟意一边往楼下走，一边端着架子装正人君子，说：“恋人的事要亲口听他说。”

言诉说：“陈刃和他父母的事。”

迟意安静了片刻，说：“我家的门牌号是十六，我在门口等你。”

言诉是撑着伞过来的，他穿得花哨，粉色的衬衫领口的两颗扣子都没扣，细长的锁骨和单薄白皙的胸膛若隐若现。

雨自伞面滑落，顺着伞尖滴下来，在雨幕中犹如细珠做的帘子。

他在帘中，浪荡却又惊人的漂亮。

迟意看见他了，将手电筒转了个方向，直直地穿过雨幕在他面前晃了晃。言诉被晃得睁不开眼，他踩着水面走到迟意面前，运动鞋和裤脚上溅了泥浆。迟意好整以暇地看着言诉，想着把他这副样子拍下来给陈刃看，不知道陈刃会不会笑。

言诉不知道她在想什么，就把她仔细地打量了一遍。

迟意关掉手电筒，微微一笑，道：“学长。”

言诉的眼睛眨也不眨地看着她，刚刚的慌张和不安在她面前无影无踪，他狡黠又聪明，笑得像只狐狸，说：“想死我了。”

她后悔了。迟意想。

05

言诉已经嗨了大半夜，迟意不好揪着他继续聊人生，给他挑了间在一楼的客房就让他睡了。也是奇怪，她吹了会儿风，回了房就睡着了，然后做了个梦。

梦跟陈刃有关，但总算没有了星球。她梦见了高中时代，她穿着高中的校服坐在操场的双杠上，腿在半空中晃悠，风从宽大的裤腿里灌进来。

唇齿间很甜，她在吃糖。

她在等陈刃。

高中时的好友在她旁边吃着冰棍，一脸的无忧无虑，说："我能考个二本就不努力了，你也是，怎么突然天天苦学起来了？"

迟意看着远处的教学楼，已经放学了，晚自习的时间还没到，学生们吃完饭三三两两地在黄昏的晚霞中回来。她慢慢地垂下眼，说："时间不多了嘛，也不用辛苦那么久了，再努力一点儿好了。"

好友忽然怅然若失地叹了一口气，说："可惜了，陈刃那么好，却不是我的。"说着，她又抵了抵迟意的肩膀，"你那么漂亮，怎么不去跟陈刃告白？"

迟意笑着往旁边躲了躲，说："我又不喜欢他，跟他告白，万一他答应我了，我怎么办？"

好友说："先答应，后甩了呗。"

迟意说："好渣啊。"

好友坏笑着说："然后我就乘虚而入，嘘寒问暖，这样陈刃不就是我的了吗？"

迟意说："真有心机！"

好友吃完了最后一口冰棍，长长的棍子拿在手上转了转。她"哎"了一声，说："陈刃出来了。"

迟意抬起头，看到陈刃从食堂走了出来。

大多学生喜欢在外面解决晚饭，陈刃却喜欢吃食堂，千篇一律的食物像是怎么都吃不厌。他也穿着校服，这几天天热了，他就把外套脱下来搭在手腕上，里面的长袖卷上去，手腕纤细。

好友说：“我饱了。”

迟意笑，眼睛却没有离开陈刃。陈刃下了食堂的台阶，往教学楼走去，路过操场时却忽然转了脚步往她这边走来。

迟意的心跳突然快了起来。

不对。她在心里说，这样的走向不对。她在这儿看过陈刃很多很多次，他每次都是直接回班级，从来没到这边来过。

陈刃离她越来越近。

忽然间，周围变得空寂，学生凭空消失，风在空气中匿了踪迹，草长莺飞的季节里，傍晚的露珠在枝叶上栖息。

迟意的呼吸都快不存在了，这世界只剩下了她和陈刃。

陈刃好高啊，他才十八岁，一过春天，身体便如同抽条般迅速拔高，她坐在双杠上，他只是微微仰头就能跟她对视。

迟意舔了舔唇，打招呼道：“……嗨，有事吗？”

陈刃默默地看着她，他总是如此，从来都冷静，眼下的目光更是波澜不惊。迟意的糖吃完了，甜意没退，她慌里慌张地想从校服的口袋里找糖，手腕却被陈刃抓住了。

这人要干什么啊？迟意突然生出了一种不耐烦的感觉，她还没制订好追他的计划呢，他怎么可以擅自跑到她面前来？

迟意生气了，瞪他道：“你到底想干什么？”

陈刃垂下眼，盯着自己抓着的女孩手腕。她皮肤白，稍微用点儿力就是个红印子。他看了一会儿，松了手。

他哑着声开口：“你就是我以后喜欢的人吗？”

话音刚落，风过校园，学生们的脚步声和说话声清晰可闻，燕子拍打着翅膀贴着草坪飞过，枝叶上的露珠滴落到草丛中。

与此同时，迟意听到了自己疯狂的心跳声。

迟意被惊雷炸醒，她攥着薄薄的被子，翻了个身。汗水自额头上滑进枕头，濡湿一片。

她闭上眼，品味着刚刚的梦以及梦里陈刃说的话。

以后喜欢的人……个头啊！

她真是在梦里都不忘安慰自己，给自己一个美梦。是美梦也就算了，还时时刻刻不忘那样的走向是不对的。

因为她确实常常在那里等陈刃。

那些傍晚，除了下雪下雨，她一直等在那里，从未间断。而陈刃也毫不例外地从没往她这边看过一眼。

迟意把图纸塞进信封里，拆了枕头被套扔进洗衣机里，又把自己扔到浴室里洗了个澡。

等洗完澡吃早饭的时候，她才想起来家里还有个人。

她拿着没喝完的牛奶下了楼，玻璃杯触手温凉，楼下毫无动静，迟意敲了敲门："学长，还没醒吗？"

"起了……"言诉的声音含含糊糊地传来，底气明显不足。

迟意想了想，又去楼上给他拿了早饭，再下来的时候，言诉已经打开了门。他用备用的牙刷刷着牙，头发乱糟糟的，自然地跟迟意打招呼："早。"

客房虽然没主卧大，但也留了吃饭的桌子，迟意把面包牛奶放下，问："学长昨天睡得好吗？"

言诉狂点头。

迟意就坐在那里看着他。

言诉知道她在等什么，生怕她把自己扫地出门，连忙洗漱好，吃早饭的时候倒是文雅起来，很有贵公子的派头。

迟意说："你们有钱人都那么聪明吗？"

阮北聪明，言诉聪明。

哦，顾时之不算。

言诉笑着说："我只是有点儿数学天赋。文科我就不行，我连首《将进酒》都背不利索，只会‘举头望明月，低头思故乡’。”沉默了会儿，他又说，“陈刃才是真正的天才。”

他咬着面包，像是把以前那点儿不甘心全部咬碎了，变成对陈刃的心悦诚服。

“他家小时候没那么有钱，就住在上鸣学院家属院。我在的学校跟上鸣学院一起比过赛，我怎么也赢不了陈刃。”

“同一道题，答案是一样的，偏偏他的解法不一样。他文科也好，课文全部朗读并背诵全文，你看看多招人恨，我要不是心地善良，早就黑化了。”

“不过自从上了小学三年级，他就不如我了。有老师说这很正常，他们本来就比普通孩子走得快，陈刃只是又回到了普通孩子的行列。有老师说，看吧，这就是现实版的《伤仲永》。有老师则不甘心，悉心地教导陈刃，无奈他不学，连字也不肯好好写。”

言诉喝了一口牛奶，纯牛奶是刚从冰柜里拿出来的，凉得有点儿尝不出滋味。

他对迟意眨眨眼，说：“我当时还扬扬得意，呃，是有点儿丢人啦，毕竟那时候我已经跳到了五年级，是陈刃的学长了。我拿着奥数的比赛卷子特意跑到他家去找他，跟他炫耀。那时候，陈老师和林老师已经功成名就，搬了家，离我家挺近的。”

陈刃当时坐在院里写作业，一笔一画、一丝不苟地做着三年级的题目。

言诉蹲在他对面的板凳上，得意得不得了，把他爸妈许给他的奖励统统说给陈刃听。陈刃还真乖乖地听着，等把作业做完了，他说：“卷子给我看看。”

言诉给他看，说：“就错了一题嘛，这没什么，因为我粗心……你在干什么？”

陈刃没理他，他从笔盒里拿出一支红色的笔，把草稿本拿出来，翻开，公式步骤干净地列下，是言诉没错的题。

他把答案给言诉看，语气平静：“这样更简洁。”

小小的言诉被打击得回去之后把那张卷子翻来覆去地做了无数遍，每道题恨不得研究出十几种解法，但一想到陈刃只是看了一眼就解出来了，想一次打击一次。

言诉吃完了早饭，抽了张纸擦嘴巴，叹了口气，说："你看我当初多幼稚，跟他较什么劲，也不问问他为什么要装笨。"

迟意没事干，把桌上花瓶里的花拿出来，用剪子修剪枝叶。

"然后呢？"她的声音轻得能飘起来。

然后等言诉想起来问的时候，陈刃已经拿到了当年的理科状元，并拒绝了上鸣学院的邀请，选择了 F 大。

言诉盯着迟意手上的花，是香槟色的玫瑰。他说："我本来就觉得陈刃跟他父母的关系不太好，这次去进修就很留意，特意调查了一番。我发现，他们采用的教育方式是打压式教育。"

迟意的手一抖，惊讶地抬起头。

言诉纠结着措辞，毕竟在以前，陈平生和林荀是他很尊敬的老师。他皱着眉，说："就好像，他们并不希望陈刃知道自己有多好，他们会说，这些都是我们给你的，没有我们你什么都不是。"

否定，打击，摧毁，外加适当的怜悯，就是陈刃的成长环境。

迟意攥着花枝的手紧了紧，荆棘刺进掌心，她的心在跟着颤抖，血滴下来，染红了地板。她想，那时候陈刃还那么小，稚气未脱，是该被捧在掌心里呵护的年龄。他需要肯定，需要夸奖，他应该活在爱里。

可是陈平生和林荀给了他什么？

她想起那天在上鸣学院的礼堂里，林荀对陈刃说过的话。

"你刚刚做的演讲——我姑且称为演讲。

"我相信你们院校的教授应该没看过你的演讲稿，不然不会让你上台的，不是吗？

"他们没有像你一样按部就班地上学，心性经历不一样，你的那些所谓的经验对他们毫无意义。"

她一字一句地在那么多人面前打击着陈刃。

陈刃得到了所有人的肯定，却独独没有得到父母的肯定。他孤零零地站在台上，被林荀放在了所有人的对立面，自尊在被践踏，他却平静地、面不改色地听着，最后还不忘了说：“谢谢林院士的指导。”

那样冷静，那样优雅。

那样让人心疼。

客房忽然变得安静，而淅淅沥沥地落在屋檐上的雨却清晰起来，天色没之前那么暗淡了，有晚起的鸟儿觅了食收敛了翅膀在窗台上蹦蹦跳跳，叽叽喳喳。

言诉有点儿不忍地看着迟意，但是还得继续说下去：“具体原因我不知道，除了他们三个，应该没有人知道。”

迟意这才恍然，她缓慢地点了点头。

言诉说：“迟意——”

修剪好的香槟玫瑰被重新插回瓶内，迟意望着玫瑰，眼眶渐渐地红了起来。她低声说：“我以为他每年暑假待在宿舍已经很苦了，心疼得不行。我以为我不会更心疼了，就像我以为跟陈刃在一起了，自己就不会比以前更喜欢他了。”

“可是原来，心还可以这样疼啊。”

跟针扎似的，一下又一下，看似好端端的，其实已经千疮百孔了。她也终于知道，陈刃听到她只是把他当成信仰在喜欢时，为什么会那么生气。

他是在否定自己。

那一次的逃课转学，是陈刃的自救，是他终于反应过来他父母对他的打压并不是为了他好，是他对原生家庭说的第一声“不”。可是那些话还是在他心底扎了根，刻入骨髓，不是一朝一夕能改变的。

他怕她失望，怕她抱着美好的期待，最后反而怪罪他。

迟意觉得刺在心口的针化作了匕首，剜着她的心脏，血肉模糊地在她耳边苦苦哀求：好疼啊，要死了的那种疼。

矫情又认真。

雨还在下。

06

陈刃的信隔两天收到一封，只有薄薄的一张图纸，她看不懂。言诉的爹妈知道他跟人鬼混的事后，他被禁了足，在家闲着没事就发消息骚扰迟意。

迟意把图纸拍下来发给他，让他看看是什么。

言诉：“姐姐，我是数学系的，你让我看这东西我哪看得懂？我帮你问问人，等着啊。先想好怎么感谢我。”

迟意没理他。

盛夏的雨来势汹汹，去得也快，转眼就雨过天晴，连檐上的雨都没滴答半个小时，就被蒸发掉了。中央空调的温度适宜，迟意把窗帘拉开一点儿，阳光斜斜地打进来，其余的则被遮挡在外面。

她靠在沙发上，看这张图纸上陈刃写的话。

陈刃的字迹一如既往，寥寥数笔，不再是问问题了，而是说些琐事，迟意能想象出他写这些话的样子。

他伏案的背挺得笔直，头微微低着，露出白皙修长的后颈。他很安静，小时候写作业应该也这般乖，老师说要坐姿端正，他就坐姿端正，老师说要细心，他便不骄不躁，笔尖落在纸上，一笔一画，从拼音写到公式，再到这张图纸上的琐事。

“昨天长风山下了雪，我在去哨所的路上捡了只猫，是狸花猫，很可爱。”

“课题有突破，宋教授高兴，喝了点儿酒。我没喝。”

“课题组的老师今天到了长风山，今年的观测要拉长战线，开学前回不去了。消息有收到。”

一封又一封，是当家书寄的。

迟意把图纸盖在脸上，油墨的味道钻入胸腔，祁连山脉的风雪似乎也在其中，硬生生地让她闻出几分眷恋来。

她想，陈刃谈这场恋爱谈得好认真，认真得让她不敢接。

言诉的消息发了过来：“我刚刚找了个学天文的朋友问了一下，他说这就是星体闪烁的图，没多大意义。陈刃给你寄来的？”

迟意：“嗯，谢了。”

言诉知道她心情不好，想乘虚而入，但没当过坏人，还理不清该怎么操作。

转眼间，暑假就结束了。迟意这次真的没挂科，甚至进步了很多，彻底把周见云甩到了后面，据说周见云气得发誓这学期一定好好学习。

自然科学实验班分班结束，物理系各专业又迎了次新生。阮北从国外捧了个大奖回来，她爹与有荣焉地准许她今年继续住宿舍。

阮北一进宿舍，立刻扑到了床上，说：“自由，我又回来了！”

钱管家站在床边彬彬有礼地微笑着道：“小姐，床单被套都要换洗，您让一让，上面都是灰。”

阮北放过床，转身又去抱自己的电脑，开机打开游戏一气呵成，等玩完了一局发现自己的手没有生后，她才想起迟意还没来。

她往后仰了仰，问：“老钱，迟意怎么还没来？她是不开学了吗？”

钱管家笑纳了阮北的称呼，说：“迟小姐已经报过到回家了。我听人说，她九月都住在家里。”

阮北怔了怔，给迟意打了个电话。

迟意刚下了公交车，站牌离小区还有一段距离，她撑开太阳伞挡住烈烈骄阳，从口袋里摸出手机。见是阮北的电话，她接起来，说：“喂？”

阮北问：“你在哪儿？”

迟意看了看路，哪怕路两旁都有树荫遮挡，柏油马路还是被灼得滚烫。她说：“马上到小区门口了。”

阮北气道：“你怎么不住宿舍？”

迟意沉默了一会儿，把陈刃给她寄信这件事说了。她说：“就九月份，等他回来我就回学校住。”

阮北趴在桌上，桌子没擦，在暑假里落了灰，印在女孩的脸上，灰扑扑的。她小声嘟囔：“你搞清楚谁才是十五岁好不好？陈刃都那么大了，他难道不知道你要开学，不知道寄到学校里吗？还有，寄信是史前的联系方式吗？”

迟意低声笑了。

阮北生气地问：“你笑什么笑？”

迟意刷卡进了小区的门，语气变得轻快：“好啦，我都知道我们阿北这次比赛可厉害了，她的队友也旗鼓相当，拿到了第一名。不仅如此，我们阿北还交到了好朋友，是不是？”

说起好朋友，阮北有些扭捏。

她以前是没朋友的，迟意是第一个，跟她搭档比赛的那个“笨蛋”是第二个。

迟意引导她：“普通人还是挺可爱的对不对？这世上哪有那么多天才啊，你是天才，言诉也是，你俩气场合吗？陈刃是天才，我不是，你看我俩多配！”

阮北疑惑地“嗯”了一声，说：“你好像在夹带私货。”

迟意笑嘻嘻地道：“正所谓‘家书抵万金’，我虽然不爱财，但是是我的财，我得守着是不是？就算没人抢，风吹日晒的，我心疼呀。”

她已经走到了家门口，正好碰到保安在往她家信箱里投信封，迟意拦住了，示意直接递给她就行。挂了电话，她不等开门，站在门口慢吞吞地拆信。

还是她看不懂的星体闪烁图。

她的目光渐渐下移。

——青青子衿，悠悠我心。

晴日朗朗，迟意垂眼看着那八个字，指间收紧，弄皱了纸。她略有些懊恼地抵着门，笑意泛红了眼。

她小声埋怨道：“干吗呀，那么深情。”

她都要当真了。

迟意这学期的课排得好，上午基本上是选修课，下午则是专业课连上。

迟意的选修课已经修完了课时，也就是上午基本上没课了，刚好待在家里。

迟意没空管阮北了，但阮北也有人管，她那位“笨蛋”队友催得紧，阮北一节课也没落下。

迟意听了更放心，觉得孩子长大了。

她这学期要考英语六级，每天上午的时间都用来学英语，口语、笔试、作文，哪个都不敢落下。言诉毛遂自荐，表示可以当她的作文老师。迟意想着反正陈刃也不会吃醋，免费的老师不要白不要。

人一忙起来，时间就过得飞快。

等第一片叶子落下的时候，迟意才惊讶地发现，天已经凉了下来。初秋的天，风也变得和缓，比春风多了些萧瑟，卷着落叶缓缓地落在小溪里。

秋雨潇潇，夜也越发安静。

迟意洗了个热水澡，用毛巾擦着头发从浴室走出来，桌上摆着一沓文件，是公司里的总裁哥哥周画川照例给她送来的财务报表。

她看不懂，问他：“你还记得我高考数学考了几分吗？”

周画川在职场上处事雷厉风行，待人却温和，整个人有种腹有诗书气自华的气质。他坐在迟意家客厅的沙发上，回忆了一下，说：“及格了，挺不错的。”

迟意白了他一眼，说：“一点儿也不真诚。”

周画川笑了，眼里是不掺虚假的真诚，又说：“真的，比三模进步了，比刚入校的时候进步了，有进步就是不错。”

迟意说：“会夸，我喜欢。”

周画川忙，没有久坐，迟意自然不留他。他走的时候欲言又止，迟意眨眨眼，他想了想，问：“女孩子都喜欢什么？”

迟意挑眉：“我听说周总最会投人所好，你问我？”

周画川敛了眉，睫毛在阳光下轻颤。

迟意其实听过他的事，准确来说，全世界热爱八卦的人都知道。周画川在追一个女明星，女明星眼高于顶，周画川碰了一鼻子灰。

周画川听到传闻，笑着摇了摇头，问：“碰一鼻子灰吗？”

迟意问：“不是吗？”

八卦对象就在面前，迟意本来还在克制，但周画川主动提起来，那就不怪她了。迟意巴巴地看着他，等着他切自己的瓜给她吃。

周画川无奈地看她一眼，说：“没那么糟糕。这么说吧，她是朵云，落下来的雪都在我的领地里。”

迟意说：“这还是朵乌云啊？”

周画川笑：“白云永远在天上，乌云才能落在人间。”

他又摇了摇头，说：“不该问你的。”说完，便抬步走了出去。迟意喊住他，他顿住脚步，烟灰色的西装儒雅稳重。

迟意扶着门，问：“你知道她要什么吗？”

周画川一愣。

“女孩子喜欢什么，这问题太蠢了。她是你的女孩子，你该去了解她，而不是问别人。”迟意顿了顿，“哦，她还不是你的女孩子。”

周画川说：“她是。”

没等迟意再说话，他便匆匆地走了，留下一沓财务报表。迟意在桌前坐下，随便看了两页，她决定先放这儿，等过两天原封不动地送回去。

毕竟她还有正事要做。

迟意从旁边抽了张纸，拿起笔，中性笔按下去，弹起来；再按下去，再弹起来。

橘黄色的灯罩让夜色变得温柔，迟意终于下定决心，笔尖搭上精挑细选的信纸，开始给陈刃写信，絮絮叨叨，啰唆又温情。

“陈刃，见字如面。虽然我并不打算把这封信寄出去，你也见不到我。”

她写到这里，像背着陈刃干了一件不得了的坏事，得逞般勾了勾唇。笔下行云流水，纸下没有垫纸，写字声嗒嗒作响：“我跟阿北说要在家等你的来信，她说你老古董来着，说什么年代了怎么还寄信？我就觉得还不错，可能是因为我把它当成了家书。”

“虽然只有一句话，可是我读了很多很多遍，就变成了一封长信。我真会自欺欺人是不是？言诉也说我，英文作文不好好写，语法总是错，怎么不把陈刃的英文名写错？我觍着脸，反驳他，最不能忘的就是你的名字。”

“哦，你要是在就好了，我就会让你看看我家公司的财务报表，看看我多有钱，娶你（划掉）绰绰有余的。”

“嗯，我的手机响了，看样子好像诈骗电话。我太无聊了，打算跟骗子聊一会儿。”

“想你。”

迟意放下笔，拿起不断振动的手机。来电显示的是个陌生的座机号码，归属地也是个陌生的地方，不是骗子都说不过去。她滑向接听键，漫不经心地道：“喂？”

那头的风好大，撞着厚重的窗户，硬是挤出一丝缝隙吹在她的耳边。

迟意转着笔的手停顿了一下，慢慢地坐直了身子，让呼吸变轻，那头的风终于有了回应：“我想你了，你想我吗？”

他的语气波澜不惊，细听之下，有微不可见的颤抖。

是陈刃。

迟意觉得她那被剜了好多遍的心脏像被泡在了一汪酸水里，又酸又软，刺激着泪腺。她哽咽着，埋首把眼泪蹭在衣袖上，小声地说：“我想你啊。陈刃，我好想你。”

青青子衿，悠悠我心。纵我不往，子宁不来？

原来是想念啊。

她说：“我去找你吧。”

07

陈刃觉得自己疯了。

他恍惚到怎么答应了迟意都没弄明白，电话就被挂断了。宋教授刚洗完碗，见他愣愣地坐在电话机前，说：“时间到了。”

陈刃没动。

宋教授皱了皱眉，观测站这部电话是做汇报用的，每天留给他们的私人时间只有五分钟。他上前从陈刃手中抽走话筒，盖住了忙音。

最近成果多，课题也越来越成熟，老头子心情好，又当起了知心老师，问："吵架了？"

陈刃的眼神慢慢聚焦，失真的一切重新在眼前恢复，风也清晰起来。他像是不认识宋教授一样，盯了看了会儿，才摇了摇头。

宋教授又问："分手了？"

陈刃摇头。

宋教授没那个耐性了，问："到底怎么了？"

陈刃的唇动了动，说："我要请假。"

"去哪儿？"

"哪里也不去。"陈刃望向窗外，这边天黑得晚，黄昏还在消失，繁星却没有出现，乌云压顶。他的眼眸微动，语气艰涩，"就在山下。"

课题组的大佬都到了长风山，陈刃在不在对项目都没什么影响，宋教授很爽快地给了假。但是有一点，必须明早再走。

陈刃太乖，不需要有人时时刻刻耳提面命。宋教授这还是第一次教育他，说："慌什么？她又不会今晚就到。你打算在山脚下站成棵雪松啊？"

陈刃默然。

宋教授又缓和了脸色，问："很喜欢她吧？"

陈刃还没说话，便听宋教授叹了口气说："我上学期就听说了，当时还觉得不可能，你来长风山后，我就觉得更不可能了。"

陈刃虚心请教："为什么？"

宋教授"啧"了一声，说："哪有男女朋友分开那么久连个电话都不打的？"他拿自己做例子，"我谈恋爱那会儿，科技还没这么发达呢，那时得用卫星电话。我跟你师母热恋，给我想的！我跟所里借卫星电话跑到山顶上打，打完了所有的补助费，还倒贴了不少钱。"

宋教授历经沧桑，现在是稳重，少年时可比陈刃恣意多了。

陈刃笑笑。

上一个住在这里的人十分浪漫，在天花板上贴了星海宇宙，星系像旋涡般神秘又美丽，在灯光下越发温柔。

他想，本来是不可能的，他也以为不可能。

是迟意把不可能变成了可能。

陈刃搭送补给的车下了山，送货的小伙子诧异地道："这次不送信，改送人了？我就到山下的镇子，直接送你去坐长途汽车？"

陈刃说："到镇上就可以了。"他停了一会儿，问，"到镇上只能坐长途汽车吗？"

"是啊，不过也有不少登山的是开私家车来的。但是你也知道，山路十八弯，还是长途汽车的司机靠谱点儿。"

陈刃点了点头。

山脚下的镇子叫长风镇，依山而建，与市区隔着很远的距离。陈刃系着安全带，山路崎岖，卡车摇晃，路过的原始森林草丛随风而动，像伏着头野兽，伺机而动。

陈刃想，长途汽车那么晃，迟意会晕车吗？

刚接近镇子，手机立刻恢复信号，攒了数月的消息铆足了劲，不停地涌进来，一直到陈刃下车开好了房才停。

他看了一眼，电量剩余百分之一。

长风镇靠山吃山，旅游业发达，连锁酒店开到了这里，成了地标，周围就是商圈。临近中午，饭香更甚，顺着风飘荡。陈刃给手机充上电，给迟意打电话。

"嘟——嘟——"电话通了，陈刃提了好久的心终于缓缓地落了回去。

等到迟意接起来后，他那颗心又提了起来。迟意的声音有点儿倦怠，带着点儿鼻音，说："喂？"

陈刃的唇抿成苍白的线，他从来没这么紧张过。

这些年，都没有过。

过去的二十一年在眼前飞速地闪过，如走马灯一般，他看到小小的少年绕过满是草稿纸的房间，踩在板凳上洗苹果。他爱干净，怕农药，洗得很仔细，洗完后用水果刀削皮。

可是他太小了，刀尖划过手指，血滴下来。

他愣了一会儿，眼中闪过狂喜，冲被淹没在草稿纸中的人喊："爸爸，妈妈，我受伤了！流血了！"

想象中的关心没有到来，他听到斥责声："都说了让你不要乱跑，回屋里待着去。"

小少年讷讷地说："哦。"

他低头看了看手指上的伤口，放到嘴巴里舔了舔，血液的铁锈味在口腔里刺激着喉咙，他长长卷卷的睫毛轻轻颤了一下。

"可是好疼哦。"

那一瞬场景突然变了，满室草稿纸的房间在扭曲的时光里消失，小小的少年如抽条般迅速长高。他穿着上鸣学院附属小学的校服，对面同样小个子的言诉在冲他叫嚣："陈刃，我现在是你学长啦，快叫哥哥。"

他冷漠地看着言诉，缄口不言。

小言诉急了，围着他转了一圈，说："你爸妈在跟教授们开会，他们让我看着你，你得乖，得听我的话，快喊我哥哥。"他抛出撒手锏，"你不喊我告诉你爸妈！"

陈刃神色动了动，一会儿，不情不愿地开口："哥哥。"

言诉满意了，跟他勾肩搭背，说："来来来，叫了哥哥就是一家人。帮哥哥看道题。"他从口袋里掏出一张皱巴巴的纸，问，"你看看这题是什么意思啊？"

陈刃眉头微皱，说："这是物理题。"

言诉说："是吧？我跟我同学打架，从他书上撕的。我就说嘛，怎么看都看不懂，原来根本不在我的承受范围之内。”

是物理上很入门的小孔成像，陈刃恰好看过。

言诉笑嘻嘻地道：“你挺厉害。你以后就喊我哥哥，我罩着你怎么样？”

他话音刚落，一楼的会议室里骚动了片刻，应该是结束了会议，与会人员正三三两两地走出来。

陈刃肩膀微动，把言诉的胳膊抖下来，说：“不怎么样。”

他在人群中看到林荀。林荀戴着眼镜，踩着双高跟鞋，正跟旁边的教授谈笑风生。她抬步下了楼梯，喊陈刃：“宝贝，到妈妈这里来。”

这样的妈妈笑起来好好看，好温柔，他很喜欢，很珍惜。少年陈刃迈开了脚步。

——不要去！

陈刃猛地睁开眼睛，酒店的天花板在瞳孔里忽远忽近，转瞬又恢复正常。他皱着眉闭了闭眼，后背濡湿的汗凉了半分。

临睡前的那通电话里，迟意的声音还在耳边：“我怎么离你那么远啊，陈刃，飞机转高铁，高铁转火车，可惜我的私人飞机调不来。好吧，我没有私人飞机。”

“你看我多好，你只要想我，我就跋山涉水地赶来了。等等，上次打电话的是你吧？”

“如果是我做的梦，可千万别喊醒我。”

她说到最后，自己都嫌自己啰唆了，陈刃却耐心地听着。他昨晚没睡着，最后干脆去看了一晚上的星星，在宇宙转了一圈，回归现实后，还是想她，早上便迫不及待地去等供给的车子，一路颠簸没睡着，终于等到她的声音，困意就上来了。

他把手机贴近耳边，轻声对她说：“再随便说点儿什么。”

“……什么？”

“把我哄睡着就好。”

他不记得她说了什么，也不知道电话是什么时候挂断的，总之他睡着了。

太阳渐渐西斜，打进来的光线里尘埃浮动。陈刃慢吞吞地坐了起来，衬衫皱了些，他干脆解了扣子，又将袖子卷起来。

梦魇被囚禁在记忆里。

热汗渐凉。

迟意没晕车。

她以前出去玩过，对坐长途汽车很有经验，在机场买了罐梅子派上了用场，一觉得不对就立刻往嘴巴里塞，旁边的大叔还以为她怀孕了。

迟意不好解释，笑了笑，没说话。等到了长风镇汽车站时，风刚好刮了起来。山里的风刮得厉害，跟刀似的，乌云在山口聚集，密谋着一场风雪。

迟意穿得多，见风起来了，便把上次从西藏带来的哈达围了起来。

现在不是旺季，长风镇的游客很少，只有寥寥几个背包客路过，蹲在街头啃饼，悠闲地望着天，说："要下雪了。"

店家双开的门关了半扇，老板揣着袖子看天，对背包客见怪不怪，就等着这最后一班从市区过来的大巴能给他带来点儿收益。见人不多，他叹了口气，说："西北的冬天，来的人太少了。咱们长风镇马上要过冬咯。"

背包客囫囵吞着饼，"咦"了一声，店家伸头出来看，问："咋了？"

背包客说："帅哥。"

店家顺着他的目光往那边看去，他这家店就开在长途汽车站门外，位置十分好，背包客看到的帅哥就站在店面不远处。

男人很年轻，穿了一件黑色的长风衣，身材修长挺拔，站得笔直。

那是真的好看，不似祁连山脉男儿眉眼锋利，是南方的山水养出来的清秀利落，像一滴墨落在云雾间，浓淡相宜。他太出众了，也太平静了，惹得匆忙路过的人纷纷侧目，他也不为所动的平静。

是陈刃。

迟意刚检票走出来就看到了陈刃，她扬起手，笑容灿烂，声音被风吹散，叫道："陈刃！"她小跑过来，脸红扑扑的，说，"我给你打电话呢，你怎么没接？”

陈刃盯着她，说：“在口袋里，没听见。”

迟意说：“哦。”

她没话说了，想想也怪不好意思的，陈刃就说了句想她，她就翻山越岭地过来看他。传出去写进言情小说，读者都要骂她一句倒贴的。

现在回去还来得及吗？

迟意神游天外，脸上忽地一热。她抬眼，是陈刃滚烫的指尖。陈刃的神情不变，语气依旧，低哑了些，说：“凉了。”

她脸上本来还带了点儿在车上的余温，走到他面前被风吹得也散得差不多了，现在被他一碰，又热了。

陈刃似乎很满意，放下手，接过迟意的行李箱。

风雪欲来，不能在外面待太久。

迟意老远就闻到了饼的香气，跑去买了块葱油饼，却没有吃。

陈刃见状，问她：“怎么不吃？”

迟意摇了摇头，说：“不怎么有胃口，但我怕回酒店饿，有备无患嘛！”

她主意打得响，反正马上下雪了，这里不比遇冬，下了雪也没人送外卖。她又不想出门，只好先做打算。她拍了拍袋子，说：“你放心，买了你的。”

陈刃点头。

迟意有好多话想问陈刃，出租车司机虽然目不斜视，但她还是抹不开面子。她打了个哈欠，问：“去酒店要多长时间？”

太短的话她就不睡了。

陈刃像是看穿了她的想法，说：“五分钟。”迟意点了点头，强打起精神看着窗外，人却被环住了。她一愣，陈刃扶着她的脑袋，将她按到他的肩膀上。

他面不改色地望着窗外，说：“到了叫你。”

迟意心头微跳。

她乖巧地闭上眼睛，心跳却如擂鼓般响在耳边。

等车子缓缓停下后，迟意突然恍惚地发现，刚刚她听到的鼓噪不安的心跳声，是属于陈刃的。

车窗外，雪花犹如棉絮。

08

迟意昨天晚上挂了电话就出发了，托了八百个人搞到了一张去西宁的飞机票，在西宁火车站短暂休息了两三个小时又换了高铁。她戒备心强，一路都没睡，总之要多折腾有多折腾。

九月份的长风镇暖气还没开，房间里开着空调，有点儿干燥。

浴室里的水声不断。

陈刃喝了口凉透了的茶，翻着迟意给他带来的东西——财务报表。迟意是在翻找换洗衣服的时候想起来的，她扬着一沓纸，问："你帮我看看？"

陈刃没动，说："是公司机密。"

迟意满不在乎地道："没事，我任命你当我的临时秘书，看吧。"

陈秘书恭敬不如从命，接过了财务报表。不得不说，迟意说的总裁哥哥很会打理公司，集团下的各个子公司全部盈利不说，投资、经营、出口无一不在稳妥地进行着。财务报表做得很漂亮，也是真的。

陈刃翻了一半，被浴室里的水声搅得心神不宁。他闭了闭眼，唇碰到茶杯的边沿，酥油茶的香味变得很淡，他心口却越来越燥热。

他站起来，准备去开窗透气，财务报表里却突然掉出了一张纸，轻飘飘地落在他的脚边。

他眼尖，看到了自己的名字。

哦，那就是写给他的，他可以看。

陈刃俯身捡起来。

"陈刃，见字如面。虽然我并不打算把这封信寄出去，你也见不到我。"

这信写得……陈刃失笑，他重新坐了下来，抚平漂亮信纸上的折痕，开始读迟意这封不准备寄给他的信。

等迟意从浴室出来的时候，他刚好读完。

迟意在等人搞机票的时间里收拾了行李，收拾得还算全面，连睡衣都记得带了。进浴室之前她太累了，没想太多，等洗完澡又困得睁不开眼，穿好衣服，打开浴室门的时候，才突然意识到一个问题。

——她居然跟陈刃开了房，晚上还要睡在一起。

一推门，陈刃看过来。

迟意却看向床铺，心里“咯噔”一声——是张双人床。

她说不清楚是高兴还是胆怯，人还没出来，脸就先红了。她打哈哈道：“洗澡热死了。”

她问：“财务报表怎么样？有问题吗？”

陈刃没说话。

迟意正奇怪，突然看到了他手上攥着的她给他写的信，她如同受了惊的兔子，撒腿就往他这边跑过来。陈刃也不躲，任由她把信纸抢了过去，揉啊揉啊，之后藏在背后。

迟意结结巴巴地问：“你……你看完了？”

陈刃抬手，点了点财务报表，答非所问地道：“看完了。娶我的话，确实绰绰有余。”

她匆忙解释道：“其实——”

雪下得急，掺杂着盐粒子拍打着窗户。椅子在起身间发出咯吱的声音，迟意在慌张间靠在桌上，腰被硌着，转眼却被人揽住，在男人的长指间生着麻意。

陈刃便在这方寸间吻她。

他捧着她的后脑勺，迫使她贴近他，用浸了凉茶的唇含住她，在摩擦间，两人的唇都变得滚烫。她的喘息声就在耳边，离他好近。

像解开了枷锁，他的吻变得急迫，力道渐重。

梦里的小少年又在眼前了。

小少年成长得好快，那些漫长的岁月在现在看来实在是太快了，他上了高中，他在家庭的温暖、父母爱他的假象中醒悟。为了脱离他们，他开始逃课，每天在街上晃荡。

后来父母找到了他。与老师的痛心疾首相比，他们则是满目了然，说："果然不出我们所料。"

他被那眼神刺痛了。陈平生和林荀为了面子，开始给他物色新的学校，他自己却挑好了。那不是省重点，也不是市重点，只是所普普通通的高中。

他们同意了，他如愿地转了过去。

生活按下重启的按钮，他把过去藏了起来。他冷静，从容，坦荡磊落。他笑起来寡淡却温柔，像春日里的风。他会给每个来问他问题的同学讲解，他善待每一份喜欢，偶尔的阴霾也被他很好地藏了起来。

原来，原来他变得这样好，是在等她喜欢他。

陈刃的吻太凶了，他压着她，眼角泛着红，掺杂了欲望。迟意承受不住，眼里起了雾，朦胧地打湿了睫毛。

她攥着他的衣角，用眼神无声地控诉。

太狠了。

陈刃空荡荡的胸腔却像是被填满了，充斥着后怕与庆幸。还好，还好他被她看见了。还好他选了所她能考上的大学。还好她在观察时露出了马脚，还好他抓住了她。

甚至，他想，还好林荀和陈平生待他这样，过去的轨道不变，他才能遇到她。

狠吗？

不狠。当他意识到自己的喜欢时，数不清的欲望随之而来，他的理智和平静如薄薄的一张纸，在顷刻间灰飞烟灭。

舌尖舔着伤口，他尝到了血的铁锈味，转瞬却被迟意的舌尖卷去。

她回应了他。

"陈刃。"

她在密不可分的亲吻中含糊地喊他的名字，她倒在松软的床上，被子白得像雪，她脸上的绯红则越发诱人。

陈刃用滚烫的手掌捧住她的脸，怜惜又心疼。他撑起手臂看她。她被欺负得狠了，泪眼汪汪。他伸手碰了碰她的眼角，像是赞赏：“很漂亮。”

语气像过了火，哑得很性感。

他说她哭得很漂亮。

迟意呼吸急促，侧过头，窗台上落了厚厚一层雪，寒意逼人。她却只觉得热，拼命平复着呼吸，心跳却越来越快。

慢慢地，她把目光移向陈刃，舔了舔发干的唇，眼里有千言万语，欲说还休。

陈刃低头吻了吻她的眼角。

他哑着声说：“喜欢。”

他喜欢她。

褪去了绅士礼貌的外表，他也想卑鄙地把她据为己有。

第六章

麻　烦　关　下　月　亮

01

雪下了整夜。

从酒店的窗户望过去，屋檐山水皆是白茫茫一片，纷扬的雪随着白日将近，渐渐式微。酒店背靠着巷子，巷子里的老屋低矮，早餐摊的香气带着温度传递。

今年的初雪来得早，长风镇上的人猝不及防，着急忙慌地在准备过冬，能悠闲地坐下来吃早饭的就只剩游客了。

比如陈刃和迟意。

牛骨熬制的汤浓香扑鼻，手擀的粗面劲道。

迟意吃得鼻尖上出了一层薄薄的汗，陈刃说："慢点儿吃，没人跟你抢。"

迟意自诩小鸟胃，此刻碰到好吃的也不装了，点了点头，然后当他的话是耳旁风。

陈刃在心里叹了口气，问："要再来一碗吗？"

迟意含糊地说了句话。

陈刃问："什么？"

迟意将面条咽下去，脸微微红着，说："那怎么好意思？我们中午再来吃好了。"

陈刃愣了愣。

完蛋了，好可爱。

他强迫自己移开目光，看向她背后窗外的雪景，雾气蒙住玻璃，窗花挡住了景色。他又把目光挪了回来。

看什么雪景，她最好看了。

迟意吃了个够本，陈刃却没看过瘾。长风镇就是个落脚的地方，没什么好逛的，但胜在雪景不错，很适合消食。

迟意的装备齐全，早上出门前看陈刃没有围巾，大方地把多出来的那条借给他。

陈刃看着围巾，有点儿心理阴影地问："红色的？"

迟意说："另一条是粉色的。"

陈刃把围巾放下，说："……其实也没那么冷。"

迟意说："零下了呢！风好大好大。"她指着外面说，"你听，呼呼的。"

陈刃垂下眼，睫毛轻轻颤动，还是不太情愿。他穿衣服向来以素淡为主，偏爱休闲不爱正装，红色系从来没沾过。

那边迟意已经装备好了，粉色软乎乎的，见他还在犹豫，她提议："要不我们换下？"

陈刃说："……不要。"

他最终戴上了红色的围巾。迟意看呆了，结结巴巴地赞叹："好……好漂亮呀！"

红色明艳，衬得他唇红齿白，好看得不像话。

陈刃不自在地扯了扯，纠正她道："是帅气。"

迟意没想到他还有偶像包袱，低下头笑得肩膀颤抖，临出门前被他逮住亲了一通才止住笑。

雪还在飘。

迟意小心地抓着陈刃的袖子，她戴着手套，笨手笨脚的，有点儿萌。陈刃没手套，把手插在羽绒服的口袋里。

他心念一动，把迟意的手扯过来一并塞进了口袋。

隔着厚厚的手套，指尖都在发烫。

迟意的脸也泛了红，被风吹得变凉。她还是有点儿不太敢相信，陈刃居然真的喜欢她了。她做梦都不敢这么做的，偏偏发生了。

啊，西北真是美好的地方。

陈刃忽然问："在想什么？"

迟意毫无防备，脱口而出："你。"

迟意连忙改口："不……不是，我在想昨天晚上！"

陈刃眼眸一暗。

迟意愣了愣，好像越解释越不对劲。她很是苍白无力地喃喃："不是在想那个吻！也不是在想你为什么亲我！当然……好吧，我是在想。”

陈刃觉得她怎么看怎么可爱，忍不住逗她：“被吻的时候，你在想什么？”

迟意很诚实地回答：“还好没吃葱油饼。”

陈刃眉梢微动，扬起一抹讶异，那么浪漫的时候，他心里的喜欢都要溢出来的时候，她居然在想葱油饼？

迟意还在庆幸，说：“还好没吃，不然接吻都是葱油饼味的。”

陈刃低低地笑了。

迟意有点儿恼，问：“你笑什么？”

陈刃把她拉近，接了个牛肉面味的吻。

真是……一点儿也不浪漫呢！

迟意觉得不浪漫，陈刃便带她去逛街。他们在这一天分别接了个梅子味的吻，接了个糖果味的吻，接了个橘子味的吻。

末了，陈考生很虚心地问：“浪漫吗？”

迟意摸着被吻得红肿的唇，好像一个心理素质极差的考官，结结巴巴地给他评了个优。

“浪……浪……”

“浪？”

“浪漫！”

宋教授晚上打来电话，说这边快结束了，让陈刃原地待命等他一起回去。陈刃有别的打算，问宋教授可以带迟意去研究所吗？

宋教授的时间宝贵，他算着时间，说：“晃晃可以，禁忌你懂的。想带上来就来吧。”

陈刃说：“谢谢。”

长风山天文研究基地很大，从半山腰到山顶，各科院错落有致，机密地方有人把守。在外面晃晃还是可以的，不然也不会有招待所。

陈刃联系了送补给的小哥，正好明天轮到日子，小哥让他们早上七点在酒店门口等着。

迟意认床，晚上睡得不是很好，半夜蹑手蹑脚地出去看风景，结果把陈刃吵醒了，正赏着风景就被裹着被子打横抱起。

她吓了一跳，见是陈刃更慌了，问："你怎么醒了？"

陈刃是初醒，满脸的倦怠，看着不太爽，应了一声："嗯。"

睡着的时候温香软玉抱在怀里，醒来人就不见了，他会爽才怪。把人抱进房间后，他也没放下她，迷迷瞪瞪地看了她一会儿。

他问："睡不着？"

迟意说："认床。"

陈刃愣了一会儿，大脑没开启成功，他的反应比平时慢，看着也很可爱。迟意被萌到了，小脸埋在他胸口蹭了蹭。

陈刃这次反应快了点儿，知道怀里的人在笑他。

笑什么？

他低头瞪她，说："不准笑。"

迟意连忙收住笑意，大眼睛忽闪忽闪的，撒娇说："怎么办呀，我认床睡不着。失眠好痛苦哦，你哄我睡觉吧。"

陈刃说："……好。"

他给她讲了大灰狼和小白兔的故事。

言诉说得没错，陈刃的文科也很好，多年前听的故事，现在还能一字不落地背出来，真的很不容易。

还能哄女朋友睡觉。

迟意枕着松软的枕头，靠在陈刃的臂弯里，获得了前所未有的安全感。在故事说到大灰狼哄骗小白兔开门的时候，她睡着了。

她梦里的人就在身边，一夜无梦，在异乡里难得享受了一个好觉。

但是，现在迟意腿软脚软地靠在酒店大厅的沙发上，她睡得太晚，没睡饱就要去赶七点的车。

陈刃喊她起床的时候有点儿不忍，说："要不不回去了。"

迟意挣扎着说：“得去。”

她穿好衣服，打着哈欠，话说得断断续续：“我……我想去，看……看星星。”

陈刃沉默地看着她。

迟意怕他不愿意，可怜巴巴地问：“你不会反悔吧？”

陈刃还是没说话。

迟意戳他，说：“想说什么就说嘛。”

陈刃无奈，伸出手，像羽毛一样在她的眼尾扫过，叹了口气，说：“路上颠簸，睡不好。”

迟意……睡得挺好的。

卡车后座宽敞，她往陈刃大腿上一躺，一觉睡到终点。

陈刃觉得自己的定力真的很好。

长风镇的雪和山上一比只是小打小闹，研究所这边才是遭了雪灾，除了留守必要的人员，其他人都得上场扫雪。

陈刃来得正好。

宋教授远远地看见他，喊道：“陈刃，把你的小女朋友安顿好就上场！咱们团队就差你一个了！”

陈刃应了一声，转眸，说：“去我宿舍？”

迟意刚睡饱，她动了动被冻僵的手脚，拒绝道：“冷死啦，我也运动运动暖暖身子吧！”

宋教授的团队一下子来了两个生力军，顿时觉得脸上倍有面子，吃午饭的时候把自己的鸡腿匀到了迟意的饭盒里。

陈刃不知道这事，也把自己的鸡腿留给了迟意。

迟意看着饭盒里的鸡腿发呆，陈刃则坐在招待所的床上翻看这两天的记录，余光瞥见她没动筷子，他看过来，问：“怎么了？”

迟意说：“鸡腿好多。”

陈刃一愣，旋即了然道：“宋教授的。”

迟意咬了口鸡腿，这边天高路远，运输物资比其他地方要难，鸡腿半个月有一次算不错的，结果这两人都留给了她。她觉得喉咙有点儿疼，像有千百种委屈化作了实质要攻陷她的泪腺，她略微哽咽道：“被人疼还挺好的。”

陈刃没有说话。

迟意低头吃饭，大锅饭并不怎么好吃，她却吃得很香。

不知道过了多久，她听到陈刃轻声说：“我以后会疼你的。”

迟意抬起头。

陈刃的目光没有离开记录表，扫雪太累，他休息的姿态有点儿懒散，像是漫不经心。他翻了一页，说：“我会很疼你，可能没办法把之前的都补上，但我会尽量。”

他缓缓地合上记录本，说：“好不好？”

迟意的眼泪顿时流了下来。

她觉得陈刃烦死了，为什么要在这个时候说这样的话，她好不容易被一顿不好吃的饭把委屈压回去，但他简单的一句话，那些委屈不但卷土重来，而且愈演愈烈。

陈刃走过来，蹲在她面前。

老宿舍是好些年前建的，还是水泥地，带来的雪踩在脚下，湿了大片，显得泥泞。他蹲在那里，仰着头看她，目光比雪要澄明。

他舔了舔唇，说：“我知道你相信我，盲目地信任。谢谢你，那天晚上我……反应过激了。我没喜欢过人，只觉得生气。”

“陈刃……”

“我怕你后悔，怕你把我想得那么好，最后失望。我那时候……应该喜欢你了。”他的眼眶也微微红了，“你是我随机选的女朋友，我以为谁都行，换谁都没差。可是不是的，除了你，谁都不行。”

他生疏地说着情话，伸出手单手捧着她的脸，大拇指轻轻地擦她的眼泪。

他低声哄她："好了，不哭。"

他低下头，又笑道："我好喜欢你啊，迟意。"

02

雪停后，天变得晴朗，繁星铺在天空中，仿佛一抬手就能触碰到。陈刃带迟意去了观景台，山的最顶端，一台天文望远镜能窥到光年外的星星。

迟意家里也有一台，小时候图新奇买回来的，没看两次就丢到仓库里落了灰。这次有陈刃陪着，她就来劲了，看了两个小时才不情不愿地回去。回招待所的路上，她碎碎念了一路，到门口了，才跟陈刃说："你上次在晨阳小学说的那句话……"

陈刃问："嗯？"

迟意纠结了一会儿，说："你说你现在看到的是三亿分之一秒前的我，那你想看此时此刻的我，就得一直在我身边，是这样的吗？"

陈刃愣了愣，虽然三亿分之一秒真的可以忽略不计，但严谨来说，确实是的。

迟意若有所思地点点头。

招待所很小，条件也不好，是单人床。陈刃给迟意打来热水后就回宿舍了。迟意认床的毛病一时半会儿改不掉，瞪着破烂的天花板，还是觉得自己在做梦。

陈刃真的喜欢她了，而且还解释了那天晚上的事，她知道他为什么生气，可是他还没准备把自己的事告诉她。

到底……迟意的手抓着被子，神经质地痉挛了一下，她想，陈刃的父母到底为什么要那么做。

——没有父母是不爱孩子的。

这样的话在种种事实面前早就被击碎。

她在学习的过程中，见过重男轻女，却要女儿供养的父母；见过懦弱卑微的母亲和酗酒成性的父亲；见过殴打、冷暴力的家庭暴力。她见过太多太多，可她还是想不明白。

陈刃那么好、那么乖，林荀和陈平生凭什么这样对他？

迟意想得出神，也越来越精神，敲门声响了七八声，才把她的思绪拉回来。她愣了一下，翻身下床。

陈刃站在门口。

门外的冷风吹进来，吹动她睡衣的裤脚，转瞬又被关在了门外。

迟意说："你——"

门在陈刃的背后发出"咔嚓"一声，被关死了，陈刃将她拉近，把她未说完的话堵了回去。他身上带着夜色的冰凉，在缠绵的吻中变得湿热。

他们接了个雪味儿的吻。

迟意的脸烫得不成样子，结结巴巴地问："你怎么来了？"

陈刃抵着她的额头，平淡的神色渐渐融化，露出一抹笑来，说："快睡着了才想通你的暗示，福至心灵，要看每时每刻的你。"

迟意一听立刻窘了，辩解道："没暗示！"

陈刃说："嗯？"

迟意觉得陈刃真是冤枉她了，她就是随口问的，并且自认为只是说了句撩人的情话，根本就没暗示什么。

陈刃说："那是我想歪了，我回去了。"

"等等！"迟意拦住他并没有挪动的脚步，口不择言道，"来都来了！"说完这句，她还没意识到自己在说什么，就顺着说下去，"睡一觉再走。"

"……好。"

陈刃本来是准备好好睡一觉的，盖上被子纯聊天的那种。他不是什么正人君子，但地点不对，只能暂时当个柳下惠。但是上天不相信他，使了劲地要考验他。

单人床实在太小，迟意一个人睡还好，再加上个长胳膊长腿的陈刃，就有点儿局促了。

两人都有点儿不好意思，各种调整睡姿。折腾了好一会儿，眼看火都要被撩起来了，陈刃一把搂住女孩的肩膀，往怀里一揽，半个身子压在了她的身上。

迟意小脸通红："你……你……"

陈刃低头问："重？"

"没……"迟意连呼吸都不敢呼吸了，虽然前两天也是搂着睡的，但毕竟床大，距离没这么近，她只是枕着陈刃的胳膊。现在冷不丁地成了零距离，她真有点儿吃不消。

但是她不想让陈刃走。

灯已经关了，屋里漆黑一片，陈刃有点儿庆幸他现在看不见迟意，不然他不保证自己会不会做出什么不可挽回的事来。

迟意悄悄地攥住他的衣服，小声说："再往我这里来点儿，别……别掉下去了。"

陈刃有点儿想说脏话。

都这样了，鬼才愿意盖被子聊天。

陈刃往迟意那边靠了靠，女孩是娇生惯养的，放在这么苦的地方，像朵娇嫩的花，哪里都香香软软的。他硬生生地找了个话题，说："星星……明天再带你看。"

迟意也在蒙，迟钝了一会儿才反应过来，点头答应："哦哦，好。"

两人的呼吸在交织间变得暧昧。

迟意想，陈刃怎么不吻她呢？多好的机会，她躲都没地方躲。

迟意睡不着，沉默了一会儿，想起言诉告诉她的事。她试探着开口："你……你当时为什么选物理系啊？"

陈刃瞬间清醒，问："你知道什么了？"

迟意见瞒不住了，果断地把言诉卖了，卖了后觉得不太够义气，又替言诉开脱："是我好奇，所以才……"

"他去你家了？"陈刃找到了重点。

“嗯……”

“还住了一晚？”

“睡在客房！”

跟她隔了一层楼呢，而且她锁上了门，套房的门锁了，卧室的门也锁了，况且……言诉对她本来就不感兴趣。

迟意找了很多理由，但陈刃只是淡淡地“嗯”了一声，然后默默地给言诉记了一笔。

远在遇冬的言诉在秋老虎里打了个喷嚏，游戏里的队友“啧”了一声，问：“你感冒了？病毒不会顺着网线传染给我吧？”

言诉骂道：“滚，肯定是有人想我了。”

陈刃只是想了一秒，就把言诉抛到了脑后。他在想怎么跟迟意说他家里的事，他抗争了这些年，就是想自己不那么惨，可是要说出来，还是挺惨的。

陈刃久久没说话，迟意怕他为难，说：“你要是不方便说，不说也可以的……我不好奇了。”

陈刃轻轻地叹了一口气，解释道：“我在组织语言。我口才不好，你是知道的。”

他说的是在上鸣学院被林荀批评的那次。

“胡扯。”迟意反驳。

她扬起头看陈刃，眼神晶亮：“我不是跟你说了吗？学生们都可喜欢了，都发誓要报F大。你们这个讲座的真实目的是什么？”

官方说法是为即将步入高三的学生指明方向，找准目标。真实目的是踩别的学校一脚，争取最好的生源。

陈刃轻咳了一声，说：“我们是名校。”

真实目的什么的，直接说好像不太妥当。

迟意满不在乎地道：“反正这个任务你完成得最好。谁不想跟漂亮哥哥当校友呢？如果不是你，我才不会拼了命地学习，吊车尾上了F大……呃。”

眼见着一激动说漏嘴了，迟意连忙住口。

陈刃笑道："很难吧？"

迟意说："嗯……"

学渣放下堕落，回头是汪洋的学海，一眼望不到尽头。迟意绝望地游啊游，简直要累死了。

她追忆高三最后一学期，不由得觉得苦尽甘来，人生值得。

正追忆到动情处时，陈刃忽地开口："从头跟你说吧。"

那是个不太长的故事。

陈刃找了个舒服的姿势，将下巴放到迟意的头顶，女孩的发香若有似无，勾得他心里发痒。

他想了想，说："我爸和我妈你认识吧，数学界的顶尖人才。他俩都是书呆子，别人介绍才结婚的，然后像完成任务一样，迅速有了我。"

生而不养也就算了，他们家那时候没钱，也请不起保姆。陈刃很小就学会照顾自己了。

"刚开始，我还会故意受伤以引起他们的注意力，但没成功，反而伤口疼死了。"虽然陈刃语气轻松，但迟意还是觉得疼，她在黑暗中牵起陈刃的手，轻轻地在上面落下一个吻。

陈刃的手微微一抖，他继续道："后来他们整天整天工作，我就在旁边捡他们的手稿看。"

"微积分，空间解析几何，常微分方程。这些公式和名词都是我在那时候接触到的，但是太杂太深了，我看得一知半解，但我好想帮他们。"

"小学的时候，他们在为某个项目计算行走轨道，吃住都在研究所，那道总是解不出来的题暂且搁置了。我比其他小孩都乖，小学的作业对我来说太简单了，我不看动画片，也不出去玩，就坐在课桌前解那道题。"

迟意的喉咙突然发干，说："你……"

陈刃笑了笑，说："嗯，我解出来了。"

七岁。

没人关心他的天赋，没有教导，没人在乎，他在小小的堆满了书籍的桌上，在橘黄色的灯下，解出了困扰林荀和陈平生甚至于整个数学界难以攻克的难题。

是真正的天才。

他写出了那道题的解题思路，没有算到答案就累得睡了过去。醒来的时候，林荀坐在他的床头，无言地看着他，像看一个陌生人。

陈平生趴在他的课桌前，如癫似狂。

迟意懂了。

她气得发抖，握着拳头愤然道："他们盗取了你的成果，冠上自己的名字，拿到了举世瞩目的成就，然后……打压你。"

陈刃没说话。

他那时候太小了，小到根本没发现家里关于数学的书籍资料全被搬空，而他只欣喜于爸爸妈妈变了，在最后整理报告和论文的三个月，林荀经常陪他，去游乐场，去糖果店，接送他上下学，还带他去看房子。

"二楼都给宝宝，书房、琴房、玩具房、健身房都要有，德智体美劳全面发展嘛。

"这些都是爸爸妈妈给你的，你要记清楚了。

"以后不要胡乱碰爸爸妈妈的东西，你是小孩子，你不懂，如果弄错了，除了爸爸妈妈，谁也救不了你。

"你以为言诉喜欢你吗？他只是想跟你套一下关系，好拜爸爸为师。

"做人做事要脚踏实地，不能跳级，走得稳一点儿不好吗？爬得太快太高会跌下来的。他们根本不喜欢你，不要被他们骗了。"

他们就这样一点点剥夺了陈刃对世界的眷恋和信任，让陈刃认为，除了他们，没人会对他好。

"我信了。"陈刃的声音闷闷的，他说，"我觉得自己好糟糕，不配得到任何人的喜欢。全天下只有爸爸妈妈对我最好，直到高一那年——"

璞玉是藏不住的，哪怕躲在烂泥里，也有人愿意披荆斩棘将他找出来。

他收获了好多喜欢。

“有个女生跟我告白，我问她知道我爸妈是谁吗？她说不知道。我问她喜欢我什么，她说喜欢你长得好看啊。”陈刃低声笑了，“我说脸是爸妈给的，她奇怪地看着我，说‘是就是呗，反正现在是你的了’。”

“我这么聪明，其实早就明白了他们为什么那么做。可是我太想要那些温暖了，你知道吗？斯德哥尔摩，我活在那个梦里不想出来。”

“那你怎么……”

还是因为太聪明了，连自己也骗不下去了，不破不立，他也在自救，他在转学后从家里搬走的那天，向林荀和陈平生甩了一句话：“我这辈子不碰数学。”

他摔门走了，把那个懦弱、贪心的小孩留在了门后。

门外是崭新的他，将伤痕藏起来，温柔、体贴，成绩优异却从不自傲、普通的少年人。

“谢谢你。”陈刃的唇轻轻拂过她的发丝，声音嘶哑。

迟意红着眼睛，嘴唇颤抖着问：“谢……谢我什么？”

“我很高兴有人喜欢我。”他说，目光沉静，“谢谢你在看穿了我后还喜欢我。这样我会觉得，自己是值得被爱的。”

迟意在他怀里终于哭了出来，说：“你本来就值得啊……陈刃，你值得，你是世界上最美好的，你……你根本不知道你有多好。”

陈刃根本不知道，他有多好。

他是落在人间的玉，不需要雕琢便足够动人。他不完美，也不需要完美。他值得所有的美好，因为他就是美好本身。

陈刃将迟意抱得紧了些，低声说：“我知道的。”

他笑：“你那么好，还喜欢我，我肯定很好吧，不然你怎么会那么喜欢我。”

聪明真好。

真情或假意，清醒过来后，都看得透彻。

那天晚上，陈刃到底没能跟迟意盖上被子纯聊天。

迟意的那点儿欲迎还拒，在他有些青涩的触碰下溃不成军，时间地点不合适，他没有做到最后，她脸上泛着潮红，眼波溶溶，在雪色与月光下太诱人了。

陈刃没忍住，红着眼又来了一次。

漫长的欲望像没有尽头，单人床在昏暗中咯吱咯吱地响，轻喘声交织在一起，暧昧的水声清晰，让人的脸红了又红。

迟意觉得自己溺毙在陈刃的温柔里。

03

早起的时候，迟意的腿有点儿软，大腿内侧火辣辣地疼，扶着墙勉强站好又去瞪陈刃。

陈刃把早饭的牛奶插上吸管，迎着她的目光，问："怎么了？"

迟意咬了咬吸管，小声说："我……我都说不要了。"

陈刃一愣，迟意脸皮薄，说完这句话脸就红了个透彻。她匆忙地低下头，专心致志地喝起牛奶来。

乳白色的牛奶闻起来很香。

陈刃想起了某些画面，喉结微动。他本来是想给迟意点儿承诺的，比如说下次不这样了，下次会收敛点儿，下次……

然而他现在满脑子都是，下次是什么时候？

太禽兽了。

陈刃出门透了透气。

宋教授的课题组只剩下了收尾工作，课题能顺利结束，大家都喜气洋洋的，约了等课题结束后，一起在遇冬喝酒。

归程不是很顺利。

陈刃和宋教授的行程费用是报销的，从县城到兰州要坐火车，整整一夜；而从兰州飞遇冬是经济舱。

迟意没吃过苦，她在大巴上跟陈刃商量："你还是学生，宋教授工资也不高，而且是我自己不能吃苦，也不想跟你分开行动，所以不如让我来出这笔钱吧。你知道的，我特别有钱，特别有钱。”

像是怕陈刃感受不到一样，迟意特意强调了这两个字。

陈刃忍着笑：“我也有钱。”

迟意不信，问：“你哪儿来的钱？”

陈刃的钱是林荀和陈平生给的，他脱离了他们的掌控，让他们不安，于是每个月都给他很多钱，陈刃放在卡里没动过。

这些年林林总总下来，也有个几百万上下了。

迟意问：“你怎么不花？”

陈刃兴趣索然：“不想花他们的钱。”

迟意说：“那不是他们的钱，是你的。”她掰着手指头给他算，“本来就是，成果是你的，奖金也应该是你的。你就是脸皮太薄了，不花买个理财也可以啊。”

陈刃问：“你很懂理财？”

迟意诚实地摇了摇头，说：“是公司的人打理的，据说我日常开销花的都是利息。”

“这样啊。”陈刃看起来很遗憾，“本来我想把这些钱交给你打理的。”

迟意更诚实了，说：“我肯定会给你败光的。”

陈刃看着她笑。

迟意有点儿不好意思，觉得陈刃太犯规了，长了张那么好看的脸还老对人笑，怪扰人的。但她就贪图他那点儿美貌，忍不住又去看。

半晌，她又想起一件事，问：“那你平时的生活费从哪儿来？”

陈刃说：“在少年班当老师、给初中生当私教、写论文，都有钱拿，也不少，够日常花销。”他想了想，又苦恼，“本来想辞了私教的，但交女朋友好像很费钱。”

迟意脸红道：“没……没有！我很节俭的！”

陈刃点点头，然后把票改了，舱升了。

迟意惊讶地道：“你你你！

陈刃沉声道：“你说得对，是我的钱，我可以花。”

陈刃把当年那项大奖的奖金划了出来，剩下的钱全部转给了林荀。他把这笔钱丢给言诉去炒股，言诉是天才脑子，眼光毒辣得很，几乎不到半年就给陈刃挣了套房子。

这是后话了。

总之，这次陈刃为了让自家女朋友舒服点儿，一掷千金，宋教授也跟着享了福。老头子本来还不乐意，斥责陈刃：“腐败！堕落！一点儿也没有艰苦朴素的精神！”

上了飞机后，宋教授往座位上一躺：“爽。”

您开心就好。

迟意回学校后，先去辅导员那里补了假，被辅导员骂了一顿后表诚心发誓再也不逃课了，辅导员才放过她。

临走前，辅导员说：“我也不是很信你。”

迟意笑得干巴巴的。

好巧，她也是。

她走得突然，落下了不少课程和作业，短暂地休息了一晚后，就开始和陈刃在图书馆约会。她真是来约会的，但陈刃是来学习的，被她一搅和，他无奈地道：“我还要拿奖学金的。”

“穷苦”家的孩子不能跟大小姐比。

迟意耍流氓道：“我可以包养你，但你知道的，我就是贪恋你的美色，等你老了不好看了，我就把你甩了，哼哼。”

陈刃翻着书，听到这话，他稍稍抬眼，说：“不行。”

迟意歪了歪头。

陈刃又垂下眼，说：“我老了一定也很好看。”

这样自信的陈刃。

迟意乐了，用书挡住半张脸，眼睛一眨也不眨地看着他，顺着他的话狂点头，说：“嗯嗯，你说得对，全世界你最好看。”

说着说着就唱了出来。

“这世上你最好看，眼神最让我心安，只有你与我有关，其他的我都不管。”唱着唱着消了音，给了陈刃一个安静的学习环境。

她是三分钟热度，心病解得差不多了，看书看不下去，就打开了论坛。

两分钟后，迟意就被歌词里的那句“其他的我都不管”打了脸。

论坛热帖——震惊！倒贴成事实，他究竟有什么魅力，竟让……

“无语了，连假都没请，直接去了西北可还行？陈刃是有多好啊，迟意好歹有钱还长得美，至于吗？”

“陈刃本来就很好，如果是我，我也愿意。”

“那女孩子也不能这么主动，主动了他就不珍惜了，搞得跟自己很廉价似的。”

“迟意身价过亿，谢谢，你才廉价，你全家都廉价。”

“你们怎么还在讨论？这见鬼的标题又是怎么回事，你以为不提大名管理员就不封号了吗？这几天管理员封了多少号了？”

“管理员是迟意什么人啊，封什么封？言论自由、八卦自由懂不懂？”

“我看你们都是柠檬精转世吧？没看到陈刃多喜欢迟意吗？你们倒是想倒贴，陈刃要吗？别做梦了。”

“没进论坛就闻到酸味了，不知道的还以为我们学校是老坛酸菜面呢。”

迟意再刷新，帖子已经被删了。

迟意愣了愣，打开跟阮北的对话框：“别删了，删不完的。”

阿北北北北：“能。”

迟意：“别浪费时间了，事实我们清楚就好。”

阿北北北北：“我计算机真的很好。”

迟意回了个问号。

阿北北北北：“可以搞垮论坛的服务器。”

迟意：“……”

十五分钟后，F大匿名论坛被封了。

实名区的人疯了。

“我先声明，我在匿名论坛没账号。听我朋友说，匿名论坛被封了？你们讨论了什么惊动上面了？”

“看不出来啊，一个个学霸看着跟正经人似的，在匿名区都暴露出来了！”

“知人知面不知心，啧啧。无语！”

“都是匿名区出来的，在这儿装什么高贵的路人。最近这几天在讨论什么自己心里没数吗？人家郎才女貌谈恋爱，你们指手画脚个什么劲？打算以后毕业了创业卖柠檬还是卖醋啊？”

“现在匿名区没了，我最后的净土没了，我收藏的帖子！我的美图！我恨你们！”

“搞垮匿名区的大神在吗？我替那群败类跟迟意和陈刃道歉，我祝他们永结同心，有情人终成眷属，百年好合，早生贵子！”

这可怜样儿，迟意怜爱了。

她弱弱地向阮北求情：“宝宝啊，可以了，妈妈心里舒坦了，放过这些孩子吧！乖，你爸也这么说。”

迟意：“咦，你怎么不理我？”

消息已发出，但被对方拒收了。

哦，她被阮北拉黑了。

迟意忧心忡忡，又不能打扰陈刃，趴在桌上百无聊赖地刷微博。刷着刷着，她忧心忡忡地……睡着了。

九月底的天温度适宜，夏天的余热还未过去，秋天的凉意已经到来，落叶铺在柏油马路上，泛着枯黄的诗意。

陈刃预习加复习，把落下的课全部补完的时候已经将近傍晚。迟意睡得小脸红扑扑的，完全没有醒的意思。

他盯了她的睡颜一会儿，才发现手机屏幕一直在亮。

赵尤尤："你怎么不理我？有了女朋友就不管室友的死活了？亏得我为你上上下下奔波，为谁辛苦为谁忙，我……"

句子太长，陈刃没浏览完，手机就黑了屏。

陈刃解了锁。

赵尤尤是在他们宿舍群里发的消息，陈刃往上翻到第一条，是张帖子的截图。

赵尤尤："话说这是个普通的下午，我赵尤尤如往常般宅在宿舍，有课就上，无课躺着，打了两局游戏跟双排的队友对骂，这个队友是指江镜寒。就在我准备午睡的时候，无意中，我点进了学校的匿名论坛。"

赵尤尤："那迎面而来的酸气，我还以为自己捅了醋坛子。"

陈刃皱了皱眉，赵尤尤的话太多，江镜寒看起来也不耐烦，提炼出重点："最近论坛都说迟意倒贴你，反正说得挺难听的。论坛现在被封了，应该没事了。"

没事了吗？

陈刃翻到那张论坛的截图，披了马甲的人话说得难听，怎么看怎么碍眼。他退出微信，打开很少登录的微博。

半分钟后，他若无其事地放下手机。

04

迟意睡了一下午，晕晕乎乎地被陈刃叫醒去食堂吃了饭。吃完饭慢悠悠地晃到宿舍，看着周围跟男朋友依依不舍的小情侣们，她心里感慨，跟陈刃谈恋爱这件事，终于有了实感。

迟意不想让陈刃走，脸微微发红，没话找话："番茄炒蛋……还挺好吃的呀。"

陈刃说：“好吃。”

他低下头，说：“我尝尝。”

迟意眨眨眼，后脑勺已经被人捧住，吻便落了下来。陈刃的吻像他本人，慢条斯理又温柔。像是真的在品尝什么，他吻得很细。

是个番茄味的吻。

陈刃揉了揉迟意的头发，额头抵着她的，语气中带了点儿懊恼：“怎么办，舍不得放你走了。”

他想她。

昨天晚上想，今天晚上也会想，想得他现在都不愿意让她走了。

迟意仰起头看他，像是在勾他一样，偏偏神情又天真可爱，说：“那我们再待会儿吧。”她平时脸皮不薄，一遇上陈刃就不行了，说句暧昧的话都要脸红，脑袋抵住他的胸膛，闷声说，“我也舍不得你。”

陈刃深深地吸了口气。

他冷静了一秒，又说：“你要准备考试，要早起背英语，晚上要早点儿睡……”

迟意说：“我下午睡了很久的。”

陈刃要是还能冷静就不是男人了。他拉住迟意的手就往外走。

于是，密切关注陈刃的学姐学妹们终于眼睁睁地看着她们的男神去开房了，还是五星级套房。

此处省略一万字。

迟意是早上七点回来的，她蹑手蹑脚地爬上床，想营造出一种她只是回来晚了，不是彻夜不归的假象。谁料她刚一坐下，隔壁的阮北就坐了起来。

迟意条件反射地道：“早。”

阮北幽幽地说：“真早啊。”

迟意狡辩道：“你把我从黑名单里拖出来没有？我昨晚想跟你说的，但想起你的狠心，就没说。”

阮北不说话。

迟意笑嘻嘻地说："哑巴了？"

阮北突然道："那是什么？"她伸手扯了扯迟意的领子，迟意本来还不明所以，却在阮北的注视下刹那间明白了那是什么。

她赶紧合拢衣领，说："小孩子不要乱看！"

阮北"啊啊"地叫了两声，说："你才是小孩子，你全家都是小孩子！陈刃那个流氓，我跟他拼了！"

阮北说着，就要下床找刀。

迟意戏上来了，泪眼汪汪地捂着胸口说："都……都是我自愿的。"

阮北翻了一个白眼。

她也没有真要找刀去砍了陈刃，只是心里有点儿不舒服，不舒服后又有种自家的猪终于会拱白菜了的感慨。

十六岁的小姑娘人生阅历又丰富了。

迟意的戏演完了，伸手捏了捏小姑娘软乎乎的脸，问："你不会一夜没睡吧？"

阮北面无表情地拍掉她的手，说："是。"

迟意问："等我啊，这多不好意思……"

阮北冷漠地回答："打游戏。"她躺下来，打了个哈欠，说，"跟那个笨蛋搭档，他打游戏不错，我俩现在双排是亚服第一，厉害吧？"

迟意说："……厉害。"

阮北通宵打游戏，跟人贴脸硬杠，杠了一晚上也累了，趴在枕头上准备睡觉，闭了会儿眼睛，又睁开了。

迟意正在给关机的手机充电，偏过头问："怎么了？"

阮北的声音闷闷的，说："他挺喜欢你的。"

迟意一愣。

阮北又道："你不要觉得我小就什么都不懂。我那么聪明，看得真真的。作为娘家人，我怕你被骗，把他祖宗十八代都调查清楚了，清白得很，你要是敢对他不好，我都不会放过你。”

迟意说：“你再说一遍你是哪家人？”

阮北“睡着”了。

迟意低哼，手机终于开了机，数百条消息涌了过来。

“羡慕，你到底是怎么追到陈刃的？”

“你这个骗子！你高中的时候说对陈刃不感兴趣都是骗人的！你当时怕破坏我们的友情是吗？现在又算什么？你都跟陈刃谈恋爱了！你把我们的友情当什么？！”

“陈刃是不是贪图你家的钱啊？迟意，你要小心，我不是嫉妒你。”

“说好的等我毕业就娶你，你怎么可以趁我在国外就私自谈恋爱了？你对得起我吗？你这个负心汉！”

迟意默默地想，她通讯录里居然有这么多人吗？为什么平时发个朋友圈连点赞的都没有？他们怎么突然知道她谈恋爱了？

迟意带着满头的问号，终于找到了一个正常的。

赵尤尤：“看微博。”

迟意心里打了个突，难道是她不学无术被陈刃的迷妹们抨击了？难道是她暗恋陈刃多年的事情被发现了？还是她前两年老挂科的事被人挂出来了？

迟意忐忑地打开微博，发现评论转发已经到了令人发指的数字。

她点开转发。

那条被转了上千条的微博，是陈刃昨天下午发的。

陈刃：我的星星落在了人间 @ 迟意同学

05

天气转凉，秋与冬的交替不明显，凉爽转至寒意几乎就是一周的事。迟意把秋装挂出来，还没都穿一遍，就被迫收了起来。

她出门前又不甘心，嘀咕道：“这件毛呢裙是去年的款式，去年就穿了一次，今年不穿明年再穿就是复古了。”嘀咕着嘀咕着，她换下了厚衣服，自欺欺人地说，“不冷。”

阮北在做作业，目不斜视地拆她的台，说：“因为我们开空调了。”

迟意假装没听见。

她要风度不要温度，更何况是去见男朋友。阮北是个单身狗，她不懂，很正常。

两分钟后，迟意在北风中凌乱。

回去换衣服肯定会被阮北嘲笑，迟意还要点儿脸，硬撑着去食堂找陈刃了。系里让陈刃带下新生，又要写论文，他忙得没时间约会，他们也就吃饭的时候能碰上一面。

对于热恋中的人来说，简直是有点儿太难熬了。

所以当迟意到食堂发现言诉也在后，怎么看言诉怎么不顺眼。

她坐下来，笑眯眯地说：“学长好。”

言诉对陈刃说：“你看看你女朋友多有礼貌，你叫过我学长吗？辈分不能差，叫声‘学长’听听。”

陈刃横了言诉一眼。

言诉的气焰低下来，嘴上却不肯饶过陈刃：“辈分啊辈分……”

陈刃把筷子递给迟意。他眯起眼睛看言诉，冷漠的目光像碎冰。言诉心里打了个突，尿了，正想给陈刃一个台阶下，便见陈刃的唇动了动。

“学长。”

辈分是不能差。

言诉是来找陈刃说理财的事情的。他早饭吃得晚，现在还不饿，喝了口水就开始跟陈刃絮叨：“你就那点儿钱，也好意思让我给你理？不过你还别说，我跟我学金融的朋友聊了两句，就找到了一个还不错的股。”

“赚翻了！”

“这比那些该死的数学题好玩多了，上个屁的数学系，早知道我就该报金融系。”

“你说的啊，那些钱赔、赚都算你的，让我随便玩，现在我已经给你赚了个二环房子的首付了，你得让我继续玩下去。”

迟意边吃边想，知识真的很赚钱。

陈刃点头说：“我不急着用钱，你玩吧，别把我的婚房赔进去就行。”

言诉愣了一下，不甘心地问：“你是在秀恩爱吧？是吧？”

陈刃说：“是。”

所有人都沉默了。

迟意怕陈刃丢了个免费劳动力，找话题问：“你投的哪家啊？”

言诉说了个名字。

迟意沉默了会儿，说：“是我家的。”

言诉一听就来劲了，着重夸奖了她家这位经理人的眼光毒辣，吹了一系列的彩虹屁。迟意一窍不通，听得一头雾水，迫不得已打断了他，问：“你是想让他帮什么忙吗？”

言诉说：“不是。”

迟意说：“那是……”

“我找到了一个好玩的东西啊！”言诉的眼睛在发光，转眼又哀哀怨怨的，“你知道吗，我房间壁纸上有三千一百八十朵玫瑰花，每一朵我都抚摸过，不然，我怎么熬过单身天才的漫漫长夜呢？”

好耳熟的台词。

等等！那在游戏里驰骋，解题解得头秃，还挖空了心思挖好朋友墙脚的人是谁？

陈刃放下筷子，擦了擦嘴巴，问：“你的壁纸是玫瑰花？”

看不出来，言大少爷还挺有少女心。

言诉觉得自己受了侮辱，发誓要把陈刃的老婆本赔光再来见他，然后转身就走。

陈刃支着下巴看迟意吃饭，说：“那我可能这辈子都见不到他了。”

迟意咯咯笑，说：“你别欺负他了。”

陈刃“嗯”了一声。

迟意又说：“你肯把钱都交给他打理，肯定很信任他，明明是好朋友，还搞得跟死对头似的。”

陈刃甩锅说：“我当他是好朋友的。”

迟意偏心偏到了姥姥家，闻言点头道：“是言诉太傲娇了。”

陈刃喜欢她的偏心眼。

如迟意所言，陈刃很信任言诉。虽然言诉总看他不顺眼，却很护着他，典型的那种“我可以欺负你，但是别人不行”的心态。但陈刃并不想把自己的事告诉言诉，言诉虽然聪明，但被保护得太好，不懂人情世故，也一直没看出来陈刃家里的问题，直到暑假才知道冰山一角。

陈刃从长风山回来后，两人长谈了一次，就坐在图书馆的天台上看星星。言诉带了两罐啤酒，摇晃后，白色的泡沫溢出来，又缓缓回落。

言诉叹了口气，说：“是我辜负了你。”

陈刃在想，如果把言诉从这里推下去的话，得判多少年？

他忍了。

言诉继续叹气，一声叹得比一声长，说：“你要是早点儿喊我哥，我也早罩着你，那小学的时候我就可以带你逃跑了啊。”

陈刃面无表情地喝了口啤酒。

言诉抵了抵他的肩膀，等他看过来后，又泄气道：“唉，都怪我，当人家朋友当得不合格，就顾着自己爽，还把你当对手。你说吧，我要补偿你，你要什么都可以。”

陈刃说：“真的？”

言诉说：“嗯！只要你要，只要我有！”

陈刃说：“我有一笔钱……”

言诉心想：嗯？他应该说要一笔钱吧？有一笔钱是什么意思？

陈刃说：“你帮我打理一下，买理财、炒股都可以，你看着办，赔了赚了都算我的。”

言诉忍无可忍地问："你居然让我这聪明脑瓜给你理财？"

陈刃认真地重复言诉之前的话："只要我要，只要你有。"

言诉有点儿想从这儿一跃而下，但是话已经放出去了，陈刃也信任他。

言诉接了陈刃的卡，有种被包养的错觉后，陈刃提醒他："老婆本，要买房子的。"

不但要打白工，还要被秀恩爱，言诉更想一了百了。

迟意本来还觉得冷，吃完饭身上又热烘烘的了，觉得自己可以和北风大战三百回合。

陈刃等她吃完后，说："今天冷。"

迟意心虚地说："还好啦。"

陈刃把外套递给她，迟意眨眨眼。陈刃神色不变，说："我很怕冷，就当是心疼我，下次不准再穿这么少。"

迟意不想接他的外套，说："我不怕……"

陈刃说："很好看。"

迟意一愣，却见陈刃笑了笑，他站起身，把外套披在了她的身上。他俯身，热气钻进她微凉的耳朵里，他说："穿给我看就行了。"

穿给他看……

陈刃的外套在她身上，他身上的味道侵略着她，让她单薄衣裳下的肌肤渐渐回温。

迟意脸红了。

陈刃下午还有事，把迟意送到宿舍楼的大厅里，才把外套接了过来，走之前他又顿住脚步，说："你周末有空吗？"

迟意老老实实地答："约会的话，就有。"

如果是聚众学习的话，那她可能就突然有事要忙了。

陈刃知道她在想什么，说："不是约会。"

迟意立刻说："那我没空。"

陈刃忍着笑，说：“宋教授让我周末去他家里吃饭，你跟我一起去吗？”

迟意说：“啊？”

不太好吧？如果在外面吃还好，到家里去吃就有点儿私密了，她本能地想拒绝。陈刃轻声说：“老师和师母人都很好，师母想见见你。”

陈刃受宋章明器重，师母也很喜欢他，他们的独生子在国外定居，几乎是把陈刃当儿子疼的。陈刃带她去宋教授家，等于见家长了。

迟意更紧张了，但长辈都邀请了，她拒绝显得矫情，答应下来后又忐忑不安。等回到宿舍，她魂不守舍地坐在床上发呆。

阮北见她这样，以为她被冻傻了，说：“我说什么来着？让你穿多点儿你不穿，本来智商就不高，现在一冻被冻得彻底没有了吧？融化了就成一团糨糊了！”

阮北最近经常盯着论坛，越来越会骂人了。

迟意不理她。

阮北用脚蹬住桌子，借力往后一撤，转眼间便顺利地漂移到了迟意面前。她伸出手在迟意面前晃了晃，问：“你好，在吗？”

迟意的眼珠子动了动。

阮北眯起眼，问：“陈刃欺负你了？”

迟意问：“如果是呢？”

阮北沉吟道：“那要看怎么欺负的了。我帮理不帮亲，如果你……”

“什么乱七八糟的。”迟意仰躺在床上，盯着天花板上的风扇，白色的线在瞳孔里晃来晃去，她喃喃，“他没欺负我，是要带我去见家长。”

阮北立刻不感兴趣了。

没人打架，就知道秀恩爱，没趣！

她又转着椅子滑到电脑跟前了，耳机里男人的声音温暾道：“阿北你人呢？我一个人根本打不下来，我被爆头了，我死了。”

阮北大怒：“废物！”随后键盘噼里啪啦地响，伴随着枪声。

迟意默不作声地看着她的背影，第一次觉得自己需要个成熟的室友。

等阮北解决了所有人，迟意的手机响了。

阿北北北北：“链接‘第一次见男方家长，五个细节决定能不能嫁给这个男人！’”

阿北北北北：“链接‘第一次见家长注意事项全攻略。’”

阿北北北北：“链接‘男人值不值得嫁，第一次见家长就有了答案。’”

阿北北北北：“不用谢。”

迟意觉得自己如果是个标点符号，那肯定是个长得不能再长的省略号，点点串起来有整个宇宙那么大，才能表现出她的无语。

虽然这次见的不是林荀和陈平生，但是为了不辜负阮北的好心，迟意还是点开了一篇。

字好多，好晕。

不想见了。

迟意想了想，还是想找一下高中时的好朋友做个参考，她随手把阮北分享的文章转发过去，并说：“是的，我要见家长了。姐妹一生一起走，给点儿参考意见。”

好友没回她，迟意也没在意，把阮北发的三篇文章看完了，看到最后还有点儿意犹未尽，退出来才发现陈刃给她发消息了。

肯定是想她了。

迟意心中窃喜，甜意在胸腔里充斥，点开对话框。

陈刃首先回了个句号。

陈刃：“我不太会做饭，但可以刷碗。”

陈刃：“不知道师母会不会给你红包，我给应该也可以？”

陈刃：“你是不是发错人了？”

迟意眼前一黑，恨不得把陈刃拉黑缓解尴尬。她把脸埋在枕头里，缓了好大会儿，才鼓起勇气回陈刃。

对话框又跳上来一段话。

陈刃：“别紧张。师母人很好，她就是……知道我谈恋爱了，想见见你。”

陈刃的师母曾经是语文老师，后来因为看不惯一些制度，辞职后开了家补习班。她善经营，人又温柔，补习班渐渐扩大，也招了老师，她就清闲了下来。

宋教授从长风山回来后，跟她说了陈刃家里的事，她是又心疼又生气，心疼陈刃的经历，生气他偏偏要自己扛，但凡他说一声，寒暑假都可以来他们家里住。

宋夫人想到这里就想抹眼泪，叹气道：“这孩子真是！”

宋章明也气，边气边劝她：“你也别提了，他不想别人多提。”

“我知道。我真想问问他父母怎么能这么狠心！”宋夫人切着菜，绾起的发髻一丝不苟，她眼里含着泪，说，“咱家大宝像他这么大的时候，也有一年过年因为大雪没回家，打电话跟我撒娇，我都心疼得不得了……这孩子这些年是怎么过来的啊……”

宋章明走过去，揽住她的肩膀，说：“好了，到时候人来了你可别这样。”

宋夫人点点头，问：“对了，红包准备好了吗？”

宋章明一听就笑了，说：“准备好了。不过需要这么正式吗？”

宋夫人说：“我不管，别人家有的我们都要有，大宝隔壁的房间我已经收拾出来了，以后陈刃不住学校就住这儿。”

宋章明当然举双手赞成。

宋夫人边切菜边念叨：“也不知道这姑娘怎么样？大宝第一次带回来的那姑娘，我到现在还有阴影呢，如果太矫情我就……”

远在宿舍研究见家长攻略的迟意打了个喷嚏。

06

虽然说是吃顿便饭，但是没人敢随便。迟意特意起了个大早，在盒子里找出落了灰的高级会所的美容卡，把自己捯饬了一番后，陈刃也有点儿紧张了。

他打着方向盘，宋教授的家已经遥遥在望。

宋教授没赶上分员工宿舍，拿了补贴和积蓄在离F大不远的小区买了套三室一厅的房子。陈刃来的次数不少，对路很熟悉。

他的长指用力攥着方向盘，抿了抿唇，说："师母跟我说，他们买房子的时候，是打算再生一个的，就在我出生的那年，结果孩子意外没了，所以……"

所以就对他一见如故，当小宝在疼了。

小宝……

刚开始的时候，陈刃是有一点儿排斥这个称呼的。宋教授还好，毕竟是他的老师，跟他见面讨论的都是学习上的内容。但师母就不是了，次次见到他都嘘寒问暖，"小宝""小宝"地喊，就连她家大宝有次还给陈刃打了电话，言辞恳切，让他有事一定要找大哥。

陈刃没在正常的家庭待过，对这些关心总觉得手足无措，又格外珍惜，珍惜到已经做足了随时会失去的准备。

陈刃把车子缓缓地停在单元楼下，手还在颤抖。

迟意把手覆上去，她的手小，包不住他的，只能小心翼翼地扣住五指。她心疼得要死，却不想表露出来，故作轻松地道："是我见家长，你紧张什么呀？"

陈刃的目光落在她身上，薄唇微动。

迟意心中一颤。

陈刃是紧张，因为他也在准备见家长。

他终于慢慢地从那个由美梦变成噩梦的梦境中走出来了。

他珍惜宋家人，却怕失去，不敢付出全部。

从这一刻起，从他带女朋友去见他们起，他也在慢慢地接纳。

陈刃对她笑了笑，没说话。

山不来就我，我便去就山。

迟意凑近他，说："我好紧张啊，你不给我一个鼓励的抱抱吗？"

陈刃盯着她的唇。

他眼中的欲望太露骨，迟意突然觉得口干舌燥，她舔了舔唇，目光却没有闪避。终于，超乎她的所愿，陈刃侧过脸，吻住了她的唇，湿热的水声在不大的空间里回响。

陈刃不愧是天才，接吻这件事学了两三次就学到了精髓，舌尖探过去，跟她的纠缠在一起，吻接得自然而然。

女孩的身子便更软了，眼角飞上潮红，轻喘声清晰。

陈刃单手捧着她的脸，又缓慢地将手掌放在她的后脑勺上，鼻尖蹭着她的鼻尖，嗓音轻哑："鼓励你，加油。"

迟意仓促地坐直身子，答道："……嗯。"

陈刃的吻像是有魔力，把他的智商也传了点儿过来，让迟意这个不怎么擅长跟上一辈打交道的人竟然跟宋夫人相处融洽。

宋教授跟她开玩笑，说："收了我们家的红包就是我们家的人了。"

迟意吓得差点儿掉到板凳下面去。

这真的不怪她。她蹭陈刃的课的时候上过宋教授的课，宋教授不拘小节，她还在心里暗暗吐槽过。现在好了，她要嫁到学霸窝里去了，再生个小学霸……

迟意一不留神想远了。

宋夫人做了一桌子菜，等吃完饭后，又端上了应季的水果。陈刃却站起来，卷了卷袖子，要去洗碗了。

宋夫人说："让你老师去刷就可以了，老宋——"

宋教授立刻站起来，说："我来！"

陈刃沉默了一秒，还是坚持道："我来就可以了。"见宋教授还要抢他的活儿，他飞快地把盘子和碗收起来，搬着就往厨房走。

迟意发的那篇文章的第四点：如果说男人一点儿都不参与家里面的家务

的话，那么说明婚后也是个大少爷。

他不是大少爷，他可以。

陈刃自信满满地把碗放进水池，打开水龙头。

三十秒后，正在客厅边吃橘子边跟宋夫人、宋教授唠家常的迟意忽然听到一声轻响，然后很快，响声越来越密集，噼里啪啦，像……打碎了碗。

三人对视一眼，奔向厨房。

陈刃面无表情地看着水池里的狼藉，又面无表情地转过身，镇定地说："家里该换一套新的餐具了。"

你长得好看，你说什么都是对的。

于是，因为这场小小的事故，他们又一起逛了超市，宋夫人正好碰到了熟人，熟人看到这一家四口其乐融融的场面，很惊讶地问："你儿子不是在国外吗？这是……"

宋夫人笑得合不拢嘴，说："这是我家小儿子，帅吧？哈哈哈，是F大的高才生呢，长得又帅又聪明。嗯嗯，个子有一米八三。当然有女朋友了！看，那边挑碗的漂亮小姑娘，就是我们未来儿媳……"

陈刃默默地跟人打了招呼，就去找迟意了。

迟意头也不抬地挑碗，眼花缭乱，不知道挑哪个好，余光瞥见陈刃，她把两款拿起来，问他："你说是选这个北欧简约风的还是中式骨瓷？要不要再买个洗碗机啊？这碗还挺贵的，再打碎了就……"

陈刃有点儿头疼，随便指了一套，说："这个。"

迟意便喜滋滋地拿着去付款了，付款的路上遇到顺眼的东西就往购物车里放，等到了收银处，车里已经满满当当的了。

陈刃跟在迟意后面，幽幽地问："这个字帖，给谁用？"

迟意见左右没人，小声叨叨："我上次看宋教授给你写的评语啥的，简直一个字都看不懂啊，督促他练练字，活到老学到老嘛。"

陈刃问："我写的你看得懂吗？"

迟意摇了摇头。

她摇头摇得太理直气壮，一双大眼睛里都是天真。

他沉默了会儿，还是开了口："你知道为什么吗？"

迟意问："为什么？"

陈刃说："那是你的知识盲区。"

迟意说："哦。"

她懂了，陈刃这是拐着弯说她文盲！她一生气，又折回去拿了本字帖，本来想丢到陈刃脸上，但想了想这么帅的脸万一被砸坏了怎么办，只好很没底气地塞到他的手里。

在陈刃疑惑的目光下，她软巴巴地威胁他说："你也一起练！"

陈刃忍着笑，接下了字帖。

那边宋教授和宋夫人也跟人聊完了，喜气洋洋地走过来。

迟意在他们过来之前付完了钱。

出了超市后，宋夫人看着陈刃，欲言又止，眼眶似乎有点儿红。

陈刃说："师母……"

宋夫人偏过脸擦了擦眼泪，轻叹道："这孩子那么好，要真是我们家的就好了。"

陈刃张了张口，霎时间觉得喉咙口生疼。他忍住哽咽，语气变得艰涩，说："本来就是。"他像是有些难为情，踟蹰间，盯着自己的鞋尖，低声说，"……不是小宝吗？"

宋夫人愣了会儿，眼泪往下流着也顾不上擦了，连声道："是，是小宝。我们的小宝最乖了。"

迟意匆忙低下头，还是没忍住哭了出来。

她的陈刃，她放在心尖上喜欢了许多年、遥不可及的人啊，有那么点儿温暖就足够冰雪消融，枯木逢春。

他从来都很乖，他值得所有的溺爱。

07

临走前，宋教授把陈刃拉过去说了会儿话。迟意离得不远不近，只听了个零碎，好像是宋教授想让陈刃做件事，但陈刃不愿意，宋教授再三让他考虑，陈刃勉强同意考虑一下。

听人说话没听完全，迟意好奇得直挠心肝。

陈刃刚开始专心开车，没想那么多，直到迟意再三望向他，要说不说的时候，他才察觉到不对。

嗯？她是不是有什么要问的？

明天是周日，迟意要去家里取冬天的衣服，所以要回趟家。他们走的这条路通往市中心，堵车堵得厉害，走两百米要等十分钟，陈刃用余光瞥见女孩不住看过来的目光，心里暗爽，面上故作随意地问："怎么了？"

迟意巴巴地等他开口，终于等到了，压在心里要问的话冲到喉咙口，又莫名地不好意思起来，说："刚刚宋教授找你什么事啊，是不是……"

——是不是让你娶我，你要考虑？

考虑什么啊？！

迟意转念一想，考虑还是要考虑的，他们俩现在还没毕业，她也没带他见过家长，就这样谈婚论嫁的影响多不好。

前面的车纹丝不动，后面的车摁着喇叭，吵得耳朵疼。

陈刃偏过头，说："什么？"

迟意不说话了。

陈刃后知后觉地"哦"了一声，说："我们在长风山的课题要结题了，他想让我总结后做结题报告。"

迟意愣了愣，问："你拒绝了？"

陈刃说："嗯。"

宋教授所在的课题组研究的是国家课题，耗时耗力，课题组的成员都是顶尖学者。结题报告这样重要的任务，交给他这个实习生，他心里没底。

于是他拒绝了。

宋教授也没为难他，只是让他再考虑一下："这不是我一个人做的决定，是整个课题组做的，写结题报告要把这几年的资料都看一遍，我们都没精力，好不容易有个实习生，谁不想剥削？"

陈刃迟疑地问："是……吗？"

宋教授瞪他一眼，说："当然不是！当然是因为你聪明，记性好，既细心又耐心，不然我们这群吹毛求疵的老家伙能放心？"

车流终于动了，陈刃驱车慢吞吞地跟在前面那辆车后面，下了高架桥后，路彻底通了。

迟意秉承着不能让司机一心二用的原则，没再问下去。陈刃开的还是言诉那辆车，保安认得车牌，但还是出来询问。

保安笑着问："要留宿吗？"

陈刃还没说话，迟意就开了口："不留。"

保安点点头，抬手放行了。虽然陈刃在认真开车，但迟意还是感觉他的余光哀哀怨怨地盯着她，等到车终于停稳了，陈刃才开口："……最近我在宿舍睡得不好。"

迟意茫然："啊？"

陈刃面色不改，说："赵尤尤打呼噜。"

迟意顿时同情地问："不会吧？"

陈刃点头，说："嗯。"

迟意本来想的是得让陈刃去写结题报告，她不能打扰他，所以不能留宿，但是又听陈刃的睡眠环境那么差，不由得动摇了。

陈刃知道她在想什么，犹豫了一下，便毫无心理负担地把江镜寒卖了，说："江镜寒还磨牙，很吵。"

远在宿舍打双排的赵尤尤和江镜寒骂骂咧咧地打了个喷嚏。

迟意权衡了一会儿，说："那你还是留下吧。"

陈刃微不可见地扬了扬嘴角。

临近傍晚，路灯渐次亮起来，灯光柔和地混着还未消失的晚霞铺在地上，散下的光细碎而温柔。

迟意踩着光，忽然说：“陈刃。”

陈刃淡淡地“嗯”了一声，牵着她的手，手指顺着她的指缝插进去，非得十指相扣才罢休。迟意站在光里，耀眼夺目。

她仰着头看他，说：“你超厉害。”

陈刃的小动作顿了顿。女孩的脖颈细长白皙，一颗小小的痣显得很性感，他忍不住伸手碰了碰，那处敏感，迅速红了起来。

他盯着泛红的那片，心猿意马地道：“嗯。”

迟意不知道他那颗聪明的大脑里现在都是黄色颜料，继续道：“宋教授说得特别对，你既细心又耐心……”

陈刃想，在床上确实是。

“你不要总想着那些负面评价，你是我的，别人没资格对你指手画脚。”迟意越说底气越足，垂眸看陈刃在她脖子上作乱的手，还一派天真，“你干吗呀，陈刃？”

陈刃的手顺着她的脖颈上移。

下巴，耳侧，耳垂。

他喉咙微动，哑声说：“我知道了。”

他捏着她的耳垂，让它在掌心下变得滚烫。

迟意总算察觉到了不对，不自在地躲开，说：“在……在外面呢。”

陈刃手掌用力，没让她躲过。

他俯下身，咬了咬她的唇，低声说：“你继续说。”

这……这还怎么继续说？！

迟意不愧是学心理学的，默念了两遍静心后，还是坚持把话说完了：“你得答应宋教授做这次的结题报告，你别怕，谁敢说你不好，我带阿北拆了他家！”

陈刃轻笑道：“她愿意？”

迟意心想管她愿不愿意，不愿意也得愿意。

陈刃若有所思地点了点头，他离她太近了，说话时两片薄唇能碰到她的，若有似无，酥酥软软地勾着人。

迟意要说的话说完了，干脆搂住他的脖子，陈刃却往后退了退。

几个意思？撩了她半天就这样对她？

陈刃捏了捏她的耳垂说："等下。"他安慰地吻了吻她的唇，问，"你刚刚在车上，以为宋教授找我什么事？"

呃，他怎么还记得这事？

陈刃微微眯起眼："说。"

迟意只好把自己的猜测说了出来，然后为自己辩驳："我这样的猜测也是合理的，毕竟我今天才收了红包，哪知道宋教授一心为课题，我还以为——嗯……"

晚霞沉进黑夜，路灯灯光更甚，似要闪花人的眼。

吻来得热烈，在轻哼间变得绵长，感官却比之前要敏感。

她感受到陈刃的指腹缓慢地滑过她的皮肤，留下战栗后，他吻着她的耳尖，低声说："宋教授如果说的是这件事，那我就不会拒绝了。"

他迫不及待。

第七章

你 是 我 的 关 键 词

01

答应宋教授后，陈刃便把这几年来的资料汇总到了自己这里。赵尤尤和江镜寒瞠目结舌地道：“这是二十一世纪吧？电脑它不好用吗？文档它不香吗？”

迟意哼哧哼哧地搬资料上来，一言难尽地看着赵尤尤和江镜寒。

都长得一表人才，没想到……一个磨牙，一个打呼噜。

唉，一点儿公德心也没有。

江镜寒和赵尤尤被她看得一脸莫名其妙，以为是在嫌弃他们不干活，麻溜地卷着袖子去楼下搬东西了。

陈刃递给迟意一杯水。

迟意喝了一口，说：“要不是太麻烦，我肯定让你住我家了。在这里，辛苦你了。”

陈刃默默地在心里对两位室友说了句“对不起”，然后自然地接道：“他们也不想的，毕竟控制不住。”

迟意一想也对。

于是江镜寒和赵尤尤回来后，迟意看向他们的目光又多了几分慈爱。

赵尤尤暗地里扯了扯江镜寒的袖子，问：“我怎么感觉怪怪的？”

江镜寒沉吟道：“是不是觉得我们俩碍眼？”

赵尤尤一听这话，差点儿跳起来，碍于迟意还没走，他压低声音对江镜寒吼：“这是我们的宿舍！我们怎么会碍眼？再说了，我们走了……咦，我都不敢想象下面的情节了。”

他俩正咬着耳朵，就见迟意走了过来。赵尤尤生怕迟意赶他出去，立刻摆出了一副宿舍主人的姿态，誓死捍卫主权，说：“剩下的，我和江镜寒搬就可以了。”

迟意说：“啊？”

江镜寒接过话：“你一个女孩子，在男生宿舍待久了不好，让陈刃送你回去吧。”

迟意说："啊？"她歪了歪头，说，"你们两个……"

江镜寒和赵尤尤站直身子。

迟意被他俩一打岔，差点儿忘了自己想说什么，脑子转了一下才想起来。她从口袋里掏出一张卡，说："这是希尔顿酒店的套房房卡，陈刃在这儿学习怪扰人的，会打扰到你们玩游戏。"

这话婉转得，别以为他们就听不出来你有希尔顿酒店的套房房卡！

赵尤尤屈辱了一把，想奋起维护自己宿舍主人的权利。

迟意又道："条件还行，酒店内的东西都可以随便刷，顶层有户外游泳池，还有健身中心，想去哪里都有车接车送。"顿了顿，她说，"上学也可以。"

赵尤尤从善如流地接过卡，说："谢谢。"

江镜寒无语地看了他一眼。

没底线！

迟意说："电脑是顶级配置。"

江镜寒鄙夷赵尤尤的眼神还没收回去，便立刻换成了正色，转而夸赞陈刃："你看你女朋友想得多周到。"

他的室友真的很好糊弄。陈刃在心里笑着道。

等两人喜气洋洋地搬着行李被人接走后，迟意一拍手，语气轻快地道："古人说得真对，能用钱解决的事都不算事。"

陈刃失笑。

女朋友人傻钱多，不知道是福是祸。

他想了想，还是替两个室友澄清了一下，又说："不过宿舍确实是休息的地方，我在这儿学习会打扰到他们，他们这期间花的钱由我来付。"

陈刃边说边看了下卡里的余额，皱着眉想，要不要让言诉先给他点儿钱，然而他刚点开对话框……

迟意财大气粗地说："没事，房间是我们集团长期订的，有没有人住钱都照扣，我一年也去不了一次，让他们替我住好了。"

陈刃默默地把对话框关上了。

他觉得自己有点儿像小白脸。

迟意越过一地的资料走到陈刃面前，蹲下来，仰着头看他，笑眯眯地说：“就当我包养你了，这样你就跑不掉了。”

陈刃抬手，指腹慢条斯理地触碰她的唇，说：“以色侍人，这样不好。”

迟意问：“那你帮我补习？”

陈刃沉默了一会儿，说：“那还是以色侍人吧。”

江镜寒和和赵尤尤就这么搬去了希尔顿酒店。周画川听说了，大喜过望，以为迟意终于信任他，带着男朋友来开房。结果秘书跟他说是两个男人，他细细地品味了一下这句话，一言难尽地把秘书打发走了。

课题开得那么大，陈刃每天都忙着写结题报告，就算是约会，也只能在宿舍，在忙碌的间隙接一个漫长湿热的吻。

迟意则在上课的同时，跑福利院也勤了些。

就是——

迟意坐在江镜寒的位子上，经过江镜寒的同意后，打开了他的电脑登录了游戏跟阮北双排。终于，阮北再也受不了……

迟意说：“……我有那么烂吗？”

阮北在那头咆哮：“你今晚不要回来住了！”

迟意悻悻地摘掉耳机，对陈刃说：“现在的小姑娘真的是越来越暴躁了。”她转过身，又想起福利院的事，说，“现在福利院的小孩也越来越难管了！”

陈刃放下键盘，侧过脸。

迟意接收到他鼓励的眼神，越发义愤填膺，说：“他们一直问你为什么不去。”

光是问这些就算了，那群熊孩子还问是不是不爱说话的漂亮哥哥跟她分手了。当然也有不信的，两拨人吵成一团。

“肯定分手了！因为迟老师太笨了！”

“胡说！肯定是因为迟老师发现不爱说话的漂亮哥哥其实是哑巴！”

“不可能！不爱说话的漂亮哥哥肯定是因为觉得你们烦，只跟迟老师在其他地方约会！”

“我……”

她苦恼，向陈刃提议：“你要不要跟我去一趟洗白一下？”

说完，她就眼巴巴地看着陈刃。其实她这个提议是有私心的，自从陈刃接了这个任务后，简直是被赵尤尤附身了，不到万不得已绝不出门。

万不得已的情况大概是——上马哲课。

陈刃已经转过身去了，毫不意外地拒绝了她：“这周要把初稿给课题组组长，不能出去。”

迟意本来也没指望陈刃同意，她盯着电脑屏幕里架着枪大杀四方的阮北，盯得入了神，没发现陈刃走到她面前。

陈刃的手掌挡住了她的视线。

迟意眨眨眼。

陈刃说：“陪我出去走走。”

迟意说：“好！”

不管是去哪儿，哪怕是在宿舍走廊上透透气也行，总之陈刃肯出去晃晃，迟意就放心了大半，总算他没跟赵尤尤一样成个宅男。

我没有说宅男不好的意思。迟意在心里默默地补充。

初冬凛冽的风把叶子染得枯黄，脱离枝丫，轻飘飘地飘下来，被人踩在脚下，发出清脆的声音。

初雪迟迟没下，温度却越来越低。

天色还没晚，操场上的风也温和了几分，有班级正在上体育课跑八百米，球鞋摩擦跑道的声音清晰可闻。迟意呼吸着新鲜空气，跟陈刃慢悠悠地轧操场。

陈刃话不多，默默地走着路。

迟意哀怨道：“带出来你的人，却没带出来你的心。”

陈刃睫毛微颤，看向她，目光沉静。

迟意被他这么一看，就有点儿紧张了，躲闪着他的目光，将视线往上抬，太阳的光线微弱，温温和和的，不刺眼。她正要感慨太阳转下话题，下巴却被人捏住了，强硬地转了过来。

陈刃的指尖冰凉，渐渐染上她脸颊的温度，他侧过脸，轻轻吻了她一下，说：“出来了。”

——心跟她一起出来了。

迟意问：“那你在想什么？”

陈刃放开她，攥着她的手却紧了紧。他想了想，说：“汇报那天，你要不要去？”

迟意说：“我当然要去。”

陈刃说：“万一……”

迟意说：“没有万一，只有我对你的一万个信心。”

这句话似乎取悦了他，陈刃眼底起了笑意。

迟意突然纳闷地问：“对了，为什么你的马哲课一直过不了啊？”

这简直都成F大未解之谜了。

为什么物理系天才陈刃的马哲课一直过不了？是马哲太难，还是老师故意刁难？究竟是天才浪得虚名，还是道德的沦丧？让我们走进本期《走进学霸内心》，探索……

呸！

迟意晃了晃脑袋，把论坛里乱七八糟的帖子甩个干净，等着陈刃真正带她探索天才的秘密。

陈刃缓缓张口：“因为……”

因为什么呢？

迟意莫名地紧张。

“……因为可以开阔思路。”

“……啊？”

原来天才也会这样吗？要听着马哲课才能开阔思路？马哲老师一直以为你喜欢他，这事儿你知道吗？如果他知道自己是个跳板，得多伤心啊？

迟意决定把这件事瞒下去。

迟意喃喃："怪不得你每次上马哲课都不听。"

陈刃说："嗯。"

可以说很理直气壮了！

陈刃又说："可惜一周只有一节课，去蹭别人的课又太显眼了。"

他还遗憾上了！

迟意想了想，马哲老师的课能开阔天才的思路，也是他的福分了，想完后，又为自己无条件的偏心眼羞耻了一下，但转念一想，偏心自己的男朋友也是正常的。

她胡思乱想，陈刃突然挠了挠她的手心，问："在想什么？"

迟意脱口而出："想你。"

陈刃沉默。

迟意反应过来，便听陈刃幽幽地说："我这么没存在感吗？在你面前还要想？"

迟意说："我不是，我没有，你听我解释——"

陈刃见她手忙脚乱地解释却解释不清楚，低低地笑出了声。迟意愣了愣，陈刃是在嘲笑她吗？嗯？

迟意闹了小脾气，甩着陈刃的手就往前走，走了两步想，自己真是出息了，居然敢跟陈刃闹脾气，这叫什么来着？还没想出所以然，她的手腕就被人抓住了，抓住她的掌心干燥温热，贴着她衣服的纹理，温温柔柔的。

迟意仰起头。

她想，陈刃可真好看啊，是那种她看了无数次都忍不住赞叹的好看，是那种光看脸就能原谅他的任何错事的好看。迟意被美色冲昏了头脑，正想说算了，她根本不生气，就见陈刃慢慢地俯下身。

迟意的呼吸一滞。

陈刃轻轻拍了拍她的头，说："没笑你。"

顿了顿，他说："很可爱。"

他的语气含笑，和着风往她耳朵里钻。迟意红了脸的同时，想起那句话是怎么说的了——被偏爱的都有恃无恐。

她是被陈刃偏爱的。

02

时间一晃而过，在陈刃修改了五遍结题报告后，终于到了做结题报告那天。

由于此次结题面向媒体，与会人员规格很高，据说数学界的陈平生和林荀也会到场。又由于是学术问题，所以特别邀请了各大院校相关专业的学生。因为参与人数过多，所以汇报地点选在了省剧院。

面向媒体，网上的消息自然传得快。

太专业的东西大家听不懂，只是翻着现场的照片，讨论些有的没的，而陈刃则以优越的外形和年轻的优势迅速脱颖而出。

“等等，我是不是看错了？怎么有个帅哥混在白胡子老爷爷旁边？”

“是不是哪家娱乐公司推的新人？又想立学霸人设？无语了，肚子里有多少墨水啊就在这儿装。存了存了，等他出道再嘲。”

“疯魔了吧？这是我们 F 大之光，物理系的学霸，出什么道？给我们理工界留个帅哥吧！”

“找到资料了。陈刃，男，遇冬市理科状元，修物理和天文学双学士学位，是数学界泰斗陈平生和林荀的儿子！”

“天哪！就是那个得奖的陈平生和林荀吗？他们儿子怎么没学数学呀？”

“管他呢！不分家啦不分家！我又可以了！”

“陈平生和林荀对他们儿子好好啊，不但让他随便选专业，今天还来听他的结题报告！很低调地来的！”

“这是什么神仙家庭？”

“帅哥你好，认识一下，我是你未来的女朋友。陈教授，林教授，我是你们未来的儿媳妇啊！”

“打扰了，他有女朋友了。”

“他刚当选我的现任老公，你就告诉我他有女朋友了？”

“这就是传说中的‘英年早婚’？”

“英年早婚”的陈刃此时在后台再次整理了一下领带，喝了口迟意送来的可乐，这是迟意的逻辑——研究表明，喝碳酸饮料可以使人快乐。

他问她：“谁的研究？论文在哪儿？”

迟意给了他一个白眼。

陈刃盯着可乐罐，心想，迟意翻的那个白眼还挺好看的，娇娇的，很可爱。

江镜寒推门进来的时候，正好看到陈刃这一抹笑，他疑惑地问：“你在这儿对着个可乐罐子笑什么笑？”

陈刃把笑容一收，说：“没什么。”

江镜寒奇怪地看了他一眼，说：“准备一下，孙教授讲完下个就是你。厉害厉害，我看到你爸妈坐在台下呢，专程为你来的。”

江镜寒是学生会的，负责跟进发布流程，简称跑腿。

陈刃点点头。

他转身面对镜子，化妆镜用了太久，鲜少有人擦，模糊得有点儿失真。他静默地看着，沉静得不似同龄人。

江镜寒抵着门等他，没察觉到他的情绪，兴冲冲地说：“那酒店真不错，套房大得不得了，我跟赵尤尤各住一间，门锁上，打游戏随便骂对方都听不到。啧，游泳池也不错，哪天带你浪一浪。”

陈刃漫不经心地“嗯”了一声。

江镜寒说：“嗯？你怎么听起来情绪不高？”

陈刃面无表情地看着他，淡淡地开口：“因为我在紧张。”

江镜寒无语了一会儿，说：“……不太像啊，哥们儿。”

紧张难道不该是结巴、打战、话不成句？谁见过这么冷静的紧张？这是个病句，他要去举报！

陈刃放在桌上的手机亮了亮，是迟意发来的：“我在台下啦，等你！”

陈刃看了一会儿，回了个“好”后，拿起可乐罐，将最后一口喝完，罐身在他的拿捏间迅速瘪了下去。他随手将可乐罐扔进门口的垃圾桶，对江镜寒说：“走吧。”

发布会的流程清晰明了，媒体也是正规媒体，后台很安静。长长的走廊像是望不到尽头，台上孙教授的声音隐隐约约地传来，听得不甚清晰。

江镜寒被人喊走了，陈刃捏着材料，听着自己的心跳声。

突然有人挡住了他的路。

陈刃微怔，扯出一抹笑，声音微哑：“小骗子。”

迟意有点儿不好意思。

没错，前一秒说在台下等陈刃，后一秒就后悔了跑来后台看看的就是迟意本人。她倚着墙挡住陈刃的去路，在心里算着时间，跟他说话：“你别紧张哦。”

陈刃说：“嗯。”

迟意不满地道：“你——”

陈刃抬手，打断了她的话。他用手搂住她的脖子，用指腹捏了捏她的后颈，细腻的皮肤在掌心变热，他轻声问：“就这一句话吗？”

都这个时候了，他怎么还想着勾她！

陈刃没弯腰也没低头，迟意被迫仰着头，踮着脚也够不到他的唇。最后，她一咬牙，干脆退而求其次，吻住了他的喉结。

陈刃喉咙发干，微微动了动。

迟意吻了会儿没有得到回应，悻悻地准备收回，放在她后颈的手却用了力气，将她箍进了怀里。他穿的是西装，迟意怕弄皱，挣扎了一下。

“别躲。”陈刃在她耳边说，“就抱一会儿。”

言诉坐在陈平生和林荀旁边，如坐针毡。

他本来是不想来的，但正巧他去数学系找导师的时候碰到了林荀，林荀问他去不去听陈刃的结题报告。

言诉果断拒绝，专业不对口，他不太想听。

林荀微笑着道："去吧，你不是他最好的朋友吗？陈刃那么不爱说话，你还愿意跟他做朋友，真是好孩子。"

言诉被她笑得后背发凉，跟上车的时候还在嘀咕："我那么浑，陈刃还愿意跟我做朋友，他才是好孩子。"

就这样，他在本该徜徉在金钱海洋里的下午，坐在剧院的第一排听报告。

言诉浑身不自在，琢磨着借口想溜，旁边的陈平生忽然开口："听说陈刃在让你帮他炒股？"

言诉敷衍道："嗯，随便玩玩。"

陈平生嗤笑一声，说："随便玩玩就买自己女朋友家的股票？"

言诉皱了皱眉，这人怎么见不得自家儿子好？他解释说："是我买的，买之前不知道是迟意家的。"

陈平生不置可否地冷哼了一声。

台上的孙教授终于讲完了，热烈的掌声响起来。孙教授喝了口茶，清了清嗓子，说："下面有请我们课题组宋章明教授的学生，F 大物理系的陈刃做结题报告。"

陈刃从侧面上台，言诉看到迟意鬼鬼祟祟地从后面跑下来，迅速钻进了学生中间，旁边的学生一脸莫名其妙地看着她，问："哪儿来的学渣？"

迟意边笑边坐到了江镜寒的位置上。

旁边的赵尤尤顶着一头卷毛睡眼惺忪地看着她，问："迟意，你怎么来了？你听得懂吗？"

迟意皮笑肉不笑，说："谁说我是来听报告的了？"

赵尤尤迟疑着道："那你……"

迟意坐直身子，看着陈刃慢吞吞地走到灯光下，笔直的西装颜色被衬得更加暗沉。

陈刃吐字清晰，条理清晰。

她笑着说："来看男朋友的。"

赵尤尤只想翻白眼，为什么他来听个报告也能吃到狗粮？

陈刃全程脱稿，结题结得很漂亮。有学生录了视频发到网上，立刻被一直关注的网友疯转了上万条。

“无语了！好好看！”

“他真的才大三吗？思维那么清晰，结题报告写得那么漂亮，按理说早就该跳级了，现在博士后都该毕业了。”

“偷偷告诉你们，我们陈刃从来没跳过级哦，是脚踏实地一步步地走过来的。”

“不会吧？他这样的智商跳级才是脚踏实地，不跳级跟班里那群智商不如自己的人相处起来很困难。”

“作为陈刃的高中同学，我觉得自己有被内涵到。”

“陈刃简直是‘高岭之花’，他女朋友追他追得很辛苦吧？”

“呃，我听说过过程，他女朋友去告白，然后陈刃就答应了，不过看完他女朋友的照片后，我也就释怀了。”

“刚刚去台上献花的是他女朋友吗？确实好漂亮，这样的小姐姐我也可以啊！”

“不，你不可以。”

迟意关掉网页，将手机收起来。她刚刚上台向陈刃献花的时候，陈刃让她在后台化妆间等他，她就坐在这里，听着拍照声、记者的询问声和嘈杂的离场的声音。

学生会的人匆匆忙忙地闯进化妆间，收拾着东西要赶着去吃晚饭。

迟意问：“结束了吗？”

学生会的人认识她，边收拾东西边说：“结束了！你在等陈刃学长吗？我刚刚看到他在走廊那头跟人说话呢！”

另一个人说：“是学长的爸爸妈妈，数学界的大神！”

“哦哦，是吗？好厉害，我可以去要个签名吗？”

“别了吧，打扰人家不好。”

“学姐，我们先走了啊！”

迟意“啊”了一声，说：“好。”

陈刃在跟他父母说话吗？他们会说些什么？她今天特意观察了第一排教授们的表情，一个个都对陈刃的表现很满意。

有人断言：“未来天文物理学后继有人。”

这是莫大的荣誉。

但是——

迟意越想越慌，门再次被人打开，言诉站在门口。迟意跟他对视一眼，他眼中的情绪复杂，好半晌才说：“陈刃跟他父母吵起来了。”

迟意倏地站起来。

等她反应过来的时候，已经夺门而出，冲向走廊的尽头。天色渐晚，让本来就不太好的天变得越发阴沉。

她来得太急，刹车没刹好，被反应过来的陈刃抱在了怀里。

迟意抬起头，对上了林荀和陈平生一言难尽的目光。林荀撇开目光，牵了牵嘴角，语气莫名地鄙夷，问：“这就是你交的女朋友？”

陈平生也打量着她，说：“成绩差得一塌糊涂，吊车尾上的F大。你喜欢她什么？”

陈刃下了台后被他俩堵住说些乱七八糟的早就不耐烦了，听到这句话，他眉头微皱，冷声道：“不关你们的事。”

林荀斥道：“怎么跟你爸说话的？”

陈刃不想再跟他们说话，抓着迟意的手就要走。迟意却没动，他递过去一个疑惑的眼神，迟意拍了拍他的手，说：“等一下。”

她往前站了一步，说：“我告诉你们陈刃喜欢我什么。”

她一字一句地说：“我很有钱。”

陈平生说：“庸俗！”

迟意点点头，说：“是，我很庸俗。我就是个庸俗的人，但我可以给他很多很多东西，那些缺失的我都可以补偿给他，我还会给他很多很多的爱。”

“我会鼓励他，会为他加油，会跟他一起往前走。”

“我会——”迟意反手握住陈刃的手，微微用力，压抑着声音里的颤抖，红着眼眶看着面前可以称之为陈刃父母的人。她咬着牙，像护食的小猫，将爪子伸出来，凶狠得厉害，“我会一直一直陪着他，以后就不劳烦你们操心了。”

说完，也不管两人是什么反应，迟意拉着陈刃就往外面走。她走得跌跌撞撞，陈刃则乖乖地跟在她的身后。

等出了门，被冷风一吹，迟意才渐渐地回过神。

陈刃从她的包里扯出围巾，抬手给她戴上，围巾一圈圈地围上去。

迟意的唇动了动，却没说出半个字。

陈刃笑了笑，说：“以色侍人，好像也不错。”

迟意不好意思起来，红着脸，说：“其实……”

“我知道。”陈刃轻声打断她，眼底的笑意更甚，说，“我现在被人从家里赶出来了，无依无靠，你以后可要罩着我。”

迟意狂点头。

她带着陈刃“私奔”了，她以后肯定会好好对他的，绝对不花心，绝对不三心二意，嗯？好像哪里不太对。

他们是从偏门出来的，人几乎走光了，剧院的院子显得空旷寂寥，风缓慢而凛冽地吹过。

陈刃抬起头，忽然开口打断了她的思绪，说：“下雪了。”

“初雪哎。”迟意抽了抽鼻子，伸手接雪。

与雪一起落下来的，是陈刃的吻。

他站在雪中，捧着她的手，将吻落在她的掌心，炽热而温柔。

他抬起眼，雪将他的眼角染红，他笑得好看，是怎么描绘都描绘不出的好看。他就像这场突如其来的初雪，平和浪漫。

他说：“谢谢你。我……”

——我好爱你。

03

为了庆祝这次结题报告的成功，顾时之决定庆祝一番。他兴冲冲地跟迟意提议，迟意沉默了一会儿，问：“跟你有关系吗？”

顾时之义正词严地道：“我姐夫的胜利，我必须得做点儿什么。”

迟意说：“说人话。”

顾时之说：“好吧，其实是为了林遥。”

迟意了解了。

从这学期开始，林遥为了能如期参加高考，开始坚持每天上学，但病来得突然，上个月月末她又住进了医院。

顾时之说：“马上要到圣诞节了，遥遥没在外面过过圣诞节，我本来是想在学校浪漫一把的，但是她这样子没办法去人太多的地方，我倒是有心想跟她单独相处，但是林叔叔不同意。哼，我能对遥遥做什么？”

迟意心想，能做什么我想你心里应该清楚。

顾时之还在惆怅，说：“那我总不能让她在医院过圣诞节吧？我又不是她那狠心的老爸！所以我想到了一个办法。”

迟意有种不太好的预感。

顾时之忍辱负重：“我跟林叔叔说，我会在一家高级会所带遥遥过圣诞节，而且邀请了 F 大的学霸。”顿了顿，他又说，“还有你。”

迟意大怒：“什么叫还有我？我是另一个品种是吗？！滚滚滚！”

顾时之抹眼泪，说：“姐，那年杏花微雨，你说我是你最爱的弟弟，难道是信错了你吗……救救孩子吧！”

迟意冷漠。

没想到顾时之还开了外挂，没一会儿，林遥就发来了消息：“在医院好惨哦。”

迟意心想，这小姑娘跟顾时之在一起学坏了！

陈刃目睹了全过程，到底心软，说：“就当是为我庆祝，一起过圣诞节吧，好不好？”

迟意说："好。"

圣诞节的聚会就这么定了下来，因为关乎林遥，顾时之上心得不行，专门找人定制了邀请函，分别派人送上门。

阮北收到后随手丢到一边，说："我的笨蛋队友报了个线上赛，那天奖励翻倍，我不去。"

赵尤尤看了看邀请函，夸道："这字不错。"

江镜寒目光深沉："果然，上流社会就是不一样。"

言诉也收到了邀请函，还没来得及发表意见，陈刃就发出了质疑。

"为什么你也有？你认识顾时之吗？"

言诉跳起来，说："我当然认识了！你以为暑假我往迟意家跑是白跑的吗？"

陈刃眯起眼睛。

言诉心里"咯噔"一声，好像说漏了什么。

果然，陈刃慢吞吞地站了起来，把宿舍的门锁上后，又慢吞吞地坐下来，从抽屉里拿出草稿本，说："希尔……"

言诉捂上耳朵大喊："滚啊！我不听！我不听！"

陈刃不疾不徐，言诉逃又逃不掉，只能一脸绝望地听陈刃解开了他一直解不开的题。等他终于讲完后，言诉问："你是人吗？我要跟你拼了。"

陈刃合上草稿本。

嗯，气消了一点点。

冬天真的来了，萧瑟的风吹动着干枯的树叶，过节的气氛却没有少，每家店的音乐将气氛炒得热烈，"圣诞老爷爷"在步行街散发着传单。

迟意被学校的事绊住了脚，紧赶慢赶到顾时之订的会所时已经很晚了，雪悄然飘下来。

言诉在门口抽烟。

迟意急着见陈刃，跟他没说两句，见他不愿意进去，她就匆匆忙忙地进去了。她心想，看不出来啊，言诉居然也会抽烟。

顾时之包了一层楼，各种娱乐设施都有，灯光忽明忽暗。顾时之坐在台上弹吉他唱歌，江镜寒和赵尤尤在……打游戏。

迟意沉默了。

何必呢，在宿舍打不好吗？来这里又要听顾时之唱歌，又要被喂狗粮，不值当的。

林遥倒是很开心，换了一身红色的裙子，在台下当顾时之的小迷妹，看见迟意，她挥了挥手，说："迟意姐，你来啦！"

迟意对她比了个大大的"心"，说："圣诞快乐。"

林遥笑弯了眼，邀请她道："来来来，听顾时之唱歌！"

整层楼都能听到顾时之在唱歌，倒也不必离那么近。迟意婉拒后，亲眼看到林遥谴责地看了她一眼，说："你不懂欣赏。"

陈刃呢？迟意扫了一圈没看到人，戳了戳赵尤尤。

赵尤尤摘下耳机，眼神晶亮地道："迟意，你来了，这里的电脑配置太赞了，你要不要来一局？"

迟意问："陈刃呢？"

赵尤尤往后面看了看，纳闷道："咦，刚刚还在这儿呢？"

旁边的江镜寒头也不抬地答："去隔壁健身房了。"

健身房……赵尤尤吐槽道："他有事吗？好不容易出来潇洒一下，居然去健身？"

迟意无语地看了他一眼，来打游戏的你又有什么资格说陈刃？赵尤尤丝毫不知道迟意的想法，心想管他呢，又戴上耳机在游戏里策马奔腾了。

说好的聚会，结果大家成双成对，各玩各的。

咦？成双成对，这话怎么那么别扭。

唯一的"单身狗"言诉抽完了烟，在雪夜里裹紧外套的同时打了个喷嚏。

迟意在自助区取了点儿水果，边吃草莓边推开健身房的门。健身房不大，器械也就那么多，正对着房门的墙上挂了面镜子，她一眼看见的，是镜中的陈刃。

房间里暖气充足，他穿了一件白色T恤在跑步机上跑步，手臂的线条流畅，汗水在燥热的空气中挥洒。

迟意没有打断他，回身关上门，盘腿坐在地上吃草莓。

她吃得慢条斯理，陈刃也跑得从容不迫。

终于，陈刃慢慢地停了下来，他关掉跑步机，随意拿毛巾边擦汗边往她这边走来。迟意仰起头看他，把草莓递给他，说："你看我多好，吃得那么慢，还给你留了。陈刃——"

草莓突然碰在唇上，止住了她后面的话。

陈刃隔着草莓在吻她。

慢慢地，草莓的汁浸到唇上，迟意下意识地张开嘴，湿热的唇卷着草莓侵袭。陈刃单手捧着她的脸，细细地、慢慢地品尝着。

迟意被迫仰着头，犹如献祭般将自己送上去，任他采撷。

终于，草莓在唇舌交锋间，不知道落到了谁的肚子里，陈刃餍足地舔了舔唇，在她耳边轻叹道："好吃。"

好……好羞耻！

迟意抵着他的肩膀喘息，脸红了大半，总觉得自己要说些什么，磕磕巴巴地开口："好吃你就……多吃点儿？"

陈刃微怔，眸子忽然变得幽深，他"嗯"了一声，哑声说："好。"

于是，圣诞节的夜晚，健身房的门被锁上，陈刃吃了很多草莓。当然了，光吃不种不太好，他又很自觉地种了很多草莓。

等结束后，两人回到原来的房间，赵尤尤招呼他们："来吃草莓！咦，你俩的脸怎么那么红，不会真的在运动吧？"

陈刃说："嗯。"

赵尤尤嫌弃道："有病吧？来玩还去健身，打打游戏唱唱歌多好，你说是不是，江镜寒？"

江镜寒摘掉耳机，幽幽地看着陈刃，说："世风日下。"

什么禁欲男神，什么"高岭之花"，都是假的！

陈刃忽略掉两个室友的评价和眼神，问迟意："吃草莓吗？"

迟意的脸红红的，说："我晕草莓。"

赵尤尤疑惑得小卷毛乱颤，问："嗯？还有人晕草莓吗？这是什么新型的病？陈刃，你得带她看看啊，草莓那么好吃，为什么要晕？"

江镜寒呵呵道："斯文败类！"

04

这场雪积攒了太久，在圣诞夜连绵不绝地染白了整个遇冬市。宋教授所在的课题组此次研究的课题成果斐然，在科研界引起了巨大的震荡，论文在网上疯传，也有不同观点的学者发表了长长的言论质疑，思想碰撞间引发新的思考。

而陈刃作为课题组唯一的在校生，自然受到了广泛的关注，经学校讨论，专门让陈刃以本课题开展讲座，并在最终场进行表彰大会。

陈刃本来是拒绝的，但后来听说有钱拿，犹豫着又同意了。

赵尤尤痛心道："没想到啊没想到，陈刃，我一直以为你清心寡欲，不为五斗米折腰，原来你居然是如此贪财之人！是我看错人了！"

陈刃面无表情地道："你没有谈恋爱，知道什么？"

赵尤尤谴责人不成，反被喂了口狗粮，撑得直打嗝，并被陈刃举荐成为表彰大会为他颁奖的人。

赵尤尤不从，拒绝道："我不！"

陈刃说："加十分学分。"

赵尤尤说："……好的，我愿意。"

江镜寒越发觉得世风日下，人心不古，他们宿舍另一位永远不着宿舍的室友没办法体会他遗世独立的感受。

三日后，F 大礼堂在黄昏中又变得热闹起来。

雪色与霞光交替，暧昧暖黄的光打在礼堂的屋顶上，有人正在试音，“嗡嗡嗡”地伴随着匆忙的脚步声，有人故意从草坪上走过，雪踩在脚下发出“咔嚓咔嚓”的声音。

“遥想当年，陈刃入校成为风云人物，新生致辞的时候，他还单身，我还有机会。一晃两三年，物是人非。”

“得了吧，你没机会。”

“胡说！迟意都可以，我凭什么不可以？”

“迟意长得又漂亮又有钱，你有啥？”

“果然……还是看脸和看钱的世界是吗？这么庸俗是吗？”

“滚……”

小声的讨论被陈刃的声音盖了下去，他站在主持台上，唇贴近话筒，正慢条斯理地用学生们能听得懂的语言讲解此次的课题。

他穿得没那么正式，黑色的长款羽绒服衬得唇红齿白，很是悦目娱心。

混进来的其他系的人表示：“虽然听不懂，但是能看到这么好看的人，也是赚到了。再说了，没看到陈刃的女朋友都睡着了吗？”

是的，迟意睡着了。

虽然她跟往常一样，比三指向陈刃发誓要好好听他说话。但是，这个礼堂的暖气开得太足啦，陈刃怕椅子硬给她准备的抱枕太软啦，她不睡一觉都对不起它们。

于是，开场十分钟后，她呼呼大睡。

“感谢你们来听我的讲座。最后，我想说，宇宙浩瀚，广阔无垠，我们与之比起来太过渺小，生命也太过短暂。”

他的目光穿越人群，落在那个小小的身影上，眼底浮现出笑意，语气缓慢而坚定：“可是我们能遇见彼此，就是最大的福分。”

掌声轰鸣，夕阳沉下去，月牙悄无声息地悬挂在天际，人群渐渐散去。迟意醒来的时候，发现自己披着陈刃的羽绒服，而陈刃坐在她旁边。

礼堂里空无一人，呼吸声落地可闻。

迟意眨眨眼，说：“我可以解释……”

陈刃沉默地看着她，薄唇微动：“迟意。”

“嗯？”

“还记得我们在一起不久后，我给科学实验班讲的内容吗？哦，你没听。”他笑着摇了摇头，说，“开尔文曾说过，物理学大厦基本上已建设完成，只有两朵乌云飘在上面。而那两朵乌云，一是量子力学，二是相对论。”

“你是在谴责我没有好好听吗……”

“谢谢你。”

“啊？”

“我想，我的天空中也曾经飘了两朵乌云，我心存微弱的幻想，等人掀开它。我等到了你，第一朵乌云让我遇到了你，第二朵乌云让我把你变成了我的。”

说完，他站了起来。

迟意跟着他站起来，抱着他的衣服跟在他后面，说：“那是我应该做的！还有哦……”她还在小声辩解，“我真的有准备好好听的！但你也知道你的声音好听又催眠，我控制不住嘛，不能全怪我。”

“嗯。”陈刃牵住她的手，“走吧。”

“去哪儿？”

“回家讲给你听。”

“好！”

他想，他是浩瀚宇宙的一颗孤寂的星球，遥远冰冷，随遇而安，不可终日。而上天恩赐，让他遇见她。这是他在宇宙中收到的最好的礼物。

是他此生，最大的福分。

番外一

从 前 从 前 有 个 人 爱 你 很 久

十八岁的陈刃同学：

你好！

说出来你可能不信，我是你未来最喜欢的那个人。

怎么说呢？不是我自封的，也不是我强迫你的，反正你就是爱我爱得没办法了，最后干脆带着我去领了证。

对，结婚证。

我知道你觉得不可能。十八岁的你有很多人喜欢，你却一心只知道学习，对父母的婚姻关系失望，不懂爱情，不懂陪伴，比钟山上的和尚的六根还清净。

不过没关系，那时候的我也不懂呀。

可我就是喜欢你。

我对你并非一见钟情，只是有那么点儿喜欢，看着顺眼，说你好看呢。嗯，是不太靠谱的开始。但我跟你素不相识，没有偶遇哪儿来的动心？没有动心哪儿来的下次偶遇？

我们对彼此都是日久生情，我们真配。

抱歉，扯远了。

我第一次见你那天，遇冬下了很大的雪。市内工作没做到位，通知不及时，所有走读生都被困在学校走不了了。教室里有暖气还好，但待整夜肯定不行，有跟住校生玩得好的，都跟着他们回宿舍睡觉了。

我本来也是要去的，但一来我认床，睡宿舍不如睡桌子，二来听说外面正在进行紧急作业，十二点之前肯定能通，我便安下心来，专心在教室自习。

你就是在这个时候推门进来的。

教室里的人本来就不多，冷不丁有人进来都被吓了一跳。随即便有人认出了你，招呼你："陈刃？"

你点了点头，说："我们班暖气坏了，可以借用你们教室一下吗？"

你没穿校服，而是穿了一身黑色的羽绒服，显得很清爽沉静，语气倒是带着点儿温度，不卑不亢的模样。

我脱口而出：“可以啊。”

说完我就脸红了。好在不止我一个人脱口而出，同学们都纷纷表示同意，你点点头道了谢走了出去，没一会儿就带了几个同学回来。

老师不在，自然是自修，空气安静得能听到时钟在一格格走动的声音。

我也听到了自己的心跳声。

后来我问过你，问二十八岁的你，我说：“你那天有没有注意到我？你当时就坐在我后面一排，一抬头看时间就能看到我的！”

你沉默了一会儿，说：“我记性很好。”

我眼前一亮。

你又说：“我记得你们班的时钟挂在教室后面的墙上。”

哼，你记性可真好，确实在后面。

所以，鬼知道那天我回头看了多少次时间，还装模作样地嘀咕：“怎么还没好，困死了，想回家。”

其实我只是想多看你两眼。

十八岁的陈刃呀，如果你认识十八岁的迟意，你就会知道，她能喜欢上你真的不算太意外。因为那时候的她，太需要有个东西把她拉出沼泽了。

谁都可以，你出现得恰巧，于是变成了唯一。

可是我的喜欢太片面，在这场暗恋里，你不是主角，我也不是主角，暗恋本身才是。我不了解，我不知道那时候的陈刃曾面对的冷嘲热讽，不知道他曾努力地讨父母的欢心，不知道十八岁的陈刃，根本不是我臆想出来的那个少年。

那些伤疤和苦难，后来你都撕给我看了，血淋淋的。

你还安慰我。

二十三岁的你，冬日里还是喜欢穿黑色的羽绒服，自风雪中来，柔软而干净，我扎进你的怀里，你哑着嗓子笑道：“好了，没什么的。”

你揉着我的头发，我感觉有吻落在上面，炽热而温柔。

你说：“不是那时候没什么。那时候真的很难受，每天都很沉重，日子望不到头，除了用学习麻痹自己，没什么是有趣的。”

“可是怎么办？一想到那时候的我有你的喜欢陪伴，好像就没什么了。”

其实你很会说情话。

也可能是我滤镜太厚，稍微甜一点儿的话都觉得是情话。

喏，十八岁的陈刃同学，时空邮箱到现在都没发明出来，所以，这封信你是注定收不到了。

但是，我还是想写这封信告诉你：

二十八岁的迟意会好好爱陈刃，会爱他一辈子，直到老去，死去。

而十八岁的迟意也在好好地喜欢你，她不懂你的伤疤和痛苦，但她的喜欢赤忱无瑕，你值得这样的喜欢。

迟意

番外二

拜 托 天 亮 前 ， 最 后 再 下 一 场 雪

言诉真的喜欢迟意，这件事陈刃也知道。

最开始，陈刃知道言诉是闹着玩的，言诉跟陈刃争高低争惯了，陈刃谈了恋爱他也不甘示弱，就想撬人墙脚。

没想到陈刃认了真，还真吃上醋了。

言诉开玩笑地问："你来真的啊？真的喜欢她了？我怎么那么不信？"

陈刃那时候也不信，可是心动就是来得这样猝不及防，等反应过来的时候，他已经不能忍受言诉"骚扰"迟意了，哪怕言诉是闹着玩的。

言诉也以为自己是闹着玩的，好玩嘛，他又闲，调戏调戏别人家女朋友什么的，挖墙脚没人比他更光明正大的了。

然后玩着玩着，他把自己玩进去了。

原本只有点儿朦胧的意思，他就是觉得迟意挺可爱的。去德国那两个月，因为之前天天见而被藏起来的那点儿想念，突然就冒出了头，生根发芽。

回来后，他就找了个蹩脚的理由去见了迟意。

她在家门口等他，撑了把开满了小雏菊的伞，恬然安静，那样可爱。手电筒的灯光穿过雨幕打到他身上，他微微眯起眼睛，踩着水走到她面前。

他说："想死我了。"

是真心话。

迟意却没当真，把他丢到客房就睡觉去了。他没睡着，辗转反侧地想着她就在楼上呢，乘人之危什么的，他还真的挺想不要脸的。

但到底还是克制住了。

毕竟，虽然陈刃没用上真心，迟意却是真的喜欢陈刃的。

想到这里，言诉在心里把陈刃骂了一百遍。

那个夏天像是偷来的，他在道德和不要脸间摇摆，仗着迟意觉得他是闹着玩的，肆无忌惮地在她的世界里跑来跑去。

是顾时之先发现的。

别看那小子满心满眼都是林遥，但还是分了点儿时间给迟意的。他在言诉往迟意家跑的时候喊住他："喂，我姐有男朋友。"

言诉说："我知道啊。"

顾时之头一次见到比自己还不要脸的，大怒："那你还往这儿跑？"

言诉问："你跟陈刃是好朋友？"

顾时之摇了摇头。

言诉说："那不就行了？多个对你姐好的人，不行？"

顾时之觉得他说得有道理，但又觉得哪里不太对，还没琢磨过味之前，言诉就走了。言诉哼着歌，快活得很，觉得有个喜欢的人真是太好了。

天都亮了不说，日子也浪漫了。

迟意见他心情好，问他："最近有什么喜事啊？"

言诉笑嘻嘻地道："陈刃不在，我能不开心吗？"

迟意在吧台调些自制的饮料，榨汁机里橙子飞舞。她为难地皱了皱眉，说："其实陈刃没那么烦你的。"

她低下头，说："我当时问他你是谁的时候，他说你是他的好朋友。"

言诉一怔，缓缓地勾起一抹自嘲的笑意。

他倒是希望陈刃真的烦他，最好跟他势不两立，横眉冷对，这样他也会少点儿负罪感。

陈刃从长风山寄来恒星闪烁的图纸，是动心的开始。

言诉知道。

而他的喜欢坦荡地摆在阳光下，陈刃能看出来也不是意外。圣诞节聚餐那次，迟意被绊住了脚，迟到了半个小时。

他离门口近，半个小时抬头看了无数次。

陈刃要出去透气，临走前喊上言诉。

圣诞节的晚上是最热闹的，欢快的曲子被放大，过节的气氛浓厚。

言诉靠在门口的墙上，从口袋中掏出烟盒。

陈刃说："给我一支。"

烟雾袅袅升起，在呼出的冷气间交错。言诉和陈刃都不怎么抽烟，生疏得厉害。少见地，他没调侃陈刃，陈刃也没说话。

沉默环绕，“铃儿响叮当”循环播放。

言诉吐了烟圈，吐得并不漂亮，晃晃悠悠地被风吹散了。望着街灯，他说：“我一直不服你，你知道吧？”

陈刃没说话。

“我看过你的智商测试表，咱俩不相上下，但你就是比我厉害，应该是心性比我好吧。我改不掉，被你压一头就压一头呗，可是怎么这事也还是输给你？”言诉“啧”了一声，“烦人。”

陈刃小口吐着烟圈，也不漂亮。

“全世界都当我闹着玩呢。我上论坛看，大家都哈哈笑，说我跟你较劲较习惯了，连女朋友也不放过。其实我当真了。”

陈刃看向他，烟已经被掐灭了。

言诉撇了撇嘴角，说：“别用这种眼神看我。我还没不要脸到那个份儿上，要不是她喜欢你，我早就真的出手了。”

陈刃扯出抹笑，淡淡的。

言诉抬手看了看时间，不情不愿地说：“她马上来了，你发发善心，给我点儿时间呗？”

陈刃的唇动了动，吐字清晰：“不。”

言诉说：“就一分钟。”

陈刃还是答应了，因为他没见过言诉这样。

言诉总是很骄傲，意气风发的张扬，仿佛什么都磨不掉他的锐气。

他把言诉当好朋友，也信任他。

陈刃没走多久，迟意便匆匆地来了，跟她同来的是悄无声息的雪。言诉还叼着烟，笑着解释：“出来抽支烟，透透气。你怎么才来啊？”

倒计时一分钟。

迟意怕冷，半张小脸都藏在围巾里，颤抖着声跟他吐槽老师，说：“冷死了，你不进去吗？”

言诉没动。

迟意催他："透完气了没？"

"迟意。"言诉叫住她。他偏过头，雪花落在他的睫毛上，轻轻颤动。他在雪色间对她笑，"你看，下雪了。"

倒计时三十秒。

迟意急着去见陈刃，随便看了一眼雪，说："怪不得那么冷。你不进去我就走了。"

言诉望着她的背影，雪花沉默地落在他的肩头，却如血般染红了他的眼角。他静默地站在那里，在心里倒计时。

倒计时一秒。

他轻声说："圣诞快乐。"

往后都要圣诞快乐啊。

他呢，要去喜欢别人啦。

番外三

当 陈 刃 在 谈 恋 爱 的 时 候 在 谈 些 什 么

01

第一天。

陈刃其实后悔了。

尤其是回到自习室做了一张卷子后，卷子那么可爱，物理的世界这么玄妙，还有很多东西需要证明、需要研究。

为什么要谈恋爱？

哦，他是给了理由，他跟迟意说：“我是个天才，天才可以花费很少的时间，做到普通人要花很多时间才能做到的事情，所以我有很多时间跟你谈恋爱。”

然后，他亲眼看到女孩的脸一点一点地红了起来。

莫名地，他想到了朝霞。

他的生活很规律，早起去宿舍天台上晨读时，会看到日出。不似晚霞那般绚烂多彩，朝霞的颜色很浅淡，浅淡的红色，再慢慢地晕开。

很好看。

他想再多看两眼，这恋爱得继续谈下去。

02

第六天。

陈刃觉得有个女朋友还不错。

女朋友很乖，看样子也还算喜欢他，即便尽量克制了，那小小的心思却怎么也瞒不住，控制不住地想在他的世界里跑来跑去，问了他好多乱七八糟的问题。

比如“你喜欢吃什么”“你的爱好是什么”“你喜欢安静还是热闹”“你喜欢的歌手是谁”“你喜欢什么花”“你喜欢……”

他打断她：“你早就喜欢我了？”

迟意点头。

他又问：“那这些你不清楚吗？”

迟意是很清楚的，简直如数家珍，她说：“你喜欢吃辣椒炒肉，爱好学习，喜欢安静，喜欢的歌手是碧昂丝，喜欢蔷薇花。但是你讨厌什么呀，我不知道。”

那是一套标准的答案，只要他和盘托出，迟意就能了解她想知道的一切。而他也相信，只要他问，迟意就会把自己这没遇到他的二十几年摊开给他看，像翻一本书，有重点有非重点，他记性那么好，肯定全部能记下来。

可这是谈恋爱吗？

谈恋爱没有标准答案，所以他没有问，也没有告诉迟意他讨厌什么。

女朋友看起来有点儿失落，哄女孩他还没学会，暂且没哄。没一会儿，迟意又不失落了，翻着书巴巴地问他：“那你会喜欢我吗？”

问完她可能后悔了，用书遮住脸，只露出一双眼睛眨呀眨。

他眉头微皱，这才认识几天就谈喜欢？

但是——

他开口：“会吧。”

以后会吧。

03

第十六天。

江镜寒问陈刃：“怎么样？谈恋爱的感觉怎么样？对了，我怎么没见你夜不归宿啊，校园恋爱还搞柏拉图啊？”

他眉头微皱，问：“夜不归宿？”

江镜寒说：“本垒打啊！”

他问：“本垒打？”

江镜寒无语了一会儿，拍了拍他的肩膀，说：“咱们理科书呆子多，但是上了大学还能呆成你这样的就不多了，你还是醒醒看看世界吧！”

他想了一会儿，给言诉发了条消息：“‘本垒打’是什么？”

言诉回：“棒球？”

好，言诉也不知道。

陈刃去搜索了一下，不会就学，学了全套的专业术语后，他又皱起了眉。

现在本垒打也太快了，会吓到他的小女朋友的。虽然认识时间不长，但对于他小女朋友的性格，他还是了解一点儿的，看着大大咧咧，其实很爱害羞，脸冷不丁地就红了。

还是从牵手过渡到亲吻吧。

于是，陈刃平生第一次吻了女孩的唇，软软的，像棉花糖。

言诉后来发消息问他："我查到了'本垒打'！你想干什么？你这个禽兽！你谈了恋爱就暴露了！我要举报你！"

陈刃回："单身狗不要说话。"

04

第三十六天。

他发现了女朋友的小秘密。

人活在世上，肯定有一两个别人不知道的秘密。就像他，父母就是他的秘密，他的家庭、他的过去就是他的秘密。他的女朋友有秘密也很正常。

但是，他心里有点儿淡淡的不爽。

女朋友不乖，明明说会老实交代没有遇到他之前的事，但其实还在隐瞒，一点儿也不乖。他听她狡辩，忽然觉得可爱，比量子力学相对论、比宇宙里的恒星行星星尘星海都要可爱。

迟意终于狡辩完了，长舒了一口气，又警惕地看着他，问："陈刃，你根本没有信对不对？"

他说："我信了。"

迟意跳起来，说："我不信！"

他便笑了。

好像谈了恋爱后，他笑的次数比以前多了，就连言诉也说他为什么没事就在笑，想什么呢？他脱口而出："想迟意。"

脱口而出的就是心里话，他确实总想她。

迟意见他笑，心里更没底了，恨不得倒豆子一样把秘密全抖出来，并且很认真地跟他说：“恋人之间确实不能有秘密，你看，其实我也没多惨。”

好像这点儿惨分给他一点儿，她就没那么惨了。

他的心里是有触动的，可是她没遇到他之前已经那么苦了，他再把他的苦分给她，苦上加苦，他不是得心疼吗？

心疼。

又是陌生的情绪。

但他好像突然就会了。

05

第六十天。

陈刃翻完了迟意小号所有的微博。

应该是太无聊了。他想，这个观测站又偏又破他都可以忍，但信号不好，消息发不出去，惹迟意伤心他应该哄的，却哄不了，只好借着一点点信号刷微博。微博能打开，但总是时断时续。

他看个微博也是胆战心惊。

比如，他翻到了迟意半年前的微博：“帅哥是属于大家的，共赏。”

网太差，图没刷出来，他心里“咯噔”了一下，什么帅哥？哪个帅哥？怎么就共赏了？有什么好赏的？耐心地等了一会儿，他还是没忍住把手机举高点找信号。

图一寸寸地刷出来。

哦，是他的照片。

他记起来了，那是半年前他在校庆上的致辞，穿了西装打了领带，在场的人拍了很多张照片。原来她也在。

陈刃忍不住勾了勾嘴角，看到她前段时间又评论了这条微博：“不好意思，是我的了。”

陈刃失笑。

再继续往下翻，女孩是个话痨，看样子话痨程度不输于她宿舍里的那个小天才，几乎两天就会发一条微博。水洗般碧蓝的天空要发，下雨天的屋檐要发，吃到好吃的要发，听到好听的歌要分享，见到他更要发，发的还是好友圈可见。

——声明，我真的不是尾随痴汉，我和陈刃就是这么有缘分，我们又遇到了。

——陈刃是不是很喜欢这家的辣椒炒肉？这周都吃三次了！别问我是怎么知道的，这家的蛋炒饭也不错，这周我吃第五次了。

——虽然这节课我一个字都听不懂，但是陈刃的后脑勺挺好看的。

——搞到真的“高岭之花”了，陈刃刚刚又拒绝了一个女孩。长得挺漂亮的啊，我可以的。呃，不是。陈刃拒绝人的时候挺帅的，希望拒绝我的时候能保持。

陈刃想了想，逐一评论。

——是很有缘。

——辣椒炒肉很好吃，早知道我也吃五次了。

——下次坐到前面来，脸比较好看。

——没拒绝你。

网太差，评论总是失败，他就等着消息转啊转，评论一条是一条。

他又学会了一项技能。

——讨好女朋友。

06

第一百天。

陈刃觉得他喜欢上迟意了。

观测站的生活对于平常人来说，枯燥又乏味。但这三年，他年年都来，早就适应了，除了每天例行记录，他还能抽出空来做几道题。

观测站有一台固定电话，用来做汇报，每天只有晚饭后有五分钟的私人时间。宋教授家里有妻子，牵挂得厉害，五分钟都不够用，匀不了给他。本来宋教授还问他要不要打电话，但他拒绝的次数多了，宋教授就不问了。

前两天，他忍不住了，在晚饭的时候说："宋教授，我一会儿想打个电话。"

宋教授笑："给女朋友打啊？"

也没什么好隐瞒的，他点了点头，惯是冷静的脸上有点儿热，说："嗯，她最近在准备考试，想问问她准备得怎么样了。"

宋教授问："就问这个？"

陈刃思索了一下，说："这个月份，遇冬早晚温差大，要注意增添衣服，喝点儿热水，早点儿睡觉。嗯，祝她考试满分。"

宋教授无奈地问："还有呢？"

陈刃蒙了，他是老师的得意门生，还从没被追问到现在都说不出正确答案过。他虚心请教："还有什么？"

宋教授没好气地道："你自己琢磨去。"

还琢磨什么？马上就到打电话的时间了，陈刃像个没准备好的考生，一无所知地上了考场，连拨号码的时候都有点儿迟疑。

迟意接得有点儿慢，说："喂？"

陈刃张了张口，想问她考试准备得怎么样了，想叮嘱她要多穿衣服多喝水，早点儿睡觉。这些话堵在嗓子眼里，开口却是："我想你了，你想我吗？"

——我想你了。

原来他想说的是这句话，他想知道的也是这个答案明确的事情，他对她的一切都充满了好奇，在这五分钟想知道的多如牛毛，可他最想问的，还是这句："你想我吗？"

他听见迟意说："我想你啊，陈刃。我好想你。"

原来，这就是思念成疾，这就是心心念念，这就是喜欢。
他喜欢她。
从第一眼就注定的事情，他这么聪明的人，到第一百天才明白。

番外四

你 每 一 次 的 温 柔 我 都 想 炫 耀

01

陈刃的求婚很处心积虑。

他事事求稳，在研究所工作之余，所有的时间都在准备这场求婚。哦，还要除去跟迟意谈恋爱的时间。

迟意那会儿正是事业上升期，忙着心理诊室的事，还兼顾了省羽毛球队队员的心理辅导。

两人碰面的时间除了早饭时，也就剩下了晚上。

他回来得晚，迟意给他留了空，他不睡，偏要往她那边挤。迟意被他弄醒，睡眼惺忪地往他怀里钻。

他刚洗完澡，衣领上都带着清香。

她闭着眼嗅了嗅，说："回家就洗澡，是想把别的女人的香水味洗掉吗？"

陈刃也困了，"嗯"了一声。

迟意笑："你还挺大胆的，不怕我不要你啊？"

陈刃把下巴搁在她的头顶，将人牢牢地禁锢在怀里，又轻轻"嗯"了一声，带了点儿鼻音，说："怕的。"

迟意的手不老实，勾着他的腰占便宜。

陈刃抓住她的手，低声警告她："别乱摸。"

迟意哪里怕他，越不让摸越来劲，把人生生地摸得起了火，被恶狠狠地压在身下。他在她耳边哑着嗓子，带着她的手向下，说："笨。"

迟意被人翻来覆去地折腾了半夜，第二天上班时穿了高领。

还好是冬天。

她瞪了陈刃一眼，陈刃喝了口牛奶，舌尖舔过唇齿都是满足。

等迟意去上班了，陈刃才慢吞吞地给赵尤尤打电话。他这天请了假，因为要确定求婚时的每个细节。赵尤尤在研究所表现得太好——三个月没出研究所大门——研究所的领导看不下去了，把他下派到高中教一学期物理，让他沾点儿人气。

赵尤尤最近被高中生气得头顶冒烟，没课在办公室待着还行，一听陈刃喊他出门，他连忙拒绝道：“我们不如就语音确认？”

陈刃沉默了一会儿，说：“你知道吗，你在高中的考评，我也要打分。”

等等，赵尤尤感觉不太好。

果不其然，陈刃补充：“我不保证为了昔日室友的心理健康，会不会让一学期变成一年。”

赵尤尤骂了他一句。

陈刃淡淡一笑，也没太为难他，说：“就在你们学校的操场上，你把电脑带上。”

赵尤尤被下派的高中是陈刃和迟意的母校明德高中，这些年变化不大。陈刃熟门熟路，门卫还认得他，扬声道：“哟，咱们明德高中的状元回来了。”

这话一出口，离得稍微近点儿的学生纷纷侧目。

陈刃微微一笑。

十七八岁的少年人朝气蓬勃，校园里吵闹熙攘，赵尤尤接到陈刃的时候却满面愁容，说：“大哥，哥，救救孩子吧！我们同窗四年，日夜抵足而眠，我们……”

陈刃皱眉道：“闭嘴。”

这是什么话，怎么那么能让人误会？

赵尤尤委屈得闭上了嘴巴。

陈刃跟他一起往操场走，说：“我跟你不在一个部门，打分可以，现在捞你出去做不到。”他看向赵尤尤，“谁让你三个月不出研究所的门的？领导急得差点儿以为你有心理问题，还托我让迟意看看。”

赵尤尤不服道：“不出门怎么了？我就是懒。”

他懒得理直气壮，陈刃无言以对。明德高中的操场很大，观众席可以容纳全校师生，陈刃把电脑打开，他专门为求婚做了个 PPT。

赵尤尤说：“……倒也不必。”

陈刃较真，把各种意外都算在内，甚至做了个数学模型。赵尤尤看完后，真诚地建议：“你要不要去看看你未来老婆？”

陈刃看他一眼，赵尤尤继续说：“让她给你看看病？”

陈刃面无表情地道：“考核。”

他的威胁简单到位。赵尤尤立刻投降，然后真诚地建议：“其实可以不用这样一板一眼的，就是……你懂吗？迟意那么爱你，你拿出戒指她就会答应你了。”

赵尤尤说的是实话。

但是——

陈刃把电脑合上，冬日的风有些凛冽，吹散了云，阳光倾泻下来，朦胧地笼罩在校园里。

他想起很多年前，他和迟意才十七八岁的时候，也是在这里，迟意喜欢在这儿看他。

他以为他是孤零零的，可多年以后知道有她的目光追随，就在他的记忆里铺上了暖黄色的光，覆盖了原本的晦暗。

他低声说：“她值得所有的更好。”

02

求婚还是出了点儿意外。

雪比陈刃估算的提前了半个小时，伴随着玫瑰花瓣落在他租的天台上，他单膝跪在雪地里。迟意则站在天台的木屋门口，灯光与雪色交织，她的轮廓模糊。

她倚着门笑，眼眶却红着，问：“干吗呀，陈刃？”

陈刃只问：“好看吗？”

迟意点头。

陈刃问：“玫瑰好看还是雪好看？”

迟意说：“你好看。”

陈刃又问：“那看在我这么好看的分上，你愿意嫁给我吗？”

迟意笑得弯下腰，她走过去，肩上沾上了雪，她慢吞吞地俯下身，吻了吻陈刃的眼角。滚烫的泪水跌落在雪地里。

雪化得无声无息。

她的声音好轻，贴在他耳边，热气扑在他冰凉的颈上。

她说："我愿意。"

没有意外，遇冬的雪是上天送的礼物，浪漫到了极致。哪怕，她想，哪怕再简单点儿，她也是愿意的。

03

婚礼选在了三月。

迟意在整理宾客名单，陈刃则在写请柬，他的字写得好看，迟意便把这活儿给了他。

陈刃看穿她，说："偷懒。"

迟意狡辩道："我还有更重要的事情要做！"

他写请柬的时候，她就乖乖地坐在一旁，做最后的筛选。宾客名单是她写的，本来写了林荀和陈平生，陈刃看到时没说话，没有同意，也没有反对。

迟意盯着这两个名字，她父母不在了，陈刃的父母也不来的话会不会不太好？但想了一会儿，她还是划掉了。

陈刃关注着她这边，递了个询问的眼神过来。

迟意小气兮兮地说："我还是好生气哦，陈刃。我可能真不是大度的人，对你不好的我都不喜欢。"她指了指心脏，说，"我这里记着仇呢。"

陈刃一愣，旋即笑了。

他点点头，说："我喜欢。"

迟意不好意思了，用纸遮住半张脸，只露出一双清亮的眼睛，说："宋教授对你很好，师母也是把你当儿子疼的，我们请他当主婚人吧。"

陈刃说："好。"

三月是草长莺飞的季节，雪在融化，春在发芽。婚礼选在海边的沙滩上，陈刃敲定的每个细节都有条不紊。

赵尤尤和江镜寒是伴郎，阮北和林遥是伴娘。

顾时之则担任了带迟意走红毯的角色。

他紧张地扯着领结说："遥遥，我好紧张。我觉得我爸都比我合适，怎么能选我呢？我怎么有种嫁女儿的感觉？谁舍得女儿嫁人啊？"

林遥递给他一杯水，笑他："你也脑补太多了吧？"

顾时之说："可怜可怜我。"

他就是想骗个吻，林遥无奈地道："弯腰。"

顾时之弯腰。

林遥抬起手，粉色的腕花绕在纤细的手腕上，她揪住了顾时之的耳朵。顾时之始料未及，立马求饶道："我错了，我错了！"

林遥根本没用力，问："错哪儿了？"

顾时之说："错在……"趁她不备，他飞快地吻了下她的唇，吻完就跑，笑得阳光灿烂，又说，"错在自己的女朋友，亲就亲了，还费什么心思？"

说完，他就跑远了。

言诉在北美进修，回不来，特意备了一份厚礼，让陈刃等他回来单独请他吃饭。周画川工作忙，来晚了些，在化妆间里见到迟意，说："我也准备了大礼。"

迟意正戴着耳环，说："如果是财务报表就不必了。"

周画川笑道："还是不信任我？"

迟意说："不信任你就会天天追着看了。"

周画川摇了摇头，说："你不会。你那么聪明，自救还来不及，只会避得远远的。你现在是不是在想'大不了我不要了呗'？"

迟意戴上了耳环，回头时，耳环轻轻摇晃。

她说："你还是了解我的嘛。"

周画川笑笑，也不勉强，只是放下来，让她给陈刃看就可以了。临出门前，他说：“明义集团一直是你的，你拥有决定权，这点不会改。”

迟意说：“我不想听这个。”

周画川侧过脸，嘴角的笑意渐浓，说：“新婚快乐。”

迟意这才对他露出了第一抹笑容。

顾时之太紧张了，手心冒着汗，被迟意挽着的手麻了大半。迟意诧异地道：“你嫁人还是我嫁人啊？”

顾时之“老泪纵横”地说：“想我含辛茹苦地把你养大，本来指望着你养老，没想到你……”

阮北在后面踢了他一脚，说：“说人话。”

顾时之立刻站直身子。

迟意被他这么一搞，也有点儿紧张，听着里面喊“请新娘入场”，差点儿逃婚了。

门被打开了。

长长的红毯，陈刃站在尽头。

他依旧站得笔直，神色依旧平淡，似乎跟平时没有什么不同。如果说有不同，那就是眼神，那是不加掩饰的热烈与渴望。

——来吧，迟意，到我这里来。

他做着邀请，优雅而迫人，像无形的刃。

不必胁迫，她便如受了蛊惑般，心甘情愿地向他走去。

红色的花瓣落下。

她走过去，步伐缓慢而坚定。

顾时之把她的手交给陈刃，白纱手套下她的长指滚烫，放进他手心时轻轻颤抖。他合上掌心，所有惴惴不安烟消云散。

“陈刃，无论迟意贫富疾病，你都将死生相伴，不离不弃，你愿意吗？”

陈刃忽然想起英国演化理论学者理查德·道金斯曾说过的一句话，他说：“新人结婚的时候，应该把手放在《进化心理学》和《自私基因》这两本书上宣誓——”

“我将违背我的天性，忤逆我的本能，永远爱你。”

他望着迟意的眼睛，将爱意写进她的眼睛，他说：“我愿意。”

——违背我的天性，忤逆我的本能，我愿意永远爱你。

后记

经 过 多 少 练 习 ，
才 能 成 为 这 样 的 你

故事写到最后，不舍和想完结的心态在脑海里打架。另一方说：“完结吧，度假吧，快点儿让他们结婚吧！”一方说：“你带我走吧，陈刃，我舍不得你，我爱你啊！”

日子在往前推，字数也在增加，终于走到了“全文完”。

构思这本书的时候是夏天，我在小区里散步，突发奇想想写个天才，真正的、被打压的天才。

他得高高在上，他得绅士，他得有他的傲气。

就像我在书中说的，他不是完美的，没有人是完美的。陈刃不是，迟意也不是，他们是彼此落在人间的星星。

写到他们在长风山看星星的那晚，我也去看星星了。老家的天空清澈，黑沉的天空上铺满了星子，汇成了星河，让人敬畏。我有时候想，人真的好渺小哦，宇宙这样大，在光年与光年之间跳跃，可以跳跃到宇宙的尽头。

可是人之间的感情又好奇妙，宇宙这样大，我们渺小得不能再渺小，却还是能遇上彼此，让你在此时此刻读完了我的书。

似乎很多言情小说里的男女主角中都要有个人很惨，我狠了点儿心，让迟意和陈刃都惨。也正是那点儿惨，让这点儿甜更弥足珍贵。

说来有趣，陈刃动心那会儿，还不知道自己动心，寄来的星体闪烁图其实每张都写着“我想你”。后来终于面对了，我想他应该写点儿什么，得委婉得动情，于是去网页上搜“用诗词隐晦地说想念”。

网页给我的答案是“玲珑骰子安红豆，入骨相思知不知”“一日不见兮，思之若狂”“情人怨遥夜，竟夕起相思”……

我心想，你怕是对隐晦有什么误会！

最后，我还是选择了那句“青青子衿，悠悠我心”。

用这句话的人太多了，甚至看起来会有点儿土土的，但在那一刻，我觉得太适合陈刃的心思了，读来含蓄又深情，我心动了。

除了迟意和陈刃，我其实也很喜欢顾时之和林遥这对。

高中时期的爱情好像就是这样，尤其是再撞上个恣意潇洒的少年，那浓烈的爱怎么也隐藏不住，满满的，快要溢出来。

他就这样小心翼翼地把心捧给她，为能跟她一起上学而开心。

啊，我真是太喜欢少年时期的喜欢了，他们的故事会写成短篇，希望有天能跟你们见上面。

其实整本书，我的心态有时候跟陈刃很像。

我很怕别人对我抱有期待，因为我根本没有勇气去面对“不过如此”的眼神。尤其是，你知道，你肯定要坚持下去，就算面对这样的目光，你也要走下去。

因为在写作方面，我太清楚自己的实力了。

我是个很平凡的人，没有多少天赋，比起祖师爷赏饭，简直恨不得拼尽所有力气去抢饭吃。抢到一星半点儿能填饱肚子，肚子里有点儿墨水了，也不敢太骄傲。

因为我吧，心里还有热望，想在二十几岁的日子里，写喜欢的故事，做自己喜欢的事。

“后记”的标题，是我很喜欢的一句歌词。

我有喜欢的作者，每次我找不到出路想要懈怠时，都会拿她和这句歌词来勉励自己，反复问自己：“经过多少练习，才能成为这样的你。”

我曾经在小号上发微博。我说：“我会很努力很努力，跟你并肩的。”

一年后，我又转了那条微博，有点儿丧气：“可是终其一生，只能望其项背。”

绝望吗？当然不，就像我说过的，即便丧气，即便顶着“不过如此”的目光，即便无法并肩，该坚持的还是要坚持。

我不想成为任何人，我想成为更好的自己。

走不到也没关系，往前走就是了。

云时

2020. 2. 29